Inhaltsverzeichnis

Vorwort

Hinweise und Tipps

Basiswissen BwR

Übungsaufgaben

Musterprüfungen

2024

Realschule

Original-Prüfungsaufgaben
mit Lösungen

Bayern

BwR

STARK

44. ergänzte Auflage
www.stark-verlag.de

Abschlussprüfungen

Abschlussprüfung 2023 . . . . **www.stark-verlag.de/mystark**

Sobald die Original-Prüfungsaufgaben 2023 freigegeben sind, können sie als PDF auf der Plattform MyStark heruntergeladen werden (Zugangscode vgl. Umschlaginnenseite).

Kontenplan

Jeweils im Herbst erscheinen die neuen Ausgaben mit Lösungen.

Autor:
Udo Weierich

Vorwort

Liebe Schülerin, lieber Schüler,

dieses Buch wird Sie dabei unterstützen, sich umfassend und gezielt auf die Abschlussprüfung im Fach Betriebswirtschaftslehre/Rechnungswesen 2024 vorzubereiten.

Im ersten Teil finden Sie ein **Kurzskript**, das die zentralen Themen des Prüfungsstoffes übersichtlich zusammenfasst und Ihnen dabei hilft, einen individuellen und strukturierten Lernplan zu erstellen. An das Skript schließen sich **Übungsaufgaben** zur Wiederholung und Vertiefung der wichtigsten Lehrplaninhalte an. Die Aufgaben bestehen überwiegend aus Teilaufgaben der Abschlussprüfungen vergangener Jahre – angepasst an den **LehrplanPlus**. Ergänzend finden Sie selbst erstellte Aufgaben zu neuen Lernplaninhalten. Anhand der **Lösungsvorschläge** können Sie Ihren Lernfortschritt kontrollieren. Die **ausführlichen Erklärungen** zu den Lösungen helfen Ihnen, den Lösungsweg nachzuvollziehen.

Außerdem bietet das Buch **zwei Musterprüfungen** im Stil der Abschlussprüfung mit **vollständigen Lösungen** und **entsprechenden Erläuterungen**.
Abgerundet wird das Aufgabenpaket durch das von offizieller Stelle (ISB) herausgegebene „**Beispiel zur Abschlussprüfung BwR gemäß LehrplanPlus**" sowie durch die ausgearbeitete und kommentierte Original-Prüfung 2023, die Sie auf MyStark herunterladen können.

Sollten nach Erscheinen dieses Buches noch wichtige Änderungen für die Abschlussprüfung vom bayerischen Kultusministerium bekanntgegeben werden, finden Sie aktuelle Informationen unter: www.stark-verlag.de/mystark.

Der Autor und der Verlag wünschen Ihnen viel Erfolg bei der Vorbereitung und natürlich bei der Abschlussprüfung.

Hinweise zu den digitalen Zusätzen

Auf alle digitalen Zusätze können Sie online über die Plattform **MyStark** zugreifen. Ihren persönlichen Zugangscode finden Sie auf der Umschlaginnenseite.

PDF der Original-Prüfungsaufgaben 2023

Sobald die Original-Prüfungsaufgaben 2023 freigegeben sind, können Sie sie als PDF auf der Plattform MyStark herunterladen.

Interaktives Training

Auf MyStark finden Sie zusätzliche interaktive Übungsaufgaben zu vielen prüfungsrelevanten Themenbereichen.
Sie entscheiden, ob Sie die Aufgabe eigenständig lösen oder ob Sie sich interaktiv Schritt für Schritt durch die Lösung führen lassen wollen.
Zu den einzelnen Lösungsschritten erhalten Sie ein sofortiges Feedback und Ihre Ergebnisse werden unmittelbar ausgewertet.

Folgende Themenbereiche sind enthalten:

- Basics: Prozentrechnung
- Vergleich von Kreditangeboten
- Annuitätendarlehen
- Aktiengeschäfte
- Anschaffungskosten und Abschreibung
- Forderungsabschreibung
- Einzelwertberichtigung
- Zeitliche Rechnungsabgrenzung
- Betriebswirtschaftliche Kennzahlen
- Gewinn- und Verlustrechnung
- Bestandsveränderung
- Angebotskalkulation
- Deckungsbeitragsrechnung
- Break-even-Point

Hinweise und Tipps

Ablauf der Prüfung

Inhaltlich bezieht sich die Abschlussprüfung auf den gesamten Lehrstoff des Fachs BwR von der 7. bis zur 10. Klasse. Die Abschlussprüfungsaufgaben werden vom Bayerischen Kultusministerium zentral für alle bayerischen Realschulen gestellt.
Die Abschlussprüfung dauert **120 Minuten**, maximal können 110 Punkte erreicht werden. Die Prüfung besteht aus einem Pflichtteil (fünf Aufgaben) und einem Teil mit Auswahlaufgaben. Von den drei Auswahlaufgaben wählt der Vorsitz des Prüfungsausschusses gemeinsam mit der Fachlehrkraft zwei Aufgaben aus. Sie selbst haben in der Prüfung also keine Auswahlmöglichkeit – Sie müssen **alle sieben** vorliegenden Aufgaben bearbeiten.

Als Hilfsmittel sind ein **nicht programmierbarer Taschenrechner** sowie der **offizielle Kontenrahmen** zugelassen.

Vorbereitung

Es ist empfehlenswert, frühzeitig einen **Lernplan** für die Abschlussprüfung zu erstellen, in dem Sie festlegen, wann Sie welche Themengebiete erarbeiten wollen. Die Aufgabentypen zu den verschiedenen Kapiteln ähneln sich häufig. Das bedeutet, dass Sie sich durch Wiederholung eine **Routine** aneignen können, die Ihnen in der Prüfung helfen wird, Aufgabenstellungen schnell zu erfassen und das Ergebnis zu erzielen, das Sie sich vornehmen.

Weitere Tipps:

- Bereiten Sie sich langfristig vor.
- Erstellen Sie übersichtliche Zusammenfassungen zu den verschiedenen Themengebieten.
- Benutzen Sie neben diesem Buch auch Ihre Hefteinträge und das Schulbuch als Unterstützung.

- Bearbeiten Sie die Aufgaben eigenständig. Belügen Sie sich nicht selbst, indem Sie die Lösung zur Hand nehmen, wenn Sie mit einer Aufgabe nicht zurechtkommen.
- Üben Sie in einer prüfungsähnlichen Atmosphäre. Setzen Sie sich ein Zeitlimit für den Aufgabenblock, den Sie bearbeiten wollen. Als Richtschnur können Sie etwa eine Minute für jeden zu vergebenden Punkt ansetzen.
- Bearbeiten Sie die Aufgaben ggf. auch mehrmals – so gewinnen Sie Sicherheit.
- Fragen Sie bei Problemen bei Ihrer Lehrkraft oder bei Mitschülerinnen und Mitschülern nach.
- Machen Sie sich mit den typischen Operatoren im Fach BwR vertraut. So erkennen Sie schnell, was von Ihnen verlangt wird.

Operatorenliste BwR

Operatoren	Bedeutung / Erwartung
abgrenzen	unterschiedliche Sachverhalte begründet voneinander trennen
ableiten	auf der Grundlage wesentlicher Merkmale sachgerechte Schlüsse ziehen
abwägen	nach bestimmten Kriterien Gemeinsamkeiten und/oder Unterschiede ermitteln, einander gegenüberstellen und vergleichen
analysieren	wichtige Bestandteile oder Eigenschaften von Sachverhalten und Problemstellungen systematisch, gezielt und wertfrei herausarbeiten
anwenden	erworbenes Wissen sowie Fähigkeiten auf eine neue Aufgaben- bzw. Problemstellung beziehen
auf etwas schließen	auf der Grundlage wesentlicher Merkmale sachgerechte Schlüsse ziehen
aufstellen	Sachverhalte zu einem bestimmten Zweck ordnen, formieren
auswählen	zutreffende Informationen aus mehreren Alternativen herausfinden
auswerten	Aussagen, Daten oder Einzelergebnisse in einen Zusammenhang stellen und ggf. zu einer abschließenden Gesamtaussage zusammenführen
begründen	hinsichtlich Ursachen und Auswirkungen nachvollziehbare Zusammenhänge herstellen
belegen	etwas durch ein Dokument, eine Berechnung, ein Gesetz o. Ä. nachweisen bzw. beweisen
berechnen	Informationen oder Ergebnisse von einem Ansatz ausgehend durch Rechenoperationen gewinnen
beschreiben	einen Sachverhalt in eigenen Worten unter Berücksichtigung der Fachsprache sprachlich angemessen wiedergeben
bestimmen	etwas ermitteln, klären, definieren

beurteilen	zu einem Sachverhalt oder einer Aussage ein selbstständiges Urteil unter Verwendung von Fachwissen und Fachmethoden formulieren und begründen
bewerten	zu bestimmten Problemen oder Sachverhalten unter Einbeziehung von vorgegebenen Wertmaßstäben Stellung nehmen
buchen (buchhalterisch erfassen)	buchungstechnische Grundlagen anwenden (Buchungssatz und T-Konto)
charakterisieren	Sachverhalte in ihren Eigenarten erkennen und beschreiben
darstellen	einen erkannten Zusammenhang oder Sachverhalt strukturiert wiedergeben
definieren	die Bedeutung eines Begriffs unter Angabe unveränderlicher Merkmale präzise bestimmen
diskutieren	einen Sachverhalt untersuchen und das Für und Wider abwägen, um zu einem Ergebnis zu kommen
einordnen	Sachverhalte begründet in einen Zusammenhang stellen
einschätzen	etwas in bestimmter Weise beurteilen
entscheiden	bei Alternativen sich begründet auf eine Möglichkeit festlegen
entwickeln	zu einem Sachverhalt/einer Problemlösung ein konkretes Lösungskonzept begründet erstellen
erklären/erläutern	Informationen und Sachverhalte so darstellen, dass Bedingungen, Ursachen, Folgen und Gesetzmäßigkeiten verständlich werden
ermitteln	Zusammenhänge oder Lösungswege aufzeigen, um daraus ein Ergebnis zu gewinnen
erstellen	Sachverhalte übersichtlich und fachgerecht darstellen
formulieren	etwas in eine angemessene sprachliche Form bringen
herausarbeiten	aus Materialien bestimmte Sachverhalte bzw. Positionen ermitteln und darstellen – auch wenn sie nicht explizit genannt werden
kalkulieren	gegebenes oder ermitteltes Datenmaterial in ein Kalkulationsschema einsetzen
konkretisieren	etwas im Einzelnen ausführen, näher bestimmen, verdeutlichen
nachweisen	Aussagen oder Sachverhalte durch Berechnungen, Herleitungen bzw. logische Begründungen bestätigen
nennen	Informationen, Begriffe, Merkmale, … ohne Erklärung wiedergeben
prüfen/überprüfen	Fragestellungen, Sachverhalte bzw. Probleme nach fachlich üblichen Kriterien beurteilen

recherchieren	aus Quellen geeignete Informationen auswählen
skizzieren	die wesentlichen Eigenschaften eines Sachverhaltes darstellen
systematisieren	Informationen ordnen sowie Zusammenhänge aufdecken und darstellen
unterscheiden	anhand von Kriterien Sachverhalte voneinander abgrenzen
vergleichen	Gemeinsamkeiten, Ähnlichkeiten und Unterschiede ermitteln und gegenüberstellen
vervollständigen	geeignete Begriffe und/oder Zahlen in Belege, Texte, Grafiken, Tabellen etc. sinnvoll ergänzen
zuordnen	Sachverhalte begründet in einen vorgegebenen Zusammenhang stellen
zusammenfassen	den inhaltlichen Kern kurz und übersichtlich wiedergeben

Bearbeitung der Prüfung

- Die Aufgaben beziehen sich immer auf ein Modellunternehmen, das am Anfang vorgestellt wird. Lesen Sie die Informationen dazu aufmerksam durch. Sie bearbeiten die Abschlussprüfung aus der Perspektive des beschriebenen Unternehmens. Die Hinweise, z. B. zu den eingesetzten Werkstoffen oder dem Standort des Unternehmens, können für die Beantwortung der Aufgaben hilfreich sein.
- Markieren Sie die relevanten Informationen (z. B. das Rechnungsdatum im Beleg).
- Achten Sie auf den Operator. Wenn es in der Aufgabenstellung heißt „Erläutern Sie“, wird eine ausführlichere Antwort verlangt als bei „Nennen Sie“.
- Beachten Sie unbedingt die Formvorschriften, arbeiten Sie ordentlich und strukturiert.
- Geben Sie die Rechenwege an – so kann der Korrektor gegebenenfalls Folgefehler ansetzen.
- Wenn Sie bei einer Aufgabe nicht weiterkommen, grübeln Sie nicht zu lange. Überspringen Sie diese und kommen Sie am Ende nochmal darauf zurück.

Basiswissen BwR

1 Jahresabschluss: In vier Schritten zur Schlussbilanz

Schritt 1: Vorbereitende Abschlussbuchungen

Hierzu zählen

- Abschluss der Unterkonten (z. B. 6001 BZKR, 6002 NR)
- Bewertung der Sachanlagen (6520 ABSA, 6540 ABGWG)
- Erfassung von Bestandsveränderungen im Lager (z. B. 2000 R)
- Bewertung von Forderungen (3670 EWB, 3680 PWB)
- Periodenrichtige Erfolgsermittlung (2900 ARA, 4900 PRA, 3900 RST)

Beispiel: Das Konto 6021 BZKH weist am 31.12. einen Saldo von 4.740,00 € auf.

6020	AWH	an	6021	BZKH	4.740,00 €

Schritt 2: Abschluss der Erfolgskonten

Die Erfolgskonten (Kontenklassen 5, 6 und 7) werden über das Konto 8020 GUV abgeschlossen. Auf diese Weise wird der Reingewinn/Reinverlust ermittelt.

Beispiel: Das Konto 6020 AWH weist am 31.12. einen Saldo von 18.300,00 € auf.

8020	GUV	an	6020	AWH	18.300,00 €

Schritt 3: Abschluss des Kontos 8020 GUV

Das Konto 8020 GUV wird auf 3000 EK abgeschlossen.

Beispiel: Abschluss des Kontos 8020 GUV bei einem Reingewinn von 24.300,00 €.

8020	GUV	an	3000	EK	24.300,00 €

Schritt 4: Abschluss der Bestandskonten

Die Schlussbestände der Bestandskonten werden auf 8010 SBK gesammelt.

Beispiel: Das Aktivkonto 0840 FP weist zum Geschäftsjahresende einen Saldo von 532.000,00 € auf.

8010	SBK	an	0840	FP	532.000,00 €

Beispiel: Zielkauf von Betriebsstoffen für 3.700,00 € netto. Für die Fracht werden zusätzlich 80,00 € netto in Rechnung gestellt.

6030	AWB	3.700,00 €				
6031	BZKB	80,00 €				
2600	VORST	718,20 €	an	4400	VE	4.498,20 €

- **Sofortrabatte** (Mengen-, Treue-, Wiederverkäuferrabatt) werden sofort abgezogen und **nicht gebucht**.
- Bezugskosten, z. B. Fracht und Verpackung, werden auf einem **Unterkonto** (z. B. 6001 BZKR) erfasst.
- Bei **Rücksendungen** von Werkstoffen und Verpackung an den Lieferer erfolgt eine **Stornobuchung** (Umkehrbuchung).
- **Nachträgliche Preisnachlässe (Skonto**, **Mängelrüge)** werden auf **Unterkonten** (z. B. 6002 NR) erfasst. Die Vorsteuer ist dabei zu berichtigen.

Beispiel: Begleichung der Eingangsrechnung vom Betriebsstofflieferer (s. oben), Rechnungsbetrag 4.498,20 €, unter Abzug von 2 % Skonto per Banküberweisung.

Nebenrechnung:

Rechnungsbetrag	4.498,20 €	Nettoskonto	75,60 €
– 2 % Skonto	89,96 €		
Überweisungsbetrag	4.408,24 €	VORST-Anteil	14,36 €

4400	VE	4.498,20 €	an	2800	BK	4.408,24 €
				6032	NB	75,60 €
				2600	VORST	14,36 €

Schema der Einkaufskalkulation – vom Listeneinkaufspreis zum Einstandspreis

Beispiel:

Kalkulationsschema	EUR	%	%
Listeneinkaufspreis	5.000,00	100	
– Liefererrabatt	1.000,00	20	
Zieleinkaufspreis	4.000,00	80	100
– Liefererskonto	120,00		3
Bareinkaufspreis	3.880,00		97
+ Bezugskosten	50,00		
Einstandspreis	3.930,00		

3 Bestandsveränderungen

Im Lager wird ein „**eiserner Bestand**“ an Vorräten geführt, um bei Lieferproblemen die Produktion aufrechterhalten zu können. Am Ende des Geschäftsjahres (GJ) werden die Lagerbestände ermittelt und die Vorratskonten (z. B. 2000 R) angepasst.

- **Minderbestand:** Der Schlussbestand ist kleiner als der Bestand am Anfang des GJ. Es wurden also weniger Werkstoffe eingekauft als verarbeitet.
- **Mehrbestand:** Der Schlussbestand ist größer als der Bestand am Anfang des GJ. Es wurden also mehr Werkstoffe eingekauft als verarbeitet.

Beispiel (vorbereitende Abschlussbuchung): Im Rohstofflager liegt ein Mehrbestand von 2.300,00 € vor (es wurden mehr Rohstoffe einkauft als verarbeitet).

2000 R	an	6000	AWR	2.300,00 €

4 Aspekte des Marketings

Marketing: Sammelbegriff für alle Aktivitäten, durch die der Absatz gesteigert werden soll.

4.1 Ziele des Marketings

Ökonomische Ziele: z. B. Steigerung von Umsatz und Gewinn
Psychologische Ziele: z. B. Steigerung des Bekanntheitsgrads, Kundenbindung

4.2 Bestandteile des Marketing-Mix: Die vier „P“

Product (Produktpolitik): Welches Produktprogramm wird angeboten (tiefes oder breites Sortiment, hochwertige oder billige Ware)?
Bewertung der Produkte mithilfe der **Portfolio-Analyse:**

Price (Preispolitik): Zu welchem Preis soll ein Produkt verkauft werden?
Zu beachten: der Preis der Konkurrenz; der Preis, der vom Kunden akzeptiert wird; die Deckung der eigenen Kosten
Mögliche Preisstrategien: Niedrigpreisstrategie, Hochpreisstrategie, Skimming, Schwellenpreise (psychologische Preise)

Promotion (Kommunikationspolitik): Wie sollen die Kunden bzw. die Zielgruppen angesprochen werden?
Werbung: z. B. Fernsehen, Zeitung, Internet
Public Relations (Öffentlichkeitsarbeit): Information der Öffentlichkeit, z. B. durch Pressemitteilungen oder einen Tag der offenen Tür
Sponsoring: Förderung von Personen/Organisationen durch Geld oder Sachmittel
Sales Promotion (Verkaufsförderung): z. B. Gewinnspiel, Gutscheine

Place (Vertriebspolitik): Wie sollen die Produkte verkauft werden?
Direkter Vertrieb: z. B. Fabrikverkauf, eigener Onlineshop
Indirekter Vertrieb: z. B. über den Einzelhandel und Fachhandel

4.3 Aufwendungen/Konten im Marketingbereich

6770 RBK (Rechts- und Beratungskosten): z. B. Gerichtskosten, Kosten für Rechtsanwalt, Notar, Steuerberater
6870 WER (Werbung): z. B. Kosten für Zeitungsannoncen, Online-Werbung, Honorar für die Werbeagentur
6820 KOM (Kommunikationsgebühren): z. B. Porto, Paketgebühren, Telefon- und Internetgebühren
6760 PROV (Provisionen): Vergütungen für die Vermittlung von Aufträgen

5 Verkauf von Fertigerzeugnissen

Beispiel: Zielverkauf von Fertigerzeugnissen für insgesamt 17.800,00 € netto.

2400	FO	21.182,00 €	an	5000	UEFE	17.800,00 €
				4800	UST	3.382,00 €

- **Sofortrabatte** werden sofort abgezogen und **nicht gebucht**.
- **Bezugskosten:**
  - *„Lieferung ab Werk":* Werden dem Kunden Bezugskosten (Fracht, Verpackung) in Rechnung gestellt, erhöhen diese die Umsatzerlöse. Sie werden ebenfalls auf dem Konto **5000 UEFE** erfasst.
  - *„Lieferung frei Haus":* Trägt der Verkäufer die Kosten für Lieferung und Verpackung, werden diese auf den entsprechenden Aufwandskonten verbucht:
    6140 AFR (Ausgangsfracht): z. B. Speditionskosten
    6040 AWVM (Aufwendungen für Verpackungsmaterial): z. B. Kosten für Verpackungskartons

- Bei **Rücksendungen** von Fertigerzeugnissen durch den Kunden erfolgt eine **Stornobuchung** (Umkehrbuchung).
- **Nachträgliche Preisnachlässe (Skonto, Mängelrüge)** an den Kunden werden auf dem **Unterkonto 5001 EBFE** erfasst. Die Umsatzsteuer ist dabei zu berichtigen.

  Beispiel: Aufgrund einer Mängelrüge wird einem FE-Kunden eine Gutschrift über 999,60 € brutto gewährt.

5001	EBFE	840,00 €				
4800	UST	159,60 €	an	2400	FO	999,60 €

Schema der Verkaufskalkulation – vom Selbstkostenpreis zum Listenverkaufspreis

Beispiel:

Kalkulationsschema	EUR	%	%
Selbstkostenpreis	2.800,00	100	
+ Gewinn	420,00	15	
Barverkaufspreis	3.220,00	115	97
+ Kundenskonto	99,59		3
Zielverkaufspreis	3.319,59	80	100
+ Kundenrabatt	829,90	20	
Listenverkaufspreis	4.149,49	100	

6 Steuern – Unternehmen und Staat

6.1 Steuerarten

Unterscheidung aus buchhalterischer Perspektive

Aktivierungspflichtige Steuern	Betriebliche Steuern
... sind Anschaffungsnebenkosten beim Erwerb von Gebäuden und Grundstücken. Buchung auf den **aktiven Bestandskonten** der Kontengruppe 05_ _.	... sind Aufwendungen, die den Erfolg des Unternehmens beeinflussen. Buchung auf den **Aufwandskonten** der Kontengruppe 70_ _.
Private Steuern	**Erfolgsneutrale Steuern**
... betreffen den Unternehmer. Private Steuern, die über das Firmenkonto bezahlt werden (Einkommen-, Kirchensteuer, Kfz-Steuer für den Privat-Pkw), werden auf dem **Privatkonto** gebucht.	... beeinflussen den Erfolg des Unternehmens **nicht**. Sie werden zunächst vom Unternehmen einbehalten und an das Finanzamt abgeführt (Konten 4800 UST, 4830 VFA).

6.2 Die Umsatzsteuer

Die Umsatzsteuer ist eine **Verbrauchssteuer**, die vom Endverbraucher zu zahlen ist.

- **19 %** (Regelsteuersatz): Ein- und Verkauf von Gütern und Dienstleistungen, Wareneinfuhr (Importe)
- **7 %** (ermäßigter Steuersatz): u. a. Grundnahrungsmittel, kulturelle Leistungen, Übernachtungen
- **0 %** (steuerfrei): Umsätze der Banken, Arzttätigkeiten, Ausfuhrlieferungen (Exporte)

Die Zahllast wird über die Konten 2600 VORST und 4800 UST ermittelt.

Beispiel: Die Konten 2600 VORST und 4800 UST weisen im März folgende Eintragungen auf.

S	2600 VORST		H
4400	3.000,00	**1) 4800**	**5.850,00**
2800	2.850,00		
	5.850,00		5.850,00

S	4800 UST		H
1) 2600	**5.850,00**	2800	3.000,00
2) 2800	**4.650,00**	2400	4.000,00
		2400	3.500,00
	10.500,00		10.500,00

Abschluss des Kontos 2600 VORST über das Konto 4800 UST

1) 4800 UST an 2600 VORST 5.850,00 €

Banküberweisung der Zahllast (bis spätestens zum 10. des Folgemonats, also zum 10. April)

2) 4800 UST an 2800 BK 4.650,00 €

6.3 Weitere Steuerarten

Betriebliche Steuern

- 7000 GWST (Gewerbesteuer): Die Gewerbesteuer wird von der Gemeinde erhoben, besteuert wird der Gewinn.
- 7020 GRST (Grundsteuer): Die Grundsteuer wird von der Gemeinde erhoben, besteuert wird der Wert des Grundbesitzes.
- 7030 KFZST (Kraftfahrzeugsteuer): Die Höhe ist abhängig von Hubraum und Schadstoffausstoß des Kfz.

Private Steuern

- 3001 P (Privat): Steuerschuldner ist der Unternehmer als Privatperson.

Beispiel: Die Kirchensteuer des Unternehmers wird vom Geschäftsbankkonto abgebucht, 289,00 €.

3001 P an 2800 BK 289,00 €

6.4 Gebühren

6730 GEB (Gebühren): Gebühren sind Abgaben, die für eine bestimmte Leistung des Staates zu zahlen sind (z. B. Müllentsorgung, Straßenreinigung, Kfz-Zulassung).

7.1 Personalbeschaffung

- **Intern:** Eine freie Stelle wird mit einem Mitarbeiter aus dem eigenen Unternehmen besetzt.
- **Extern:** Eine freie Stelle wird mit einem Mitarbeiter „von außen" besetzt (z. B. mittels Stellenanzeigen, Zeitarbeitsfirma).

7.2 Arbeitsformen

- **Normalarbeitsverhältnis:** Das Beschäftigungsverhältnis ist unbefristet und sozialversicherungspflichtig. Die Wochenarbeitszeit beträgt mehr als 20 Stunden.
- **Teilzeitarbeit:** Die regelmäßige Wochenarbeitszeit ist kürzer als die im Unternehmen übliche Arbeitszeit.
- **Geringfügige Beschäftigung (Minijob):** Das Arbeitsentgelt beträgt höchstens 520,00 € (Stand 1.10.2022) Es müssen keine Sozialversicherungsbeiträge abgeführt werden.
- **Leiharbeit (Zeitarbeit):** Ein Arbeitnehmer hat einen Arbeitsvertrag bei einer Leiharbeitsfirma. Diese verleiht den Arbeitnehmer für eine begrenzte Zeit an ein anderes Unternehmen.

7.3 Entgeltformen

- **Zeitentgelt:** Entlohnung entspricht der geleisteten Arbeitszeit
- **Leistungsentgelt:** Bezahlung in Abhängigkeit von der erbrachten Leistung (Akkordlohn, Prämienlohn)
- **Gewinnbeteiligung:** Zusatzvereinbarung, nach der der Arbeitnehmer am Erfolg des Unternehmens beteiligt wird

7.4 Berechnung des Nettolohns/-gehalts

Berechnungsschema

Bruttolohn/-gehalt

– Steuern
Lohnsteuer
Kirchensteuer (nur Kirchenmitglieder)
Solidaritätszuschlag (nur Besserverdienende)

– Sozialversicherungsbeiträge
Krankenversicherung
Pflegeversicherung
Rentenversicherung
Arbeitslosenversicherung
} Arbeitnehmer und Arbeitgeber zahlen bei den Sozialversicherungen jeweils den halben Beitrag.

= Nettolohn/-gehalt

7.5 Lohnnebenkosten

Gesetzlich: z. B. Sozialversicherungsbeiträge des AG, bezahlte Feiertage, Lohnfortzahlung bei Krankheit
Freiwillig/tariflich: Urlaubsgeld, vermögenswirksame Leistungen, 13. Gehalt/ Weihnachtsgeld

Beispiel: Buchung der Lohn-/Gehaltszahlung

6200	LG	31.926,54 €	an	2800	BK	20.792,16 €	
				4830	VFA	4.788,98 €	*Steuern*
				4840	VSV	6.345,40 €	*Arbeitnehmeranteil zur SV*
6400	AGASV		an	4840	VSV	6.345,40 €	*Arbeitgeberanteil zur SV*

8 Unternehmensführung, Unternehmerlohn und Privatkonto

8.1 Unternehmensführung

Die Unternehmensführung legt die langfristige Strategie des Unternehmens fest.

Aufgaben der Unternehmensführung

Ziele setzen, planen, Entscheidungen treffen, umsetzen/realisieren, kontrollieren

Aufbauorganisation

Die Aufbauorganisation ist die hierarchische Struktur eines Unternehmens, dargestellt in Organigrammen.

Einliniensystem

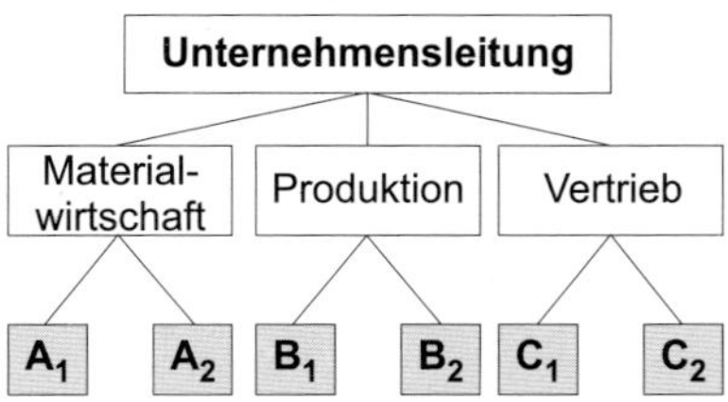

Mehrliniensystem

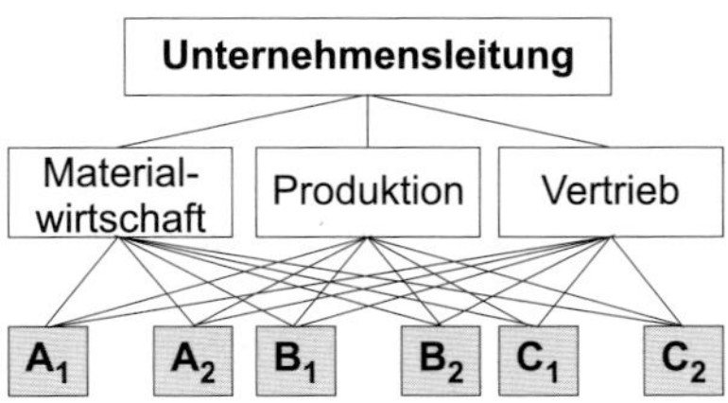

Stabliniensystem

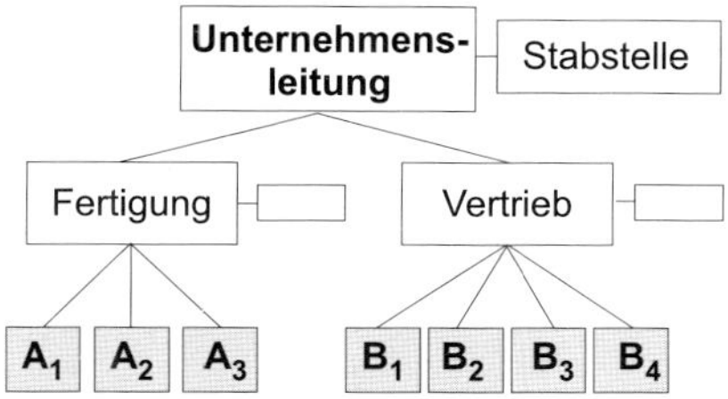

8.2 Personalführung

Führungsstile

Autoritativ: Der Vorgesetzte entscheidet allein, die Mitarbeiter befolgen seine Anweisungen.
Kooperativ: Vorgesetzte beziehen Mitarbeiter bei der Planung und Umsetzung der Arbeitsabläufe mit ein.

Führungstechniken

Management by Delegation: Führungskräfte übertragen Aufgaben und die Verantwortung auf die Mitarbeiter.
Management by Objectives: Zwischen Vorgesetzten und Mitarbeitern werden Zielvereinbarungen getroffen, die regelmäßig überwacht werden.
Management by Exception: Mitarbeiter arbeiten selbstständig, der Vorgesetzte greift nur im Ausnahmefall ein.

8.3 Privatkonto

Alle Vorgänge, die mit dem Unternehmer als Privatperson zu tun haben, werden auf dem Konto **3001 P** gebucht. Das Privatkonto ist ein **Unterkonto des Eigenkapitalkontos**.

S	3001 P	H
Minderung des EK: • Geldentnahmen • Sachentnahmen • Nutzung betrieblicher Einrichtungen		Mehrung des EK: • Geldeinlagen • Sacheinlagen

Minderung des Eigenkapitals:

Sollbuchung: z. B. Privatentnahme bar
3001 P an 2880 KA

Mehrung des Eigenkapitals:

Habenbuchung: Z. B. Ein Privat-Pkw wird ins Unternehmen eingebracht.
0840 FP an 3001 P

8.4 Unternehmerlohn

Für die Arbeitsleistung, die ein Einzelunternehmer im eigenen Unternehmen erbringt, erhält er einen Unternehmerlohn. Dieser muss die Kosten für die **Existenzsicherung** abdecken (Miete, Haushaltsgeld etc.), aber auch das **unternehmerische Risiko** und die **Verzinsung** des ins Unternehmen eingebrachten **Eigenkapitals** einbeziehen.

9 Anlagenbereich

9.1 Investitionsziele

- *Ökonomische Ziele:* Ersatz von Betriebsmitteln, z. B. Maschinen (= **Ersatzinvestition**); Erweiterung der betrieblichen Leistungsfähigkeit (= **Erweiterungsinvestition**); Steigerung der Produktivität, z. B. durch Kauf eines Roboters, der Mitarbeiter ersetzt (= **Rationalisierungsinvestition**)
- *Soziale Ziele:* z. B. Sicherung von Arbeitsplätzen, Verbesserung der Arbeitsplatzsicherheit
- *Ökologische Ziele:* z. B. Verringerung des Rohstoffverbrauchs

9.2 Berechnung der Anschaffungskosten

Anschaffungspreis	= Listenpreis netto
+ Anschaffungsnebenkosten	= Fracht, Verpackung, Zoll, Montage, Fundamentierung, Zulassungs-/Genehmigungskosten, Überführung, Sonderausstattung, Maklergebühren, Grundbuchgebühren, Grunderwerbsteuer, …
– Preisminderungen	= Rabatt, Skonto, Bonus, Mängelrüge
= Anschaffungskosten	werden auf dem jeweiligen Anlagenkonto (z. B. FP) gebucht („aktiviert“)

9.3 Einteilung von Anlagegütern

Anschaffungskosten (netto), Einzelpreis EUR →

← geringwertige Wirtschaftsgüter →		← hochwertige Wirtschaftsgüter →
0,00	250,00 800,00	ab 800,01
Kleingüter 6800 BMK	**GWG** 0890 GWG	Buchung auf jeweiligem **aktiven Bestandskonto** z.B. 0700 MA, 0840 FP, 0860 BM

Bei Anlagegütern wird unterschieden zwischen **abnutzbaren** (z. B. Maschinen, Gebäuden) und **nicht abnutzbaren** (z. B. Grundstücke) Anlagegütern.

Wertminderungen bei abnutzbaren Anlagegütern entstehen durch natürlichen Verschleiß, technischen Fortschritt oder außergewöhnliche Ereignisse.

Wertminderungen müssen in der Buchhaltung am Geschäftsjahresende erfasst werden. Dies erfolgt durch **Abschreibung** (HGB) bzw. **Absetzung für Abnutzung** (Steuerrecht).
Merkmale der **linearen Abschreibung:**

- bei **beweglichen und unbeweglichen** Anlagegütern
- Abschreibung von den Netto-Anschaffungs-/Herstellungskosten
- **gleichbleibende** Abschreibungsbeträge
- Buchwert nach Ablauf der Nutzungsdauer: **0,00 €**
- ein Euro Erinnerungswert bei Weiternutzung nach Ablauf der Nutzungsdauer

9.4 Berechnung der Abschreibung

$$\textbf{Abschreibungsbetrag (linear)} = \frac{\text{Anschaffungskosten}}{\text{Nutzungsdauer}}$$

$$\textbf{Abschreibungssatz (\%)} = \frac{100}{\text{Nutzungsdauer}}$$

Im Anschaffungsjahr erfolgt die Berechnung des Abschreibungsbetrages zeitanteilig.

Beispiel: Wird eine Maschine z. B. im Juni gekauft, können im Anschaffungsjahr 7 Monate (Juni bis Dezember) angesetzt werden (zeitanteilige Abschreibung).

$$\text{Abschreibung im Anschaffungsjahr} = \frac{\text{jährl. Abschreibungsbetrag} \cdot 7 \text{ Monate}}{12 \text{ Monate}}$$

9.5 Buchung der Abschreibung

Hochwertige Anlagegüter

Beispiel: Abschreibung einer Maschine am 31.12.: 8.500,00 €

6520	ABSA	an	0700	MA	8.500,00 €

Geringwertige Wirtschaftsgüter

0890 GWG (Geringwertige Wirtschaftsgüter)
Auf GWG gebuchte Güter werden am Jahresende **in voller Höhe abgeschrieben**.

Beispiel: Das Konto 0890 GWG weist am Jahresende einen Saldo von 3.780,00 € auf.

6540	ABGWG	an	0890	GWG	3.780,00 €

6800 BMK (Büromaterial und Kleingüter)
Kleingüter werden **bereits beim Einkauf als Aufwand** verbucht/abgeschrieben.

9.6 Auswirkungen von Abschreibungen

Abschreibungen dienen der Selbstfinanzierung

Die Abschreibung wird in die Verkaufspreise einkalkuliert. Bis zum Ende der Nutzungsdauer werden über die Umsatzerlöse genug Mittel angespart, um das abgeschriebene Anlagegut zu ersetzen (= Selbstfinanzierung/Substanzerhaltung).

Abschreibungen beeinflussen die Steuern

Auswirkung auf die GUV-Rechnung: Die Abschreibungen erhöhen den Aufwand und mindern den Gewinn, die Steuerbelastung sinkt.

9.7 Weitere Konten im Anlagenbereich

6160 FRI (Fremdinstandhaltung): Instandhaltungsmaßnahmen sollen das Anlagegut in ordnungsgemäßem Zustand halten (z. B. Reparaturen, Serviceleistungen durch externe Unternehmen).
6700 AWMP (Mieten, Pachten):
Miete: Überlassung einer Sache gegen Zahlung eines Mietzinses; *Pacht:* Gebrauch einer Sache gegen Zahlung eines Pachtzinses mit dem Ziel der Ertragserzielung
6900 VBEI (Versicherungsbeiträge): z. B. Kfz-, Feuer-, Einbruch-, Diebstahl-, Insolvenz-, Betriebshaftpflichtversicherung

9.8 Investitionsrechnung

Mithilfe der Investitionsrechnung wird überprüft, welches der möglichen Investitionsvorhaben vorteilhafter ist.

Amortisationsrechnung

Mit der Amortisationsrechnung wird berechnet, **wie lange es dauert, bis die Anschaffungskosten eines Anlageguts durch Rückflüsse gedeckt sind**. Berücksichtigt werden Abschreibungen, kalkulatorische Zinsen und Gewinn.

$$\text{Abschreibung pro Jahr} = \frac{\text{Anschaffungskosten}}{\text{Nutzungsdauer}}$$

$$\text{Kalkulatorische Zinsen pro Jahr} = \frac{\text{Anschaffungskosten} \cdot \text{kalkulatorischer Zinssatz}}{2 \cdot 100}$$

$$\text{Gewinn} = \text{Produktionsmenge/Jahr} \cdot \text{Gewinn/Stück}$$

$$\Rightarrow \textbf{Amortisationszeit in Jahren} = \frac{\text{Anschaffungskosten}}{\text{Abschreibung/Jahr} + \text{kalk. Zinsen/Jahr} + \text{Gewinn}}$$

Beim Vergleich von mehreren Angeboten, z. B. beim Kauf einer neuen Maschine, ist das Angebot mit der **kürzesten Amortisationszeit** am vorteilhaftesten.

Kostenvergleichsrechnung

Bei der Kostenvergleichsrechnung werden die **jährlich anfallenden Gesamtkosten einer Investition verglichen**.

variable Kosten/Jahr	Materialkosten Energieverbrauch Personalkosten sonstige variable Kosten
+ fixe Kosten/Jahr	Abschreibung/Jahr Kalkulatorische Zinsen/Jahr sonstige fixe Kosten
= Gesamtkosten	

Am vorteilhaftesten ist die Investition mit den **niedrigeren Gesamtkosten**.

10 Möglichkeiten der Finanzierung

Für Investitionen benötigt ein Unternehmen finanzielle Mittel. Der Begriff Finanzierung beschreibt alle Maßnahmen, die zur Beschaffung und Rückzahlung dieser Mittel getroffen werden.

10.1 Finanzierungsmöglichkeiten: Eigen- und Fremdfinanzierung

Eigenfinanzierung

Investitionen werden aus eigenen Mitteln finanziert.

Eigenfinanzierung		
Selbstfinanzierung	**Stiller Gesellschafter**	**Ausgabe neuer Aktien**
Unternehmensgewinne werden nicht ausgeschüttet, sondern einbehalten = Thesaurierung	Teilhaber, der Kapital in das Unternehmen einbringt. Er ist am Unternehmensgewinn beteiligt, hat aber in der Regel kein Mitspracherecht.	Kapitalerhöhung einer AG durch Ausgabe neuer, „junger" Aktien

Fremdfinanzierung

Reichen die eigenen Mittel zur Umsetzung einer Investition nicht aus, muss Kapital von außerhalb des Unternehmens zugeführt werden. In der Regel werden Kredite bei Banken aufgenommen.

10.2 Goldene Finanzierungsregel

Ein Unternehmen sollte auf die Einhaltung des finanziellen Gleichgewichts achten:

⇒ Langfristiges Vermögen (AV) soll durch langfristiges Kapital (EK + langfr. FK) gedeckt sein.

$$\frac{\text{langfristiges Vermögen}}{\text{langfristiges Kapital}} \leq 1$$

⇒ Kurzfristiges Vermögen (UV) soll mindestens so groß sein wie das kurzfristige Fremdkapital.

$$\frac{\text{kurzfristiges Vermögen}}{\text{kurzfristiges Fremdkapital}} \geq 1$$

10.3 Eigenkapitalquote

Die Kennzahl gibt den Anteil des Eigenkapitals am Gesamtkapital an. Sie sollte größer als 30 % Prozent sein.

$$\text{Eigenkapitalquote (\%)} = \frac{\text{Eigenkapital} \cdot 100}{\text{Gesamtkapital}}$$

10.4 Kreditarten

kurzfristig	langfristig
• Lieferantenkredit • Kontokorrentkredit • Dispositionskredit	• Annuitätendarlehen • Abzahlungsdarlehen • Festdarlehen

10.5 Berechnungen im Kreditbereich

Berechnung der Zinstage

- Jeder Monat hat 30 Zinstage, das Jahr hat 360 Zinstage.
- Der erste Tag der Laufzeit wird nicht mitgerechnet, der letzte schon.

Zinsformel

$$\text{Zinsen} = \frac{\text{Kapital} \cdot \text{Zinssatz} \cdot \text{Tage}}{100 \cdot 360}$$

Der effektive Zinssatz

Der effektive Zinssatz berücksichtigt die tatsächlichen Kreditkosten. Er wird beim Vergleich mehrerer Kreditangebote herangezogen.

$$\text{Effektiver Zinssatz: } p_{eff} = \frac{\text{Kreditkosten} \cdot 100 \cdot 360}{\text{ausgezahltes Kapital} \cdot \text{Tage}}$$

Kreditkosten = Zinsen + Disagio (auch Damnum, Abgeld)

ausgezahltes Kapital = Kreditbetrag – Disagio

Disagio = vorausbezahlter Zins, der vom Kreditbetrag abgezogen und nicht ausbezahlt wird

10.6 Buchungen im Kreditbereich

Beispiele: Bankgutschrift eines Kredits (4 Jahre) über 70.000,00 €. Von der Kreditsumme werden 3 % Disagio einbehalten.

2800	BK	67.900,00 €	an	4250	LBKV	70.000,00 €
7510	ZAW	2.100,00 €				

Schuldendienst: Überweisung der monatlichen Tilgungsrate von 12.000,00 € und der fälligen Zinsen (Sollzinsen) in Höhe von 940,00 € für einen kurzfristigen Kredit.

4200	KBKV	12.000,00 €				
7510	ZAW	940,00 €	an	2800	BK	12.940,00 €

Kontoführungsgebühren 38,00 € und Überziehungszinsen 153,00 € werden vom Konto abgebucht.

6750	KGV	38,00 €				
7510	ZAW	153,00 €	an	2800	BK	191,00 €

Umsätze von Banken und Kreditleistungen sind umsatzsteuerfrei!

10.7 Zahlungsverzug

Zahlt ein Schuldner trotz Fälligkeit und nach Erhalt einer Mahnung nicht, kommt er in Zahlungsverzug. Der Gläubiger kann Verzugszinsen und Mahn-/Bearbeitungsgebühren verlangen.

Beispiel: Ein Lieferer stellt wegen Zahlungsverzug 31,20 € Verzugszinsen und 15,00 € Bearbeitungsgebühren in Rechnung.

7510	ZAW	31,20 €				
6750	KGV	15,00 €	an	4400	VE	46,20 €

10.8 Weitere Finanzierungsmöglichkeiten

Leasing: Konto 6710 LS

Der Leasingnehmer ist für eine festgelegte Laufzeit Besitzer des Leasingguts (z. B. Kfz). Er entrichtet eine einmalige Sonderzahlung sowie monatliche Leasingraten. Am Ende der Laufzeit gibt er die Sache zurück oder erwirbt sie zum Restwert.

Öffentliche Förderprogramme

Durch staatliche Förderprogramme (Bund, Länder) an Unternehmen sollen politische oder wirtschaftliche Ziele erreicht werden, z. B. die Entwicklung umweltfreundlicher Technologien. Die Förderung erfolgt u. a. über die Vergabe **zinsgünstiger Kredite** oder **Zuschüsse** (müssen nicht zurückgezahlt werden!), Kreditsicherung durch **staatliche Kreditbürgschaften** oder **Beteiligungen** an Unternehmen.

Factoring

Durch Factoring kann ein Unternehmer seine **Forderungen absichern**. Er verkauft Forderungen an ein Factoringinstitut (Factor), das die Verwaltung der Forderung übernimmt (Mahnwesen, Inkasso).

11 Kapitalanlage

11.1 Anlageziele („Magisches Dreieck“)

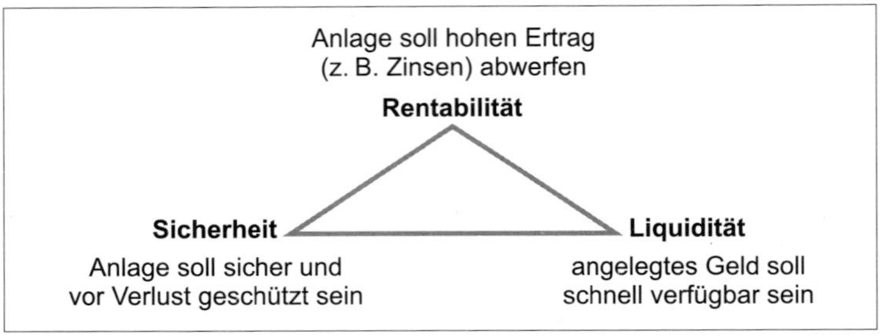

11.2 Geldanlagemöglichkeiten

Immobilien

Der Wert von Immobilien ist in den vergangenen Jahren stark gestiegen, entsprechend attraktiv erscheinen sie als Anlageform. Neben einer möglichen Wertsteigerung tragen Mieteinnahmen zur Rendite bei Immobilien bei.

Edelmetalle

Besonders in Wirtschaftskrisen entscheiden sich viele Anleger für Gold und Silber. Die Preise von Edelmetallen unterliegen zum Teil starken Schwankungen.

Einlageformen bei Banken

Sichteinlagen (Giralgeld)
Guthaben bei Kreditinstituten, über die man jederzeit verfügen kann, z. B. Girokonto, Kontokorrentkonto

Termineinlagen	
Festgelder	**Kündigungsgelder**
Der Bank wird ein bestimmter Betrag über einen festgelegten Zeitraum (mind. 1 Monat) überlassen.	Will der Bankkunde auf das angelegte Kapital zugreifen, muss er kündigen und die vereinbarte Kündigungsfrist abwarten.

Wertpapiere

Wertpapiere / Effekten	
Festverzinsliche Wertpapiere	**Aktien / Investmentzertifikate**
(= Gläubiger- / Rentenpapiere / Schuldverschreibungen): Anleihen, Pfandbriefe, Obligationen. Der Zinssatz ist festgelegt.	(= Teilhaber- / Dividendenpapiere) Aktien, Fonds, ETFs

11.3 Buchungen bei Aktiengeschäften

Beispiel:

- Kauf von 80 VW-Aktien zum Stückkurs von 172,30 € per Banküberweisung.

Kaufabrechnung

Kurswert	13.784,00 €	100 %	(= 80 · 172,30 €)
+ 1 % Spesen vom KW	137,84 €	1 %	
Banklastschrift	13.921,84 €	101 %	

1500 WP an 2800 BK 13.921,84 €

- Verkauf der VW-Aktien zum Stückkurs von 153,80 €.

Verkaufsabrechnung

Kurswert	12.304,00 €	100 %	(= 80 · 153,80 €)
– 1 % Spesen vom KW	123,04 €	1 %	
Bankgutschrift	12.180,96 €	99 %	

Berechnung Kursgewinn/-verlust

Bankgutschrift	12.180,96 €
– Banklastschrift	13.921,84 €
Kursverlust	– 1.740,88 €

2800 BK	12.180,96 €				
7460 VAWP	1.740,88 €	an	1500	WP	13.921,84 €

- Verkauf der VW-Aktien zum Stückkurs von 178,20 €.

Verkaufsabrechnung

Kurswert	14.256,00 €	100 %	(= 80 · 178,20 €)
– 1 % Spesen vom KW	142,56 €	1 %	
Bankgutschrift	14.113,44 €	99 %	

Berechnung Kursgewinn/-verlust

Bankgutschrift	14.113,44 €
– Banklastschrift	13.921,84 €
Kursgewinn	191,60 €

2800 BK	14.113,44 €	an	1500	WP	13.921,84 €
			5650	EAWP	191,60 €

11.4 Weitere Konten im Geldanlagenbereich

5780 DDE (Dividendenerträge): Eine Dividende ist ein Anteil vom Gewinn der Aktiengesellschaft, der an Aktionäre ausgeschüttet wird.

5400 EMP (Erlöse aus Vermietung und Verpachtung): z. B. Erlöse, wenn ein leerstehendes Gebäude des Unternehmens vermietet wird

5710 ZE (Zinserträge): z. B. eine Zinsgutschrift für eine Festgeldanlage

12 Ausfall und Bewertung von Forderungen

12.1 Kategorien zur Bewertung von Forderungen

Einwandfreie Forderungen: Mit einem Zahlungseingang wird gerechnet.
Zweifelhafte Forderungen: Der Zahlungseingang ist gefährdet, z. B. weil der Kunde trotz Mahnung nicht bezahlt.
Uneinbringliche Forderungen: Der Ausfall der Forderung steht fest, z. B. weil ein Insolvenzverfahren mangels Masse eingestellt wurde.

12.2 Bewertung der zweifelhaften Forderungen – Einzelwertberichtigung (3670 EWB)

Jede zweifelhafte (dubiose) Forderung wird am Jahresende geprüft und der **geschätzte Nettoausfall aller zweifelhaften Forderungen** abgeschrieben.

Beispiel: 31.12. – Übersicht aus dem Geschäftsfreundebuch (Debitoren)

Kunde	ZWFO brutto (€)	anteilige UST (€)	ZWFO netto (€)	geschätzter Ausfall FO (%)	geschätzter Ausfall (netto) (€)
Kunde A	33.320,00	5.320,00	28.000,00	60,00	16.800,00
Kunde B	11.305,00	1.805,00	9.500,00	35,00	3.325,00
	44.625,00	geschätzte Ausfälle im GJ **gesamt**:			**20.125,00**

6950 ABFO an 3670 EWB 20.125,00 €

12.3 Bewertung der einwandfreien Forderungen – Pauschalwertberichtigung (3680 PWB)

Auch einwandfreie Forderungen unterliegen einem Ausfallrisiko. Da man nicht weiß, welcher Kunde nicht bezahlen wird, werden einwandfreie Forderungen pauschal (= im Ganzen) bewertet. Gerechnet wird i. d. R. mit einem Ausfall von 1 %.

Beispiel: Die einwandfreien Forderungen belaufen sich am Ende des GJ auf 433.166,00 €.

Einwandfreie FO am 31.12.01	433.160,00 €
– UST	69.160,00 €
Nettowert	364.000,00 €
davon 1 % PWB	**3.640,00 €**

6950 ABFO an 3680 PWB 3.640,00 €

Abschlussbuchung für das Konto 3680 PWB

3680 PWB an 8010 SBK 3.640,00 €

12.4 Zahlungsverzug des Kunden

Ein Kunde ist in Zahlungsverzug geraten. Es werden 9,85 € Verzugszinsen und 12,00 € Bearbeitungsgebühren in Rechnung gestellt.

2400	FO	21,85 €	an	5710	ZE	9,85 €
				5430	ASBE	12,00 €

13 Periodenrichtige Erfolgsermittlung

13.1 Aktive und Passive Rechnungsabgrenzung

Im Unternehmen gibt es Vorgänge, die sowohl das aktuelle als auch das folgende GJ betreffen. Im Jahresabschluss soll der Erfolg des **aktuellen GJ** dargestellt werden. Das bedeutet, dass der Anteil der Aufwendungen und Erträge, der das kommende GJ betrifft, **abgegrenzt** werden muss.

13.2 Abgrenzungsbuchungen und Folgebuchungen

ARA (Aktive Rechnungsabgrenzung)

Die Zahlung **(Ausgabe)** ist im alten GJ erfolgt, der **Aufwand** fällt ganz oder teilweise ins neue GJ. Abgegrenzt wird der Nettobetrag!

Beispiel: Die Lagerhallenmiete für Dezember bis Februar über 1.785,00 € brutto wird im Voraus (01.12.) per Banküberweisung entrichtet.

01.12. — 31.12. — 28.02.

Dezember: 500,00 € netto | Januar, Februar: 1.000,00 € netto

- Laufende Buchung am 01.11.01

6700	AWMP	1.500,00 €				
2600	VORST	285,00 €	an	2800	BK	1.785,00 €

- Vorabschlussbuchung am 31.12.01

2900	ARA		an	6700	AWMP	1.000,00 €

(Mietaufwendungen für folgendes GJ werden ausgebucht.)

- Buchung am 01.01.02

6700	AWMP		an	2900	ARA	1.000,00 €

PRA (Passive Rechnungsabgrenzung)

Die Zahlung **(Einnahme)** ist im alten GJ erfolgt, der **Ertrag** fällt ganz oder teilweise ins neue GJ. Abgegrenzt wird der Nettobetrag!

Beispiel: Der Mieter der Lagerhalle überweist die Miete für November bis April des nächsten Jahres am 01.11. im Voraus, 4.200,00 € netto.

01.11.		31.12.				30.04.
Nov.	Dez.	Jan.	Feb.	Mrz.	Apr.	
1.400,00 € netto		2.800,00 € netto				

- Laufende Buchung am 01.11.01

2800	BK	4.998,00 €	an	5400	EMP	4.200,00 €
				4800	UST	798,00 €

- Vorabschlussbuchung am 31.12.01

5400	EMP		an	4900	PRA	2.800,00 €

(Mieterträge für folgendes GJ werden ausgebucht.)

- Buchung am 01.01.02

4900	PRA		an	5400	EMP	2.800,00 €

13.3 Rückstellungen

Rückstellungen werden am 31.12. für **Aufwendungen** gebildet, **die dem alten Geschäftsjahr zuzurechnen** sind, bei denen aber die genaue **Höhe** und **Fälligkeit noch nicht feststehen** (bei 4400 VE stehen Betrag und Tag der Fälligkeit fest).

Bildung der Rückstellung am 31.12.

Für die Reparatur einer Maschine, die im Januar des kommenden Jahres erfolgen soll, liegt im Dezember ein Kostenvoranschlag über 2.700,00 € netto vor.

6160	FRI	an	3900	RST	2.700,00 €

Eingang der Rechnung im neuen GJ

- **Fall 1:** Die tatsächlichen Kosten betragen 3.100,00 € netto, Banküberweisung.

Rückstellung	2.700,00 €
– tatsächlicher Aufwand	3.100,00 €
zusätzlicher Aufwand (periodenfremd)	–400,00 €

3900	RST	2.700,00 €				
6990	PFAW	400,00 €				
2600	VORST	589,00 €	an	2800	BK	3.689,00 €

- **Fall 2:** Die Reparaturkosten betragen 2.400,00 € netto, Banküberweisung.

Rückstellung	2.700,00 €
– tatsächlicher Aufwand	2.400,00 €
periodenfremder Ertrag	+300,00 €

3900	RST	2.700,00 €				
2600	VORST	456,00 €	an	2800	BK	2.856,00 €
				5490	PFE	300,00 €

14 Unternehmensanalyse – Kennzahlen

Mithilfe der Kennzahlen der Unternehmensanalyse kann die wirtschaftliche Situation eines Unternehmens bewertet werden. Entweder durch

- **Zeitvergleich** (innerbetrieblicher-/interner Vergleich), also eine Beurteilung der Entwicklung des eigenen Unternehmens, oder durch
- **Betriebsvergleich** (zwischenbetrieblicher/externer Vergleich), also einen Vergleich mit anderen Unternehmen derselben Branche.

Eigenkapitalquote (siehe 10.3)

Liquidität

Kennzahlen zur Liquidität ermöglichen eine Einschätzung der Zahlungsfähigkeit eines Unternehmens.

- **Barliquidität (Liquidität 1. Grades):** Zeigt an, ob man den kurzfristigen Zahlungsverpflichtungen nachkommen kann. Sie sollte größer 20 % sein.

$$\text{Barliquidität} = \frac{\text{flüssige Mittel} \cdot 100}{\text{kurzfristige Verbindlichkeiten}}$$

- **Einzugsliquidität (Liquidität 2. Grades):** Zeigt an, ob die flüssigen Mittel und Forderungen ausreichen, um alle kurzfristigen Verbindlichkeiten bezahlen zu können. Optimal ist ein Wert um 100 %.

$$\text{Einzugsliquidität} = \frac{(\text{flüssige Mittel} + \text{Forderungen}) \cdot 100}{\text{kurzfristiges Fremdkapital}}$$

Anlagendeckung

Die Kennzahlen der Anlagendeckung informieren, inwieweit das Anlagevermögen (AV) durch Eigenkapital und Fremdkapital finanziert ist.

- **Anlagendeckung I:** Zeigt an, welcher Anteil des AV durch Eigenkapital finanziert ist. Sie sollte mindestens 60–100 % betragen.

$$\text{Anlagendeckung I} = \frac{\text{Eigenkapital} \cdot 100}{\text{Anlagevermögen}}$$

- **Anlagendeckung II:** Zeigt an, inwieweit das AV durch langfristig zur Verfügung stehendes Kapital (EK + langfr. FK) gedeckt ist. Sie sollte mindestens 100 % betragen.

$$\text{Anlagendeckung II} = \frac{(\text{Eigenkapital} + \text{langfr. Fremdkapital}) \cdot 100}{\text{Anlagevermögen}}$$

Eigenkapitalrentabilität (EK-Rendite)

Zeigt an, wie hoch sich das Eigenkapital verzinst hat. Die Verzinsung muss höher als die übliche Kapitalmarktverzinsung sein. Außerdem müssen Unternehmerlohn und Unternehmerrisiko abgedeckt sein. Die Eigenkapitalrentabilität sollte > 10 % sein.

$$\text{Eigenkapitalrentabilität} = \frac{\text{Gewinn} \cdot 100}{\text{Eigenkapital (am Jahresanfang)}}$$

15 Geschäfts- und Betriebsbuchführung

15.1 Begriffsabgrenzungen

Aufwendungen	
Kosten	**neutrale Aufwendungen**
• **betriebsbezogen** z. B. Verbrauch von Rohstoffen (Konto 6000 AWR) • **kalkulatorisch** kalkulatorische Abschreibungen (Anderskosten) und kalkulatorischer Unternehmerlohn (Zusatzkosten)	• **betriebsfremd** Entstehung hat nichts mit Betriebszweck zu tun, z. B. Verluste beim Verkauf von Aktien • **periodenfremd** Grund für Entstehung liegt in der Vorperiode, z. B. Steuernachzahlung aus dem Vorjahr • **außerordentlich** ungewöhnliche oder seltene Aufwendungen, z. B. Verluste beim Verkauf eines Betriebsgebäudes

Erträge	
Leistungen	**neutrale Erträge**
• **betriebsbezogen** Erträge, die mit dem Betriebszweck zusammenhängen, z. B. Verkauf von Fertigerzeugnissen (Konto 5000 UEFE)	• **betriebsfremd** Entstehung hat nichts mit Betriebszweck zu tun, z. B. Zinserträge • **periodenfremd** Grund für Entstehung liegt in der Vorperiode, z. B. Steuerrückerstattung aus dem Vorjahr • **außerordentlich** ungewöhnliche oder seltene Erträge, z. B. Erträge beim Verkauf eines Geschäftsgebäudes

15.2 Unterscheidung von zwei Rechnungskreisen

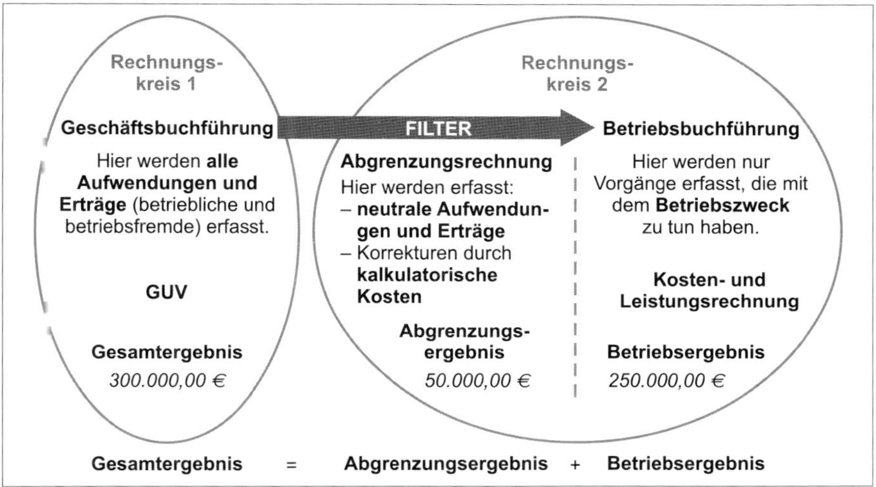

16 Vollkostenrechnung bei Einzelfertigung

Die Vollkostenrechnung verrechnet **alle Kosten** auf die **Kostenträger** (Fertigerzeugnisse). Sie ist Grundlage für die Preiskalkulation und liefert wichtige Informationen für unternehmerische Entscheidungen.

16.1 Kostenartenrechnung (Welche Kosten sind angefallen?)

Einzelkosten	Sondereinzelkosten	Gemeinkosten
z. B. Rohstoffe, Fremdbauteile, Fertigungslöhne	fallen nur selten an, z. B. Lizenzgebühren, Spezialwerkzeug, Konstruktionspläne	z. B. Miete, Kommunikation, Abschreibungen, Betriebsstoffe, Hilfslöhne, Sozialabgaben
können den Kostenträgern (Fertigerzeugnissen) **direkt** zugeordnet werden		können den Kostenträgern nur **indirekt** zugeordnet werden

16.2 Kostenstellenrechnung (Wo sind die Kosten entstanden?)

Eine **direkte Zuordnung der Gemeinkosten** (z. B. Mietkosten) auf den Kostenträger ist **nicht möglich**, deshalb werden die Gemeinkosten **verursachungsgerecht** zunächst den Bereichen zugeordnet, in denen sie entstanden sind, also den **vier Kostenstellen**.

I Material	**II** Fertigung	**III** Verwaltung	**IV** Vertrieb

Die **Verteilung der Gemeinkosten** erfolgt entweder

- *direkt* mithilfe von Belegen (z. B. Lohnlisten) oder
- *indirekt* nach Verteilungsschlüsseln (Mengen-, Zeit-, Wertschlüssel).

Beispiel: Betriebsabrechnungsbogen (BAB): Verteilung der Gemeinkosten

Kostenarten	Betrag EUR	Verteilungsschlüssel	I Material	II Fertigung	III Verwaltung	IV Vertrieb
Heizkosten	2.800,00	Fläche in m^2	400 m^2 560,00 €	900 m^2 1.260,00 €	400 m^2 560,00 €	300 m^2 420,00 €
Gehälter	9.200,00	Gehaltsliste in €	600,00 €	800,00 €	6.600,00 €	1.200,00 €
Klimaanlage	8.448,00	Volumen in m^3	1.450 m^3 1.392,00 €	5.250 m^3 5.040,00 €	920 m^3 883,20 €	1.180 m^3 1.132,80 €
Summe Gemeinkosten			**MGK** **2.552,00 €**	**FGK** **7,100,00 €**	**VwGK** **8.043,20 €**	**VtGK** **2.752,80 €**

16.3 Kostenträgerrechnung (Wofür sind die Kosten entstanden?)

Kostenträgerzeitrechnung als Gesamtkalkulation

Bei der Kostenträgerzeitrechnung werden die Selbstkosten für **alle im Abrechnungszeitraum** umgesetzten Güter ermittelt.

Beispiel:

Gesamtkalkulation	EUR	EUR	%	%
Fertigungsmaterial (FM)	238.000,00		100	
+ Materialgemeinkosten (MGK)	19.040,00		8	
= **Materialkosten**		**257.040,00**	108	
Fertigungslöhne (FL)	82.000,00			100
+ Fertigungsgemeinkosten (FGK)	44.280,00			54
+ Sondereinzelkosten der Fertigung (SEKF)	3.750,00			
= **Fertigungskosten (FK)**		**130.030,00**		
= **Herstellkosten der Erzeugung (HKdE)**		**387.070,00**		
– Mehrbestand		5.000,00		
+ Minderbestand		3.500,00		
= **Herstellkosten des Umsatzes (HKdU)**		**385.570,00**	100	
+ Verwaltungsgemeinkosten (VwGK)		28.532,18	7,40	} 12,85
+ Vertriebsgemeinkosten (VtGK)		21.013,57	5,45	
= **Selbstkosten des Umsatzes (SKdU)**		**435.115,75**		

Kostenträgerstückrechnung

Bei der Kostenträgerstückrechnung werden die Selbstkosten für **einen Kostenträger** ermittelt.
Hier sind bei der Kalkulation **keine Bestandsveränderungen und HKdU** zu berücksichtigen.

Beispiel:

Kostenträgerstückrechnung	EUR	EUR	%	%
FM	340,00		100	
+ MGK	27,20		8	
= MK		367,20	108	
FL	185,00			100
+ FGK	99,90			54
+ SEKF	4,82			
= FK		289,72		
= Herstellkosten (HK)		**656,92**	100	
+ VwGK		48,61	7,40	12,85
+ VtGK		35,80	5,45	
= Selbstkosten (SK)		**741,33**		

17 Teilkostenrechnung

17.1 Die Deckungsbeitragsrechnung

Die Deckungsbeitragsrechnung orientiert sich am Preis, der am Markt erzielt werden kann. Ein Auftrag kann kurzfristig auch dann lohnenswert sein, wenn die variablen Kosten gedeckt und zusätzlich ein Beitrag zur Deckung der fixen Kosten geleistet werden kann.
Der Deckungsbeitrag (DB) ist der Teil des Nettoverkaufserlöses, der nach Abzug der variablen Kosten noch zur Deckung der fixen Kosten beiträgt.

variable Kosten (FM, FL, SEKF)
+ fixe Kosten (MGK, FGK, VwGK, VtGK)

= Selbstkosten

Die **DB-Rechnung** bietet eine **kurzfristige Entscheidungshilfe** bei Nichtauslastung der Produktionskapazität. Langfristig müssen die Bedingungen der Vollkostenrechnung erfüllt sein.

Beispiel: DB-Rechnung bei zwei Produkten

	Produkt A (260 Stk)	**Produkt B** (390 Stk)	**gesamt**
NVE/Stk	2.870,00 €	1.860,00 €	
– K_v/Stk	1.920,00 €	1.120,00 €	
DB/Stk	950,00 €	740,00 €	
= DB ges	247.000,00 €	288.600,00 €	535.600,00 €
– K_f			415.000,00 €
= BE			**120.600,00 €**

17.2 Bestimmung von Preisuntergrenzen

Langfristige Preisuntergrenze

Langfristig kann ein Unternehmen nur erfolgreich sein, wenn alle Kosten gedeckt sind ⇒ **Betriebsergebnis = 0**.

Kurzfristige Preisuntergrenze

Findet auf dem Markt ein Preiskampf statt, kann/muss kurzfristig auf Gewinn verzichtet werden. Der Nettoverkaufspreis eines Produkts kann kurzfristig so weit gesenkt werden, dass nur die variablen Kosten gedeckt sind (Sicherung von Marktanteilen/Arbeitsplätzen) ⇒ **DB = 0**.

17.3 Die Annahme von Zusatzaufträgen zu Sonderbedingungen

Ein Zusatzauftrag zu Sonderbedingungen (i. d. R. wird ein hoher Preisnachlass gefordert) wird angenommen, wenn …

- freie Kapazitäten vorhanden sind **und**
- sich durch den Zusatzauftrag das Betriebsergebnis verbessert, die zusätzlichen **Erlöse** also **höher sind als die variablen Kosten**.

17.4 Fertigungsprogrammplanung

Mithilfe der Deckungsbeitragsrechnung kann das Sortiment bewertet werden.

Produkteliminierung

Im Beispiel wird deutlich, dass Produkt B den höchsten Beitrag zur Deckung der fixen Kosten leistet. Produkt D weist einen negativen Deckungsbeitrag auf, d. h., dass durch den Verkaufserlös nicht einmal die variablen Kosten gedeckt werden.

	Produkt A	**Produkt B**	**Produkt C**	**Produkt D**
NVE/Stk	740,00 €	920,00 €	860,00 €	680,00 €
K_v/Stk	580,00 €	680,00 €	670,00 €	710,00 €
DB/Stk	160,00 €	240,00 €	190,00 €	– 30,00 €

Produkt D sollte aus dem Sortiment genommen (eliminiert) werden, falls keine anderen Gründe eine Fortführung der Produktion rechtfertigen (z. B. Question Mark in Portfolio Analyse).

Verkaufsförderung

Die Deckungsbeitragsrechnung hilft auch bei der Entscheidung, welches Produkt besonders gefördert werden soll, z. B. wenn es um die Ausweitung der Produktion geht.
Im Beispiel oben weist Produkt B den höchsten Deckungsbeitrag/Stück aus. Freie Kapazitäten sollten für die Produktion dieses Produkts verwendet werden, da dadurch das Betriebsergebnis am meisten gesteigert werden kann.

Annahme von Kundenaufträgen

Wenn die Produktionskapazität bereits ausgeschöpft ist, gilt: Ein zusätzlicher Auftrag wird angenommen, wenn er einen höheren Deckungsbeitrag erzielt als das Produkt mit dem aktuell niedrigsten Deckungsbeitrag. Die Fertigung dieses Produkts wird, soweit wie nötig, reduziert oder eingestellt.

17.5 Selbst machen oder kaufen – „make or buy"?

Mit der „make or buy"-Analyse wird ermittelt, ob es günstiger ist, benötigte Produkte selbst herzustellen oder von einem anderen Unternehmen zu kaufen.

Fremdfertigung:	**Gesamtkosten** = Einstandspreis/Stk. · Menge
Eigenfertigung:	variable Kosten (variable Kosten/Stk. · Menge) + Fixkosten
	Gesamtkosten

ÜBUNGSAUFGABEN

Bayern ▪ REALSCHULE
Übungsaufgaben – Praktische Grundlagen

Grundlagen für die Erstellung von Buchungssätzen

Zum Beginn des Geschäftsjahres werden die aktiven und passiven Bestandskonten eröffnet (Kontenklassen 0 bis 4). Bei **Aktivkonten** steht der Anfangsbestand im Soll, sie mehren sich im Soll und mindern sich im Haben. Der Schlussbestand wird im Haben erfasst. Bei **Passivkonten** erfolgt der Eintrag jeweils entgegengesetzt.

Aktiva	**Bilanz 1. Januar 20..**	**Passiva**
Anlagevermögen MA . . Umlaufvermögen FO . .		Eigenkapital Fremdkapital LBKV ...

↓ ↓

S	**0700 MA**	**H**
Anfangsbestand + Mehrung		– Minderung *Schlussbestand*

S	**3000 EK**	**H**
– Minderung *Schlussbestand*		*Anfangsbestand* + Mehrung

Über die **Aufwands- und Ertragskonten** (Kontenklassen 5 bis 7) kann der Erfolg des Unternehmens (Gewinn/Verlust) bestimmt werden. Ein Aufwand bedeutet einen Werteabfluss, z. B. wenn Rohstoffe verbraucht oder Löhne gezahlt werden. Erträge, z. B. beim Verkauf von Fertigerzeugnissen, bedeuten einen Wertezufluss.
Die Salden der Aufwands- und Ertragskonten werden am **Jahresende** auf dem **Konto 8020 GUV** gesammelt.

Aufwandskonten, z. B.:

S	**6000 AWR**	**H**
+ Mehrung		– Minderung

Ertragskonten, z. B.:

S	**5000 UEFE**	**H**
– Minderung		+ Mehrung

↓ ↓

S		**8020 GUV**		**H**
Aufwendungen			**Erträge**	
AWR	12.000,00		UEFE	20.000,00
			Gewinn	8.000,00

Die Salden der Aufwandskonten werden im Konto 8020 GUV im Soll, die der Ertragskonten im Haben erfasst. Im Beispiel hat das Unternehmen einen Gewinn von 8.000,00 € erzielt. Der Gewinn/Verlust wird auf das **Konto 3000 EK** gebucht.

Bei der Bildung von Buchungssätzen sind folgende Vorüberlegungen sinnvoll:

Beispiel: Zielkauf von Hilfsstoffen für 360,00 € netto

1. Welche Konten sind betroffen?	6020 AWH	2600 VORST	4400 VE
2. Um welche Art Konto handelt es sich (Aktiv-/Passiv-/Aufwands-/Ertragskonto)?	Aufwand	Aktiv	Passiv
3. Mehrt oder mindert sich das Konto?	+	+	+
4. Buchung im Soll oder Haben?	Soll	Soll	Haben

Buchungssatz:

6020 AWH	360,00 €	an	4400 VE	428,40 €
2600 VORST	68,40 €			

Das System der Umsatzsteuer

Die Umsatzsteuer ist eine Verbrauchssteuer, die vom Endverbraucher zu bezahlen ist. Unternehmen zahlen beim **Einkauf** von Waren und Dienstleistungen **Vorsteuer** – sie können die gezahlte Vorsteuer jedoch vom Finanzamt zurückfordern. Die Vorsteuer ist also eine **Forderung gegenüber dem Finanzamt** und wird auf dem Aktivkonto **2600 VORST im Soll** gebucht.

Wichtig: Bei nachträglichen Preisnachlässen (Skonto, Mängelrüge) muss die Vorsteuer im Haben korrigiert werden!

Beim **Verkauf** von Fertigerzeugnissen zahlt der Kunde **Umsatzsteuer** an den Verkäufer, der diese an das Finanzamt abführt. Die Umsatzsteuer stellt für das verkaufende Unternehmen also eine **Verbindlichkeit gegenüber dem Finanzamt** dar und wird auf dem Passivkonto **4800 UST im Haben** erfasst.

Wichtig: Bei nachträglichen Preisnachlässen (Skonto, Mängelrüge) muss die Umsatzsteuer im Soll korrigiert werden!

Hinweis zu den Übungsaufgaben

Bei den folgenden Übungsaufgaben handelt es sich überwiegend um Teilaufgaben von Abschlussprüfungen der vergangenen Jahre. Sie sind hier entsprechend den Themengebieten des Lehrplans zusammengestellt. Teilweise werden in den Aufgaben, wie auch in der Abschlussprüfung, verschiedene Kapitel inhaltlich verknüpft.

Aufgabe 1

*Mira Singer hat sich mit ihrem Unternehmen Mira Singer Lautsprecherboxen e. Kfr., kurz „M-BOX", mit Sitz in Bamberg auf die Produktion mobiler Lautsprecherboxen spezialisiert. Am 31.12. steht bei „M-BOX" der Jahresabschluss an. Als Mitarbeiter*in des Unternehmens sind Sie mit folgenden Aufgaben betraut:*

1.1 Der Jahresabschluss erfolgt in vier Teilschritten. Im **ersten Schritt** sind die Vorabschlussbuchungen vorzunehmen.

1.1.1 Bilden Sie die Buchungssätze für den Abschluss der Unterkonten 6031 BZKB und 5001 EBFE.

S	6031 BZKB		H
VE	80,00		
BK	15,00		
VE	45,00		

S	5001 EBFE		H
FO	2.300,00		
FO	780,00		
FO	320,00		

1.1.2 Im Hilfsstofflager wurde ein Minderbestand von 5.300,00 € ermittelt. Bilden Sie den erforderlichen Buchungssatz.

1.2 Im **zweiten Schritt** werden die Erfolgskonten (Hauptkonten) abgeschlossen.

Die Konten 6030 AWB und 5000 UEFE weisen zum Jahresende folgende Eintragungen aus:

S	6030 AWB		H
1) BK	630,00	2) NB	80,00
KA	160,00		
VE	420,00		
BZKB	140,00		

S	5000 UEFE		H
EBFE	3.400,00	FO	8.200,00
		FO	740,00
		BK	3.300,00
		KA	140,00

1.2.1 Geben Sie einen möglichen Geschäftsfall zum Eintrag 1) im Konto 6030 AWB an.

1.2.2 Erläutern Sie den Eintrag 2) im Konto 6030 AWB.

1.2.3 Bilden Sie die Buchungssätze für den Abschluss der beiden Konten.

1.3 Nach dem Abschluss der Erfolgskonten wird im **dritten Schritt** der Jahreserfolg ermittelt und das GUV-Konto abgeschlossen.

Das Konto 8020 GUV weist folgende Eintragungen aus:

S	8020 GUV		H
AWR	75.000,00	UEFE	125.000,00
AWH	18.000,00		
AWB	1.350,00		
AWMP	4.400,00		

1.3.1 Berechnen Sie den Erfolg des Unternehmens.

1.3.2 Bilden Sie den Buchungssatz für den Abschluss des Kontos 8020 GUV.

1.3.3 Erläutern Sie, welche Auswirkungen das Ergebnis auf das Eigenkapital hat.

1.4 Im **vierten Schritt** werden die Bestandskonten auf das Konto 8010 SBK abgeschlossen.

Die Konten 2800 BK und 4400 VE weisen zum Ende des Geschäftsjahres folgende Eintragungen aus:

S	2800 BK		H
AB	8.100,00	VE	2.500,00
1) FO	3.300,00	AWH/VORST	1.400,00
KA	150,00		
LBKV	12.000,00		

S	4400 VE		H
BK	2.500,00	AB	11.600,00
NR/VORST	400,00	AWR/VORST	5.400,00
		AWB/VORST	420,00

1.4.1 Geben Sie einen möglichen Geschäftsfall zu Eintrag 1) im Konto 2800 BK an.

1.4.2 Bilden Sie die Buchungssätze für den Abschluss der beiden Konten.

1.5 Geben Sie auf Ihrem Lösungsblatt unter Angabe des Kennbuchstabens an, ob folgende Aussagen richtig oder falsch sind:

A	Der Kauf von Rohstoffen (6000 AWR) mindert den Gewinn des Unternehmens.
B	Ein Gewinn wird im Konto 3000 EK auf der Soll-Seite verbucht.
C	Zahlt ein Kunde innerhalb der Skontofrist unter Abzug von Skonto, mindern sich die Umsatzerlöse.

Erwin Schleicher produziert in seinem Unternehmen Erwin Schleicher Sneaker e. K., kurz „SCHLEICHER“, im Stammwerk in München Sneaker.
*Sie sind Mitarbeiter*in des Unternehmens.*

Am 31.12.2018 sind noch einige Arbeiten im Unternehmen „SCHLEICHER“ zu erledigen.

2.1 Bilden Sie die vorbereitenden Abschlussbuchungssätze.

2.1.1 Ihnen liegt folgendes Konto vor:

Soll	**6022 NH**	**Haben**
	13.05. VE	1.050,00 €

2.1.2 Ihnen liegt folgender Beleg auszugsweise vor:

Dr. August Dösig
Rechtsanwaltskanzlei

Dr. August Dösig, Rechtsanwalt, Gerichtsstraße 12, 86899 Landsberg

Erwin Schleicher Sneaker e. K.
Schmittchenstraße 39
81230 München

Kostenvoranschlag Landsberg, 30.12.2018
Nr. 3847/19

Sehr geehrter Herr Schleicher,
bezüglich des laufenden Prozesses gegen Ihren Kunden Schuh-MAFIA müssen Sie im kommenden Geschäftsjahr mit Anwaltskosten von voraussichtlich 5.600,00 € netto rechnen.

2.1.3 Die Gutschrift für einen vermieteten Parkplatz in Höhe von 2.142,00 € brutto (USt-Anteil: 342,00 €) für die Monate Dezember bis Februar erfolgte bereits am 01.12.2018 auf das Geschäftsbankkonto.

Lösungsvorschlag

1.1.1

> **TIPP Grundregeln beim Abschließen von Konten:**
> - Zunächst muss der Saldo (Unterschied zwischen Soll und Haben) ermittelt werden.
> - Dann muss das Konto ausgeglichen werden: Der Saldo wird auf der „kleineren" Seite gebucht (hier jeweils im Haben).

6030 AWB	an	6031 BZKB	140,00 €
5000 UEFE	an	5001 EBFE	3.400,00 €

Erklärung: Unterkonten (z. B. 6031 BZKB, 5001 EBFE) werden im Rahmen der Vorabschlussbuchungen über die Hauptkonten (z. B. 6030 AWB, 5000 UEFE) abgeschlossen. Der Schlussbestand des Unterkontos *6031 BZKB* wird auf dem Hauptkonto *6030 AWB* im Soll erfasst → die Bezugskosten erhöhen die Aufwendungen für Betriebsstoffe.
Der Saldo des Unterkontos *5001 EBFE* steht im Haben. Das Konto wird am Jahresende über das Konto *5000 UEFE* durch eine Sollbuchung abgeschlossen → die Erlösberichtigungen schmälern die Umsatzerlöse.

1.1.2

6020 AWH	an	2020 H	5.300,00 €

Erklärung: *2020 H:* Das Aktivkonto 2020 H hat sich gemindert → Buchung im Haben.
6020 AWH: Während des Geschäftsjahres wurden zusätzliche Hilfsstoffe aus dem Lager verarbeitet, der Aufwand steigt → Buchung im Soll.

1.2.1 Kauf von Schmierstoffen für 630,00 € netto per Banküberweisung.

Erklärung: Der Buchungssatz lautet:

6030 AWB	630,00 €	an	2800 BK	749,70 €
2600 VORST	119,70 €			

6030 AWB: Eintrag 1) wurde im Konto 6030 AWB im Soll erfasst → es handelt sich um eine Mehrung der Aufwendungen für Betriebsstoffe. Im Konto 6030 AWB wird der Nettowert erfasst.
2800 BK: Im **Gegenkonto** 2800 BK wird der Vorfall im Haben erfasst, es hat sich also gemindert.
2600 VORST: Beim Kauf fällt Vorsteuer an. Diese wird ebenfalls im Soll erfasst, erscheint also nicht als Gegenkonto im Konto 6030 AWB.

1.2.2 Das Unterkonto 6032 NB wurde abgeschlossen, der Saldo beträgt 80,00 €. Die Nachlässe mindern die Aufwendungen für Betriebsstoffe.

Erklärung: Der Buchungssatz lautet:

6032 NB	an	6030 AWB	80,00 €

6032 NB: Das Unterkonto wird bei **nachträglichen Preisnachlässen** vom Lieferer benötigt (Mängelrüge, Skonto). Am Jahresende wird es im Rahmen der Vorabschlussbuchungen auf das Hauptkonto 6030 AWB abgeschlossen.

6030 AWB: Nachlässe mindern die Aufwendungen für Betriebsstoffe → Buchung im Haben.

1.2.3 8020 GUV an 6030 AWB 1.270,00 €
5000 UEFE an 8020 GUV 8.980,00 €

Erklärung: *8020 GUV:* Die Erfolgskonten werden auf 8020 GUV abgeschlossen, Aufwendungen werden im Soll erfasst, Erträge im Haben.
6030 AWB: Der Saldo wird im Haben gebucht (Ausgleich des Kontos).
5000 UEFE: Der Saldo wird im Soll erfasst (Ausgleich des Kontos).

1.3.1 „M-BOX" hat einen Gewinn von 26.250,00 € erzielt.

Erklärung: Im Konto 8020 GUV werden die Aufwendungen im Soll und die Erträge im Haben erfasst.
Erträge – Aufwendungen = Erfolg des Unternehmens
Hinweis: Der Erfolg kann auch negativ sein (Verlust)!

1.3.2 8020 GUV an 3000 EK 26.250,00 €

Erklärung: *8020 GUV:* Das Konto GUV wird bei einem Gewinn im Soll ausgeglichen.
3000 EK: Bei einem Gewinn mehrt sich das Passivkonto EK → Buchung im Haben.

1.3.3 Der Gewinn bedeutet für "M-Box" einen Wertezufluss (Erträge > Aufwendungen), wodurch sich das Eigenkapital erhöht.

Erklärung: 3000 EK ist ein passives Bestandskonto, das sich im Falle eines Gewinns im Haben mehrt. Bei einem Verlust erfolgt die Buchung im Konto EK im Soll, das Konto GUV wird dann im Haben ausgeglichen.

1.4.1 Ein Kunde bezahlt eine Rechnung über 3.300,00 € per Banküberweisung.

Erklärung: *2800 BK:* Vorgang 1) wird im Aktivkonto BK im Soll erfasst → das Bankguthaben erhöht sich.
2400 FO: Im Gegenkonto FO erfolgt die Buchung im Haben → das Aktivkonto mindert sich.

1.4.2 8010 SBK an 2800 BK 19.650,00 €
4400 VE an 8010 SBK 14.520,00 €

Erklärung: *8010 SBK:* Alle Bestandskonten (Kontenklassen 0 bis 4) werden auf 8010 SBK abgeschlossen. Aktivkonten werden im Soll erfasst, Passivkonten im Haben.
2800 BK: Der Schlussbestand (Saldo = Soll – Haben) wird in Aktivkonten im Haben erfasst.
4400 VE: Der Schlussbestand wird bei Passivkonten im Soll gebucht.

1.5 A: richtig
B: falsch
C: richtig

Erklärung: *Zu A:* Der Kauf von Rohstoffen stellt einen Aufwand, also einen Abfluss von Werten dar. Im Konto 8020 GUV stehen Aufwendungen den Erträgen gegenüber. Erhöhen sich die Aufwendungen, mindert das den Erfolg des Unternehmens.
Zu B: Ein Gewinn trägt zur Mehrung des Eigenkapitals bei. Das Passivkonto 3000 EK mehrt sich im Haben.
Zu C: Der Abzug von Skonto durch den Kunden erfordert eine Korrektur der Umsatzerlöse. Die Buchung auf 5001 EBFE im Soll bedeutet eine Minderung der Umsatzerlöse.

2.1.1 6022 NH an 6020 AWH 1.050,00 €

Erklärung: Aus Gründen der Übersichtlichkeit werden nachträgliche Preisnachlässe für Hilfsstoffe (Skonto, Mängelrüge) auf dem Konto 6022 NH gebucht. Es handelt sich hierbei um ein Unterkonto, das zum Ende des Geschäftsjahres über das Hauptkonto 6020 AWH abgeschlossen wird (vorbereitende Abschlussbuchung).
6022 NH: Abschluss (Ausgleich) des Kontos im Soll.
6020 AWH: Der Saldo von 6022 NH wird auf AWH im Haben erfasst, die Aufwendungen für Hilfsstoffe mindern sich.

2.1.2

TIPP Ist in der Aufgabenstellung von Kostenvoranschlag, voraussichtlichen Kosten oder, wie hier, von laufenden Prozessen die Rede, sind Rückstellungen zu bilden. Rückstellungen sind Verbindlichkeiten, bei denen die Fälligkeit und die Höhe nicht feststehen.
Da die Kosten nur geschätzt sind, wird auf 3900 RST immer der **Nettobetrag** erfasst! Die Vorsteuer wird erst gebucht, wenn die Rechnung eingeht, der genaue Betrag also feststeht.

6770 RBK an 3900 RST 5.600,00 €

Erklärung: *6770 RBK:* Die Aufwendungen (Anwaltskosten) steigen → Buchung im Soll.
3900 RST: Das Passivkonto Rückstellungen (vergleichbar mit Verbindlichkeiten) nimmt im Haben zu.

2.1.3

TIPP Bei der Rechnungsabgrenzung wird immer nur der Nettobetrag abgegrenzt.

Mietertrag netto: 1.800,00 €

01.12.2018 — 1 Monat — 31.12.2018 — 2 Monate — 28.02.2019

Gutschrift 1.200,00 €

5400 EMP an 4900 PRA 1.200,00 €

Erklärung: Anfang Dezember 2018 ging die Parkplatzmiete für die kommenden drei Monate ein. Zum Bilanzstichtag am 31.12. besteht nun das Problem, dass Erträge für Januar und Februar des kommenden Geschäftsjahres auf 5400 EMP gebucht sind – die Bilanz wäre nicht korrekt. Also müssen Mieterträge, die das neue Jahr betreffen, abgegrenzt (wieder ausgebucht) werden. Einnahmen, die einen Ertrag für das kommende Geschäftsjahr darstellen, werden am 31.12. über das Passivkonto 4900 PRA abgegrenzt.
5400 EMP: Der Mietertrag für Januar und Februar wird im Soll korrigiert/ ausgebucht.
4900 PRA: Der abgegrenzte Betrag wird im Haben erfasst.

Aufgabe 1 Abschlussprüfung 2021, A1

*Jens Umprecht Trampoline e. K., kurz „JUMP", produziert im Stammwerk in München Trampoline. Sie sind Mitarbeiter*in des Unternehmens.*

Im Unternehmen „JUMP" liegt folgender Beleg vor:

Stahlwerk Stark GmbH

„Starke" Qualität und Beständigkeit

Oberer Lechweg 7, 86447 Aindling
Tel.: 08237 0255, Fax: 08237 0254
www.stahlwerk-stark.xy

Stahlwerk Stark GmbH, Oberer Lechweg 7, 86447 Aindling

Jens Umprecht Trampoline e. K.
Sprunggasse 5
80339 München

Registergericht Augsburg: HRB 76458
Steuernummer: 653/659/43089
USt-IdNr.: DE032412591

Ihr Auftrag vom: 10.01.2020
Auftrags-Nr.: 416/2020
Kunden-Nr.: 7116

Rechnung Nr. 416/2020
(bei Zahlung bitte angeben!)

Aindling, 14.01.2020

Am 14.01.2020 lieferten wir Ihnen frei Haus:

Pos.	Art-Nr.	Beschreibung	Menge	Einzelpreis	Gesamtpreis
01	4576	Stahlrohr Länge 6 Meter Durchmesser 40 mm Wandstärke 2,50 mm	250	62,50 €	15.625,00 €
		20 % Rabatt			3.125,00 €
		Zwischensumme			12.500,00 €
		19 % USt			2.375,00 €
		Rechnungsbetrag			**14.875,00 €**

Zahlbar unter Abzug von 2 % Skonto bis 24.01.2020
Zahlbar rein netto bis 14.02.2020

Die Ware bleibt bis zur vollständigen Bezahlung Eigentum der Stahlwerk Stark GmbH.

Bankverbindung: Premiumbank Aindling

IBAN: DE24 7209 0500 0013 2546 74 BIC: BYPRDEI1AIL

Bild „Stahl": Nuttawut Uttamaharad. 123rf.com

1.1 Geben Sie auf dem Lösungsblatt unter Angabe des Kennbuchstabens an, ob die Aussagen A bis D richtig oder falsch sind.

A	„JUMP“ darf den Rabatt nur bei frühzeitiger Zahlung abziehen.
B	„JUMP“ muss die Kosten für die Lieferung nicht übernehmen.
C	Sowohl „Jens Umprecht Trampoline e. K.“ als auch die „Stahlwerk Stark GmbH“ sind jeweils als Kapitalgesellschaft im Handelsregister eingetragen.
D	Die Abkürzung USt-IdNr. steht für Umsatzsteuer-Identifikationsnummer.

1.2 Bilden Sie den Buchungssatz zur Rechnung Nr. 416/2020.

1.3 Bei „JUMP“ erfolgt die Lieferung der Stahlrohre „Just-in-time“. Nennen Sie je einen Vorteil und einen Nachteil des „Just-in-time“-Verfahrens.

1.4 „JUMP“ erreicht am 16.01.2020 folgende Mail:

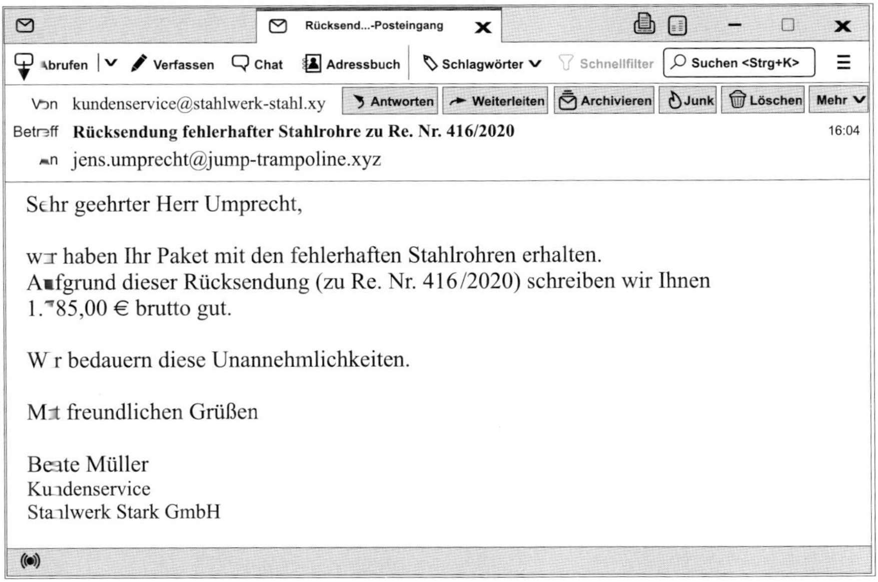

Von kundenservice@stahlwerk-stahl.xy

Betreff **Rücksendung fehlerhafter Stahlrohre zu Re. Nr. 416/2020** 16:04

An jens.umprecht@jump-trampoline.xyz

Sehr geehrter Herr Umprecht,

wir haben Ihr Paket mit den fehlerhaften Stahlrohren erhalten.
Aufgrund dieser Rücksendung (zu Re. Nr. 416/2020) schreiben wir Ihnen 1.785,00 € brutto gut.

Wir bedauern diese Unannehmlichkeiten.

Mit freundlichen Grüßen

Beate Müller
Kundenservice
Stahlwerk Stark GmbH

1.4.1 Bilden Sie den Buchungssatz.

1.4.2 Geben Sie einen weiteren Grund an, der zu einer Rücksendung führen kann.

1.5 Am 22.01.2020 überweist „JUMP“ 12.828,20 € für die Rechnung Nr. 416/2020 vom Geschäftsbankkonto. Bilden Sie den Buchungssatz.

*Erwin Schleicher Sneaker e. K. produziert im Stammwerk in München Sneaker. Unternehmensphilosophie: Ressourcenschonende und qualitativ hochwertige Produktion. Sie sind Mitarbeiter*in des Unternehmens.*

Im Unternehmen „SCHLEICHER" liegt folgender Beleg vor:

Shoelace AG

Shoelace AG, Bandlstraße 8, 85345 Freising

Erwin Schleicher Sneaker e. K.
Schmittchenstraße 39
81230 München

Registergericht Freising: HRB 305
Steuernummer: 113/171/10359
USt-IdNr.: DE0221 12093

Tel.: 08161 08164
Fax: 08161 08165

Rechnung Nr. 210408/18 Freising, 09.01.2018

(Bei Zahlung bitte angeben!)

Ihr Auftrag vom: 02.01.2018 Auftrags-Nr.: 68 /18 Kunden-Nr: 240452
Am 09.01.2018 lieferten wir Ihnen:

Pos.	Menge	Art.-Nr.	Artikel	Einzelpreis (EUR)	Gesamtpreis (EUR)
1	2 000	300810	Schnürsenkel – weiß	3,20	6.400,00
2	1 000	300811	Schnürsenkel – schwarz	3,50	3.500,00
3	500	300813	Schnürsenkel – rot	3,80	1.900,00
			Rabatt 8 %		944,00
			Warenwert		10.856,00
			Leihverpackung		80,00
			USt 19 % **2.077,84 €**		**Rechnungsbetrag** **13.013,84 €**

Bei Zahlung bis zum 19.01.2018 gewähren wir 2 % Skonto.
Zahlung fällig „rein netto" am 08.02.2018

Die Ware bleibt bis zur vollständigen Bezahlung Eigentum der Shoelace AG.
Vielen Dank für Ihren Auftrag.

Bankverbindung: Handelsbank Isartal
IBAN: DE70 1906 9000 0001 2612 15 BIC: HANBDEARIN1

Bild: © djem.Shutterstock

2.1 Geben Sie auf Ihrem Lösungsblatt jeweils unter Angabe des Kennbuchstabens an, ob folgende Aussagen A bis C richtig oder falsch sind.

A	Gemäß den Grundsätzen ordnungsmäßiger Buchführung muss dieser Beleg zwei Jahre lang aufbewahrt werden.
B	Erwin Schleicher ist als Einzelunternehmer im Handelsregister in der Abteilung A eingetragen.
C	Die Auswahl eines Lieferers, der Leihverpackungen verwendet, entspricht der Unternehmensphilosophie von „SCHLEICHER“.

2.2 Geben Sie an, wie der Vermerk „Die Ware bleibt bis zur vollständigen Bezahlung Eigentum der Shoelace AG“ mit Fachbegriff bezeichnet wird.

2.3 Bilden Sie den Buchungssatz zur nebenstehenden Rechnung Nr. 210408/18.

2.4 Bilden Sie den Buchungssatz für folgenden Beleg.

Antworten | Weiterleiten | Archivieren | Junk | Löschen

Von: „Shoelace AG“ **17.01.2018** **11:17 Uhr**
Betreff: **Gutschrift Rücksendung der Leihverpackung**

An: „SCHLEICHER“

Sehr geehrte Damen und Herren,

für die zurückgeschickte Leihverpackung schreiben wir Ihnen den entsprechenden Betrag aus Rechnung Nr. 210408/18 in Höhe von 95,20 € brutto gut.

Wir bedanken uns, dass Sie dadurch einen wertvollen Beitrag zur Nachhaltigkeit leisten.

Mit freundlichen Grüßen

Daniela Neu
Kundenbetreuung Shoelace AG

2.5 Am 18. Januar 2018 überweist „SCHLEICHER“ 12.660,27 € für Rechnung Nr. 210408/18 vom Geschäftsbankkonto.
Bilden Sie den Buchungssatz.

Ingrid Töpfer Jugendmode e. K., kurz „In-Top-Mode", hat sich im Stammwerk in Schweinfurt auf die Herstellung von Jugendmode spezialisiert.
*Sie sind Mitarbeiter*in des Unternehmens.*

Um die Funktionsfähigkeit der Maschinen aufrechtzuerhalten, benötigt das Unternehmen „In-Top-Mode" spezielle Schmieröle. Seit langer Zeit wird das Schmieröl zu einem Einstandspreis von 27,40 € pro Liter vom Unternehmen SYNTEX GmbH aus Berlin bezogen.

3.1 Ein bisher unbekannter Lieferant übermittelt „In-Top-Mode" ein Angebot:

> **!!! Günstiges Neukundenangebot !!!**
>
> Sehr geehrte Damen und Herren,
>
> wir können Ihnen das bewährte **Schmieröl FX-23** zu einem Listenpreis von 26,20 € pro Liter anbieten. Abhängig von der bestellten Menge gewähren wir Rabatt:
>
> - bis 20 Liter erhalten Sie 10 % Rabatt,
> - bei mehr als 20 Litern erhalten Sie 15 % Rabatt.
>
> Falls Sie eine Menge von mehr als 100 Liter bestellen, übernehmen wir die Transportkosten. Ansonsten werden pauschal 20,00 € netto fällig. Wir stehen für unsere Kunden kostenlos als kompetenter Berater bei der Auswahl und Verwendung von Reinigungs- und Schmiermitteln zur Seite.
>
> Unsere Zahlungsbedingungen lauten:
> Bei Zahlung innerhalb von 10 Tagen 2 % Skonto, Zahlungsziel 30 Tage.
>
> Wir freuen uns, Sie als neuen Kunden begrüßen zu dürfen!
>
> **Becher KG – Schweinfurt**
>
> **Tel.: 09721 0423440 Fax: 09721 0423449**

3.1.1 Berechnen Sie den Einstandspreis für 50 Liter Schmieröl gemäß Angebot von der „Becher KG".

3.1.2 Ingrid Topfler bestellt zum ersten Mal bei der „Becher KG". Nennen Sie auf Grundlage des vorliegenden Angebots einen Grund für diese Entscheidung.

3.1.3 Bilden Sie den Buchungssatz für die Eingangsrechnung über 50 Liter Schmieröl FX-23.

3.2 Um Kosten zu sparen, versucht „In-Top-Mode“ bei der Produktion die richtige Menge an Werkstoffen zum richtigen Zeitpunkt am richtigen Ort zu haben.

3.2.1 Nennen Sie den Fachbegriff für diese Art der Produktion.

3.2.2 Geben Sie einen Nachteil dieses Produktionsprinzips an.

3.3 Im Nachbargebäude wurde ein Raum angemietet, um einen geringen Lagerbestand an Schmierstoffen und Reinigungsmitteln halten zu können. Bilden Sie den Buchungssatz für die Überweisung der Miete in Höhe von 297,50 € brutto (inklusive 47,50 € Umsatzsteuer).

Aufgabe 4

*Mira Singer hat sich mit ihrem Unternehmen Mira Singer Lautsprecherboxen e. Kfr., kurz „M-BOX“, mit Sitz in Bamberg auf die Produktion mobiler Lautsprecherboxen spezialisiert. Sie sind Mitarbeiter*in des Unternehmens.*

4.1 Bilden Sie die Buchungssätze zu folgenden Vorgängen:

4.1.1 „M-BOX“ kauft von seinem Stammlieferer Tec-Kabel GmbH Audiokabel zum Listenpreis von 3.430,00 € auf Ziel. Für die Lieferung werden zusätzlich 25,00 € netto in Rechnung gestellt.

4.1.2 Im Zusammenhang mit diesem Kauf (4.1.1) geht bei „M-BOX“ folgende Mail ein:

Von: Tec-Kabel
An: a.singer@M-BOX.yz
Betreff: Reklamation Kabel

Sehr geehrte Frau Singer,

aufgrund des von Ihnen reklamierten Mangels an den gelieferten Kabeln (Ummantelung leicht verfärbt) schreiben wir Ihnen 53,55 € brutto gut.
Der Betrag geht in den kommenden Tagen auf Ihrem Geschäftskonto ein.

Wir bitten, den Mangel zu entschuldigen.

Mit freundlichen Grüßen
Norbert Schubert, Tec-Kabel

4.2 „M-BOX“ muss regelmäßig Kabel und andere Werkstoffe einkaufen. Für den Leiter der Verkaufsabteilung stellt sich die Frage, wie er den Bestellprozess optimieren kann.

Erläutern Sie, welche Überlegungen bei der Ermittlung der optimalen Bestellmenge anzustellen sind.

4.3 Am 31.12. werden die Bestandsveränderungen im Lager erfasst. Ihnen liegen folgende Lagerbestände vor:

	Anfangsbestand	Endbestand
Rohstoffe	23.000,00 €	19.500,00 €
Hilfsstoffe	12.400,00 €	14.200,00 €

4.3.1 Berechnen Sie jeweils die Bestandsveränderung.

4.3.2 Bilden Sie die erforderlichen Buchungssätze (Vorabschlussbuchungen).

4.3.3 Erläutern Sie, wie sich die Bestandsveränderung bei den Rohstoffen auf den Erfolg des Unternehmens auswirkt.

Lösungsvorschlag

1.1 A: falsch
B: richtig
C: falsch
D: richtig

Erklärung: *Zu A:* Der gewährte Rabatt von 20 % ist ein Sofortrabatt, der vom Listenpreis abgezogen wird. Bei frühzeitiger Zahlung, hier innerhalb von 10 Tagen, kann „JUMP" 2 % Skonto abziehen – dabei handelt es sich um einen nachträglichen Preisnachlass.
Zu B: Die Lieferung erfolgte „Frei Haus".
Zu C: „Stahlwerk Stark GmbH" ist eine Kapitalgesellschaft, „Jens Umbrecht Trampoline e. K." ist ein Einzelunternehmen.
Zu D: Jedes Unternehmen, das innerhalb der EU am Waren- und Dienstleistungsverkehr teilnimmt, benötigt eine USt-IdNr.

1.2

> **TIPP** **Erfassen von Eingangs- und Ausgangsrechnungen**
> Stellen Sie sich folgende Fragen:
> - Handelt es sich um eine Ausgangsrechnung (Verkauf) oder um eine Eingangsrechnung (Einkauf)?
> - Welche Art Werkstoff wird eingekauft (Rohstoffe, Hilfsstoffe etc.)?
> - Wird ein Sofortrabatt gewährt?
> - Fallen Bezugskosten an?
> - Welche Zahlungsbedingungen liegen vor (Skonto, Zahlungsziel)? (Achten Sie auf das Rechnungsdatum!)

6000 AWR	12.500,00 €			
2600 VORST	2.375,00 €	an	4400 VE	14.875,00 €

Erklärung: „JUMP" kauft Rohstoffe zum LVP von 15.625,00 € abzüglich 20 % Rabatt auf Ziel. Der Rabatt wird sofort abgezogen und nicht gebucht.
6000 AWR: Die Aufwendungen für Rohstoffe steigen → Buchung im Soll.
2600 VORST: Beim Einkauf fällt Vorsteuer an, das Aktivkonto mehrt sich → Buchung im Soll.
4400 VE: Die Verbindlichkeiten (Passivkonto) mehren sich → Buchung im Haben.

1.3 Z. B.: **Vorteil:** geringe Lagerkosten; **Nachteil:** bei Lieferverzögerungen Störungen der Produktionsprozesse möglich

Erklärung: Bei der „*Just-in-Time*"-Produktion werden Werkstoffe genau dann geliefert, wenn sie in der Fertigung benötigt werden.

1.4.1

4400 VE	1.785,00 €	an	6000 AWR	1.500,00 €
			2600 VORST	285,00 €

Erklärung: Bei Rücksendungen erfolgt eine Stornobuchung.

1.4.2 Z. B.: Falschlieferung

Erklärung: Eine Falschlieferung läge z. B. vor, wenn die Rohre in der falschen Länge oder mit falschem Durchmesser geliefert worden wären.

1.5

Offener Rechnungsbetrag	13.090,00 €	100 %
– Brutto-Skonto	261,80 €	2 %
Überweisungsbetrag	12.828,20 €	98 %

Netto-Skonto: 261,80 € : 1,19 = 220,00 €

4400 VE	13.090,00 €	an	2800 BK	12.828,20 €
			6002 NR	220,00 €
			2600 VORST	41,80 €

Erklärung: Aufgrund der Gutschrift infolge der Rücksendung fehlerhafter Stahlrohre (Aufgabe 1.4.1) hat sich der Rechnungsbetrag um 1.785,00 € gemindert. „JUMP“ überweist innerhalb der Skontofrist und kann vom noch offenen Rechnungsbetrag 2 % Skonto abziehen.
Achtung: In der Angabe ist der Überweisungsbetrag vorgegeben, von dem der Skonto bereits abgezogen wurde.
4400 VE: Die verbliebene Verbindlichkeit (Passivkonto) mindert sich durch die Begleichung der Restschuld → Buchung im Soll
2800 BK: Das Aktivkonto Bank mindert sich, wenn „JUMP“ die Rechnung bezahlt → Buchung im Haben.
6002 NR: Skonto ist ein nachträglicher Preisnachlass und wird auf dem Unterkonto NR erfasst. Der Aufwand mindert sich → Buchung im Haben.
2600 VORST: Durch den Skontoabzug mindert sich die zu zahlende Vorsteuer (Aktivkonto) → Buchung im Haben.

2.1 A: falsch
B: richtig
C: richtig

Erklärung: *zu A:* Rechnungen müssen **zehn Jahre** aufbewahrt werden.
zu B: In Abteilung A des Handelsregisters (HRA) werden Einzelunternehmen und Personengesellschaften (z. B. OHG, KG) geführt. In der Abteilung B werden die Kapitalgesellschaften (z. B. GmbH, AG) registriert.
zu C: Die Verwendung von Leihverpackungen trägt zur Schonung von Ressourcen bei. Dieses Anliegen ist Teil der Unternehmensphilosophie.

2.2 Eigentumsvorbehalt

Erklärung: Eigentumsvorbehalt bedeutet, dass das Eigentum einer gekauften Sache erst dann an den Käufer übergeht, wenn diese vollständig bezahlt ist.

2.3

6010 AWF	10.856,00 €			
6011 BZKF	80,00 €			
2600 VORST	2.077,84 €	an	4400 VE	13.013,84 €

Erklärung: Für Sneaker e. K. handelt es sich um eine Eingangsrechnung und damit um einen Zieleinkauf.
6010 AWF: Schnürsenkel werden unverändert in das Produkt „eingebaut“, sie zählen für Sneaker e. K. zu den Fremdbauteilen. Die Aufwendungen steigen → Buchung im Soll. Sofortrabatte werden sofort vom LVP abgezogen!
6011 BZKF: Die Kosten für die Leihverpackung werden auf einem Unterkonto verbucht. Die Aufwendungen erhöhen sich → Buchung im Soll.
2600 VORST: Die beim Einkauf anfallende Vorsteuer wird vom gesamten Nettowert (AWF + BZKF) berechnet. Das Aktivkonto (= Forderung gegenüber dem Finanzamt) mehrt sich → Buchung im Soll.
4400 VE: Das Passivkonto mehrt sich → Buchung im Haben.

2.4	4400 VE	95,20 €	an	6011 BZKF	80,00 €
				2600 VORST	15,20 €

Erklärung: Durch die Gutschrift für die zurückgeschickte Leihverpackung vermindern sich für „Schleicher“ die Verbindlichkeiten um 95,20 €.
Bei Rücksendungen erfolgt eine Stornobuchung.

2.5

Offener Rechnungsbetrag	12.918,64 €	100 %
– Brutto-Skonto	258,37 €	2 %
Überweisungsbetrag	12.660,27 €	98 %

Netto-Skonto: 258,37 € : 1,19 = 217,12 €

4400 VE	12.918,64 €	an	2800 BK	12.660,27 €
			6012 NF	217,12 €
			2600 VORST	41,25 €

Erklärung: Die Rücksendung der Leihverpackung vermindert den ursprünglichen Rechnungsbetrag um 95,20 € (13.013,84 € – 95,20 € = 12.918,64 €). Die Zahlungsbedingungen (s. Beleg) ermöglichen einen Skontoabzug von 2 % bei Zahlung bis zum 19.01. Skonti zählen zu den nachträglichen Preisnachlässen und werden auf dem Konto *6012 NF* (Unterkonto von 6020 AWF) erfasst. Da sich durch den Skontoabzug die Aufwendungen vermindern, werden diese im Haben gebucht. Durch den Skontoabzug mindert sich außerdem die zu zahlende Vorsteuer, sie muss anteilig korrigiert werden.

3.1.1

TIPP Vorgehen bei der Einkaufskalkulation:

1. Erstellen Sie zuerst das komplette Kalkulationsschema.
2. Tragen Sie dann die in der Aufgabenstellung gegebenen Werte ein.
3. Geben Sie bei Rabatt und Skonto jeweils an, welcher Wert der Grundwert ist (100 %).
4. Berechnen Sie die fehlenden Beträge.

Listeneinkaufspreis	1.310,00 €	100 %		(50 · 26,20 €)
– Liefererrabatt	196,50 €	15 %		
Zieleinkaufspreis	1.113,50 €	85 %	100 %	
– Liefererskonto	22,27 €		2 %	
Bareinkaufspreis	1.091,23 €		98 %	
+ Bezugskosten	20,00 €			
Einstandspreis	**1.111,23 €**			

Erklärung: Alle notwendigen Daten sind gegeben: Listeneinkaufspreis 26,20 €/Liter · 50 Liter; Rabatt 15 %, da mehr als 20 Liter; Skonto 2 %; Bezugskosten 20,00 €, da Bestellung unter 100 Liter.

3.1.2 Z. B.: kostenlose Beratungsmöglichkeit, Nähe zum Unternehmensstandort, günstigerer Einstandspreis

Erklärung: Der Preis muss nicht das alleinige Entscheidungskriterium beim Kauf sein. Dass, wie hier, der Lieferant seinen Sitz am Produktionsstandort hat, kann durchaus eine Kaufentscheidung beeinflussen.
Ein höherer Preis ist ggf. durch umweltgerechte Produktion, bessere Qualität oder schnelle Lieferung gerechtfertigt.

3.1.3

6030 AWB	1.113,50 €			
6031 BZKB	20,00 €			
2600 VORST	215,37 €	an	4400 VE	1.348,87 €

Erklärung: *Achtung:* Durch den Sofortrabatt wird das Schmieröl zum Zieleinkaufspreis gebucht! Beim Einkauf von Werkstoffen werden Bezugskosten auf einem Unterkonto (hier: *6031 BZKR*) gebucht. Zum Ende des Geschäftsjahres wird das Unterkonto auf das Hauptkonto (hier: *6030 AWB*) abgeschlossen.

3.2.1 Just-in-time-Produktion

Erklärung: Just-in-time-Produktion bedeutet, dass die in der Produktion benötigten Werkstoffe von den Zulieferern genau dann geliefert werden, wenn sie in der Fertigung benötigt werden.

3.2.2 Z. B.: Stillstand in der Produktion bei Lieferverzögerungen

Erklärung: Lieferverzögerungen können z. B. durch Staus auf der Autobahn oder durch Zugausfälle entstehen.

3.3

6700 AWMP	250,00 €			
2600 VORST	47,50 €	an	2800 BK	297,50 €

Erklärung: *6700 AWMP:* Miete, die für ein Lager oder eine Produktionshalle zu bezahlen ist, stellt einen Aufwand dar → Buchung im Soll.
Achtung: Hier liegt eine Banküberweisung vor und keine Rechnung → entsprechendes Konto: *2800 BK.*

4.1.1	6020 AWH	3.430,00 €	an	4400 VE	4.111,45 €
	6021 BZKH	25,00 €			
	2600 VORST	656,45 €			

Erklärung: Die Bezugskosten werden gesondert erfasst (hier: *6021 BZKH*). Die Vorsteuer fällt auf die Hilfsstoffe und die Bezugskosten an.

4.1.2	4400 VE	53,55 €	an	6022 NH	45,00 €
				2600 VORST	8,55 €

Erklärung: Hier liegt eine Mängelrüge vor. Die Kabel haben einen leichten Farbfehler, sind aber voll funktionsfähig. „M-BOX" behält die Ware, möchte aber nicht den vollen Preis bezahlen. Bei einer Gutschrift infolge einer Mängelrüge handelt es sich um einen nachträglichen Preisnachlass. Dieser wird (wie das Skonto) auf einem Unterkonto (hier: *6022 NH*) gebucht.
6022 NH: Durch den Nachlass mindern sich Aufwendungen → Haben-Buchung.

4.2 Bei der Ermittlung der optimalen Bestellmenge müssen die **Kosten für die Lagerhaltung** und die **Bezugskosten** verglichen werden. Bei der optimalen Bestellmenge ist die Summe aus Lager- und Bezugskosten am niedrigsten.

Erklärung: Je häufiger man Werkstoffe bestellt, desto häufiger fallen Bezugskosten an. Allerdings sind bei regelmäßiger Bestellung die Lagerbestände gering und die Lagerkosten entsprechend niedrig.

4.3.1

	Rohstoffe
Endbestand	19.500,00 €
– Anfangsbestand	23.000,00 €
= Bestandsminderung	– 3.500,00 €

	Hilfsstoffe
Endbestand	14.200,00 €
– Anfangsbestand	12.400,00 €
= Bestandsmehrung	1.800,00 €

Erklärung: Es wurden weniger Rohstoffe eingekauft als verarbeitet. Die Differenz wurde dem Lager entnommen. Bei den Hilfsstoffen wurden mehr Stoffe gekauft als benötigt. Die Differenz wird im Lager aufbewahrt.

4.3.2	6000 AWR	an	2000 R	3.500,00 €
	2020 H	an	6020 AWH	1.800,00 €

Erklärung: *6000 AWR:* Die aus dem Lager entnommenen Rohstoffe wurden verarbeitet. Der Aufwand für Rohstoffe mehrt sich → Sollbuchung.
2000 R: Die Bestände haben abgenommen → Buchung im Haben.
2020 H: Die Bestände haben zugenommen → Buchung im Soll.
6020 AWH: Die nicht verarbeiteten Hilfsstoffe werden gelagert → die Aufwendungen sinken im Haben.

4.3.3 Der Aufwand für Rohstoffe hat sich erhöht, wodurch sich der Gewinn des Unternehmens mindert.

Erklärung: *6000 AWR:* Der erhöhte Rohstoffverbrauch stellt einen Aufwand dar → Sollbuchung. Durch den erhöhten Aufwand mindert sich der Gewinn.

Aufgabe 1

*Mira Singer hat sich mit ihrem Unternehmen Mira Singer Lautsprecherboxen e. Kfr., kurz „M-BOX", mit Sitz in Bamberg auf die Produktion mobiler Lautsprecherboxen spezialisiert. Sie sind Mitarbeiter*in des Unternehmens.*

Die vorliegende Grafik zeigt den typischen Produktlebenszyklus.

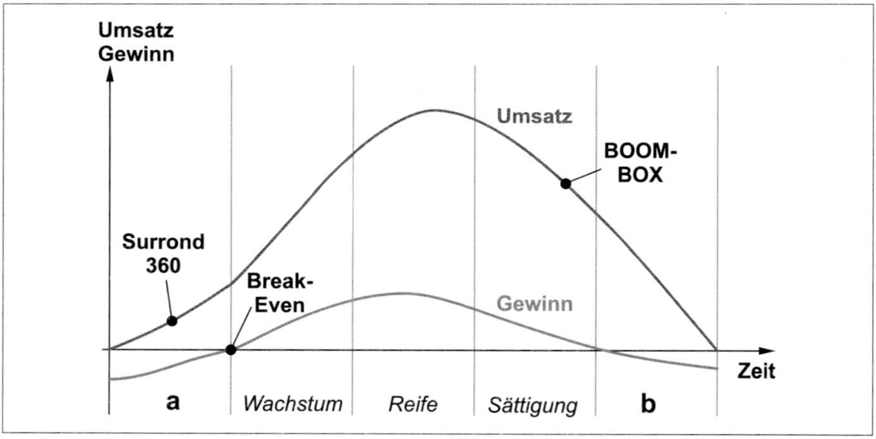

1.1 Nennen Sie die Fachbegriffe für die mit a und b gekennzeichneten Phasen.

1.2 Das Produkt „Surround 360" befindet sich gerade in Phase a (s. Grafik). Zeigen Sie eine Marketing-Strategie auf, durch die in dieser Phase die Marktchancen des Produktes erhöht werden (zwei Maßnahmen).

1.3 Das Produkt „BOOM-BOX", ein Klassiker im Sortiment von „M-BOX", befindet sich in der Phase der Sättigung.

1.3.1 Beschreiben Sie typische Merkmale dieser „Lebensphase".

1.3.2 Geben Sie eine begründete Empfehlung ab, wie „M-Box" mit dem Produkt „BOOM-BOX" weiter verfahren soll.

1.4 Die Entwicklungsabteilung hat eine neue Bluetooth-Soundanlage „Blue-Sound" mit einigen technischen Neuerungen zur Marktreife gebracht. Die Anlage ist Bestandteil der Premium-Linie, mit der „M-BOX" neue Kundengruppen erschließen möchte.

1.4.1 Sie haben einen Termin bei der Unternehmensleitung, bei dem Sie eine Preisstrategie für „Blue-Sound" vorstellen sollen.
Erläutern Sie, welche Überlegungen dabei eine Rolle spielen, und entscheiden Sie sich für eine Preisstrategie.

1.4.2 Stellen Sie die beiden grundlegenden Vertriebswege vor. Beschreiben Sie jeweils zwei Vorteile.

1.4.3 Auf welchem Weg soll „Blue-Sound" vertrieben werden? Geben Sie einen begründeten Vorschlag ab.

Lösungsvorschlag

1.1 a: Einführung, b: Rückgang/Degeneration

Erklärung: Die Lebenszyklen von Konsumprodukten weisen häufig einen vergleichbaren Verlauf auf. In den verschiedenen Phasen kommen unterschiedliche Marketingmaßnahmen zum Einsatz.

1.2 Z. B.: Das Produkt ist in der Einführungsphase und muss zunächst den Kunden vorgestellt werden. Dafür wird eine groß angelegte Werbekampagne über Fernsehen und soziale Medien vorbereitet, die auf die Zielgruppe zugeschnitten ist. Außerdem wird das Sponsoring ausgeweitet. Bekannte Sportler und Musiker sollen als Werbeträger den Bekanntheitsgrad von „Surround 360" steigern und insgesamt das Image von „M-BOX" verbessern.

1.3.1 Die Phase der Sättigung ist gekennzeichnet durch sinkende Umsätze und sinkenden Gewinn. In der Regel werden die Marketinganstrengungen für das Produkt zurückgefahren. Idealerweise sind bereits neue Produkte vorbereitet, die den Ausfall bei Umsatz und Gewinn ausgleichen.
Hinweis: Es ist auch möglich, das Produkt weiterzuentwickeln, z. B. durch den Einsatz neuer Technik oder die Änderung des Designs. Dieses Vorgehen, das den Lebenszyklus verlängern soll, wird **Relaunch** (Neustart) genannt.

1.3.2 Bei „BOOM-BOX" handelt es sich um einen Klassiker, also um ein Produkt, das schon lange im Sortiment ist und wahrscheinlich über einen großen Bekanntheitsgrad verfügt. Hier kann durchaus ein Relaunch sinnvoll sein. Mit neuer Technik und einer Marketingoffensive könnten sowohl alte als auch neue Kundengruppen erreicht werden.

1.4.1 Der Verkaufspreis muss auf jeden Fall die Selbstkosten und auch die Entwicklungskosten von „Blue-Sound" abdecken. Das neue Produkt ist Bestandteil der Premium-Linie. Mit dieser Linie wird eine anspruchsvolle Zielgruppe angesprochen, die bereit ist, hohe Preise für außergewöhnliche Qualität zu bezahlen. Aufgrund der technischen Neuerungen kann der Preis durchaus über dem der Konkurrenz liegen. Diese Preisstrategie bezeichnet man als **Hochpreisstrategie**.
Hinweis: Hier wäre durchaus auch die **Skimming-Strategie** denkbar. Das Produkt wird mit einem hohen Preis auf dem Markt eingeführt, der im Lauf der Zeit schrittweise gesenkt wird. Auf diese Weise werden zunächst die Kunden „abgeschöpft", die bereit sind, für neue Technik hohe Preise zu bezahlen. Durch die anschließende Preissenkung werden nach und nach weitere Kundengruppen erschlossen.

1.4.2 Es werden zwei grundlegende Vertriebswege unterschieden.
Beim **direkten** Vertrieb werden Produkte direkt vom Produzenten an den Kunden verkauft, z. B. über eigene Läden oder Online-Shops.

Vorteile: Beim Direktvertrieb kann schnell auf Kundenwünsche und -anfragen reagiert werden. Außerdem kann der Verkaufspreis ohne Zwischenhändler selbst gestaltet und ein höherer Gewinn erzielt werden.
Beim **indirekten** Vertrieb werden Waren über einen Händler verkauft.
Vorteile: Es muss kein eigenes und teures Vertriebsnetz aufgebaut werden und der Hersteller kann sich auf die Kernkompetenz, die Warenproduktion, konzentrieren.

1.4.3 Bei hochwertigen Produkten erwarten Kunden guten Service und kompetente Beratung. Aus diesem Grund bietet sich als Vertriebsweg der Fachhandel an, der mit speziell ausgebildeten Verkäufern den Kundenerwartungen entsprechen kann.

Aufgabe 1

Abschlussprüfung 2021/Nachtermin, A1

*Tobi Ried Tischkicker e. K., kurz „TORI", produziert in seinem Unternehmen in Würzburg Tischkicker. Sie sind Mitarbeiter*in des Unternehmens.*

Bearbeiten Sie zu nachstehendem Beleg folgende Aufgaben:

Tobi Ried Tischkicker e. K.

- kleines Feld, großer Spaß -

TORI

Tobi Ried Tischkicker e. K., Elfergasse 5, 97070 Würzburg

Sport Maier e. K.
Flankenstraße 29
96047 Bamberg

Inhaber Tobi Ried
Registergericht: Würzburg HRA 5472-90
Steuernummer: 257/001/34951
USt-IdNr.: DE 034953281

Tel.: 0931 0547290-0
Fax: 0931 0547290-4

Rechnung Nr. 08/20

(Bei Zahlung bitte angeben!)

Würzburg, 07.01.2020

Ihr Auftrag vom: 03.01.2020 Auftrags-Nr.: 08/20 Kunden-Nr.: 64786

Am 07.01.2020 lieferten wir Ihnen frei Haus:

Pos.	Menge in Stk.	Art.-Nr.	Artikel	Einzelpreis (EUR)	Gesamtpreis (EUR)
1	10	T-290	Tischkicker „Basic"	270,00	2.700,00
2	5	T-305	Tischkicker „Profi"	480,00	2.400,00
			Warenwert		5.100,00

Nettobetrag	**USt 19 %**	**Rechnungsbetrag**
5.100,00 €	**969,00 €**	**6.069,00 €**

Bei Zahlung bis zum 17.01.2020 gewähren wir 2 %Skonto.
Zahlung fällig „rein netto" am 07.02.2020

Die Ware bleibt bis zur vollständigen Bezahlung Eigentum der Tobi Ried Tischkicker e. K.

Vielen Dank für Ihren Auftrag.

Bankverbindung: Schlossbank Würzburg
IBAN: DE67 5425 0000 0365 0010 36 BIC: BYSCDEWU101

1.1 Geben Sie auf dem Lösungsblatt unter Angabe des Kennbuchstabens an, ob die Aussagen A bis D richtig oder falsch sind.

A	Die Lieferung erfolgte unter Eigentumsvorbehalt.
B	Die Lieferung erfolgte ab Werk.
C	Bei Zahlung bis zum 07.02.2020 ist nur der Nettobetrag fällig.
D	Die Aufbewahrungsfrist für diesen Beleg beträgt 10 Jahre

1.2 Bilden Sie den Buchungssatz zur Rechnung Nr. 08/20.

1.3 Bilden Sie den Buchungssatz zu nachfolgendem Beleg:

Tobi Ried Tischkicker e. K.

- kleines Feld, großer Spaß -

T O R I

Tobi Ried Tischkicker e. K., Elfergasse 5, 97070 Würzburg

Sport Maier e. K.
Flankenstraße 29
96047 Bamberg

Inhaber Tobi Ried
Registergericht: Würzburg HRA 5472-90
Steuernummer: 257/001/34951
USt-IdNr.: DE 034953281

Tel.: 0931 0547290 - 0
Fax: 0931 0547290 - 4

Gutschrift wegen Mängelrüge

Würzburg, 10.01.2020

Sehr geehrter Herr Maier,

wir haben Ihre Mängelrüge vom 08.01.2020 erhalten.

Für die beiden leicht verkratzten Tischkicker des Modells „Basic" schreiben wir Ihnen 200,00 € netto aus Rechnung Nr. 08/20 gut.

Bitte entschuldigen Sie diesen Fehler.
Wir freuen uns, Sie bald wieder als Kunden begrüßen zu dürfen.

Mit freundlichen Grüßen

Tobi Ried

Tobi Ried

1.4 Für die Rechnung Nr. 08/20 erfolgt am 15. Januar 2020 der Zahlungseingang in Höhe von 5.714,38 € auf dem Geschäftsbankkonto von „TORI".
Bilden Sie den Buchungssatz.

*Martin Meck-May stellt mit seinem Unternehmen Meck-May Hoverboards e. K., kurz „MeHo“, in Kempten Hoverboards her. Sie sind Mitarbeiter*in des Unternehmens.*

„MeHo“ versucht, in dem noch neuen Markt für E-Mobilität schnell einen großen Kundenkreis aufzubauen. Für die aktuelle Freizeitsportmesse wurde folgender Flyer erstellt:

Foto Hoverboards: FOTOGRAFIA Inc.

2.1 Am Messestand von „MeHo“ erkundigt sich Herr König vom „Sporthaus König“ nach dem Preis für 100 Stück Hoverboards „Roadrunner TX-31“. Berechnen Sie auf Grundlage des Flyers den Listenverkaufspreis für 100 Stück, wenn 10 % Gewinn einkalkuliert werden und der Selbstkostenpreis 130,00 € pro Stück beträgt.

2.2 „MeHo“ hat sich für 15 % Neukundenrabatt entschieden.
Geben Sie – ohne Berechnung – an, wie sich ein höherer Rabatt auf den Gewinn auswirkt.

2.3 Begründen Sie, warum „MeHo“ Skonto gewährt.

2.4 „Sporthaus König“ nimmt das Angebot an.
Bilden Sie den Buchungssatz für die Ausgangsrechnung.

2.5 Bilden Sie den Buchungssatz zu folgendem Beleg:

ALLGÄU Bank *– Mi schaffe des –* **BIC: ALBKDEDLXX1**

Kontoauszug IBAN: DE83 7009 1600 0005 3323 20 Auszug Nr. 8/17
25.01.2017/08:05 Uhr Meck-May Hoverboards e. K.

Bu.-Tag	Wert	Bu.-Nr.	Vorgang	Betrag (€)
24.01.	24.01.	63	„Sporthaus König“ Rechnung Nr. 121/17 abzüglich 2 % Skonto	17.017,00 +

Kontokorrentkredit: verfügbar:	30.000,00 € 73.921,60 €	alter Kontostand neuer Kontostand	26.904,60 + 43.921,60 +

Lösungsvorschlag

1.1 A: richtig
B: falsch
C: falsch
D: richtig

Erklärung: *Zu A:* Eigentumsvorbehalt bedeutet, dass der Lieferer, also „TORI", bis zur vollständigen Bezahlung durch den Käufer Eigentümer der Tischkicker bleibt (siehe unteren Abschnitt der Rechnung).
Zu B: In der Rechnung ist vermerkt: „Am 07.01.2020 lieferten wir Ihnen frei Haus".
Zu C: Bedeutung von „rein netto": Wenn das Zahlungsziel ausgenutzt wird, also die Zahlung nicht innerhalb der Skontofrist erfolgt, muss der gesamte Rechnungsbetrag gezahlt werden (ohne Abzug).
Zu D: Ausgangs- und Eingangsrechnungen sind 10 Jahre aufzubewahren.

1.2

2400 FO	6.069,00 €	an	5000 UEFE	5.100,00 €
			4800 UST	969,00 €

Erklärung: *2400 FO:* Durch den Zielverkauf nehmen die Forderungen (Aktivkonto) zu → Buchung im Soll.
5000 UEFE: Durch den Verkauf erhöhen sich die Erlöse → Buchung im Haben.
4800 UST: Beim Verkauf fällt Umsatzsteuer (Passivkonto) an → Buchung im Haben.

1.3

5001 EBFE	200,00 €			
4800 UST	38,00 €	an	2400 FO	238,00 €

Erklärung: Gutschrift wegen Mängelrüge: Der Kunde mahnt einen Mangel an den gelieferten Erzeugnissen an (hier: verkratzte Tischkicker). Da es sich um leichte Beschädigungen handelt, ist der Kunde bereit, die Ware zu behalten, erwartet allerdings einen Preisnachlass.
5001 EBFE: Hier handelt es sich um einen nachträglichen Preisnachlass (Mängelrüge, Skonto), den „TORI" dem Kunden gewährt. Dieser wird auf einem Unterkonto des Kontos 5000 UEFE erfasst. Die Erlöse mindern sich → Buchung im Soll.
4800 UST: Die Umsatzsteuer muss korrigiert werden → Buchung im Soll.
2400 FO: Die Forderungen mindern sich → Buchung im Haben.

1.4

Rechnungsbetrag	5.831,00 €	100 %	↑
– Brutto-Skonto	116,62 €	2 %	
Überweisungsbetrag	5.714,38 €	98 %	

Netto-Skonto: 116,62 € : 1,19 = 98,00 €

2800 BK	5.714,38 €			
5001 EBFE	98,00 €			
4800 UST	18,62 €	an	2400 FO	5.831,00 €

Erklärung: Aufgrund der Gutschrift durch die Mängelrüge (Aufgabe 1.3) hat sich der Rechnungsbetrag um 238,00 € gemindert. Der Kunde Sport Maier e. K. überweist innerhalb der Skontofrist und kann vom verbleibenden Rechnungsbetrag 2 % Skonto abziehen.
Achtung: In der Angabe ist der Überweisungsbetrag genannt, von dem der Skonto bereits abgezogen wurde!
Ein Skontoabzug durch den Kunden zählt, wie eine Mängelrüge (vgl. Aufgabe 1.3), zu den nachträglichen Preisnachlässen und wird entsprechend auf dem Konto 5001 EBFE erfasst.

2.1

> **TIPP Vorgehen bei der Verkaufskalkulation:**
> 1. Erstellen Sie zuerst das komplette Kalkulationsschema.
> 2. Tragen Sie dann die in der Aufgabenstellung gegebenen Werte ein.
> 3. Geben Sie bei Gewinn, Skonto und Rabatt jeweils an, welcher Wert der Grundwert ist (100 %).
> 4. Berechnen Sie die fehlenden Beträge.

Selbstkostenpreis	13.000,00 €	100 %	(100 · 130,00 €)
+ Gewinn	1.300,00 €	10 %	
Barverkaufspreis	14.300,00 €	110 %	98 %
+ Kundenskonto	291,84 €		2 %
Zielverkaufspreis	14.591,84 €	85 %	100 %
+ Kundenrabatt	2.575,03 €	15 %	
Listenverkaufspreis	**17.166,87 €**	100 %	

Erklärung: Hier ist der LVP für 100 Stück zu berechnen!

2.2 Ein höherer Rabatt verringert den Gewinn.

Erklärung: Bei unverändertem Listenverkaufspreis verringert ein höherer Rabatt (wie auch ein höherer Skonto!) den Gewinn.

2.3 „MeHo“ bietet Skonto an, um schneller liquide Mittel zu erhalten.

Erklärung: Unter Geschäftsleuten ist es üblich, ein Zahlungsziel von 30, 60 oder 90 Tagen einzuräumen (Lieferantenkredit). Der Verkäufer ist aber daran interessiert, dass die Rechnungen von seinen Kunden zeitnah beglichen werden. Durch einen Preisnachlass bei Zahlung innerhalb einer bestimmten Frist, setzt er einen Anreiz zum frühzeitigen Rechnungsausgleich. Da ein Lieferantenkredit ein sehr teurer Kredit ist, versuchen die Kunden in der Regel, Rechnungen innerhalb der Skontofrist zu begleichen.

2.4	2400 FO	17.364,29 €	an	5000 UEFE	14.591,84 €
				4800 UST	2.772,45 €

Erklärung: „MeHo“ gewährt einen Sofortrabatt von 15 %. Die Umsatzerlöse betragen also nicht 17.166,87 € (LVP), sondern 14.591,84 € (ZVP).

2.5	2800 BK	17.017,00 €			
	5001 EBFE	291,84 €			
	4800 UST	55,45 €	an	2400 FO	17.364,29 €

Erklärung: Dem Feld „Vorgang“ des Kontoauszugs kann entnommen werden, dass das „Sporthaus König“ die Rechnung über den Kauf der Hoverboards bezahlt hat.
Wichtig: Das Sporthaus hat innerhalb der Skontofrist bezahlt und vom Rechnungsbetrag 2 % Skonto abgezogen.
Der Nettoskonto wurde bereits in Aufgabe 2.1 berechnet. Hier die „übliche“ Vorgehensweise bei der Berechnung der erforderlichen Beträge:

Rechnungsbetrag	17.364,29 €
– Skonto (brutto)	347,29 €
= Überweisungsbetrag	17.017,00 €

Netto-Skonto: 347,29 : 1,19 = 291,84 €

2800 BK: Das Geschäftsbankkonto mehrt sich, wenn der Kunde bezahlt → Buchung im Soll.
5001 EBFE: Durch den Skontoabzug des Kunden müssen die Erlöse berichtigt werden → Buchung im Soll.
4800 UST: Durch den Skontoabzug mindert sich die zu bezahlende Umsatzsteuer (Passivkonto) → Buchung im Soll.
2400 FO: Durch die Begleichung der Rechnung mindern sich die Forderungen (Aktivkonto) → Buchung im Haben.

Aufgabe 1

Abschlussprüfung 2019/ Nachtermin, A5

*Kiara Sturm hat sich mit ihrem Unternehmen „KITESURF" auf die Herstellung von Kite-Boards und Kite-Schirmen spezialisiert. Sie sind Mitarbeiter*in des Unternehmens.*

1.1 Kiara Sturm hat als Einzelunternehmerin mit unterschiedlichen Steuerarten zu tun. In diesem Zusammenhang liegt Ihnen folgender Beleg vor.

Sparbank Starnberg – die Bank für den Mittelstand

Kontoauszug	Auszug-Nr. 84/18	Konto 4617044	Seite 1/1
23. Juni 2018/18:32 Uhr	KITESURF	IBAN: DE15 7204 0330 0004 6170 44	

Bu.-Tag	Wert	Bu.-Nr.	Vorgang	Betrag (€)
21.06.	22.06.	191	Gutschrift Finanzamt Starnberg Rückerstattung Einkommensteuer für 2017	2.590,00 +

BLZ: 720 403 30	alter Kontostand	4.412,00 +
BIC: SPABDEX1STH	neuer Kontostand	7.002,00 +

1.1.1 Bilden Sie den Buchungssatz.

1.1.2 Nennen Sie die Auswirkung dieses Vorgangs auf das Eigenkapital des Unternehmens „KITESURF".

1.2 Für den Monat Juni liegt Ihnen folgendes Konto vor:

S	**4800 UST**		H
VORST	27.000,00	FO	89.335,00

1.2.1 Bilden Sie den Buchungssatz zur Ermittlung der Umsatzsteuerzahllast.

1.2.2 Bilden Sie den Buchungssatz für die Banküberweisung der Umsatzsteuerzahllast an das Finanzamt.

1.3 § 12 des Umsatzsteuergesetzes (UStG) lautet:

> *(1) Die Steuer beträgt für jeden steuerpflichtigen Umsatz 19 Prozent der Bemessungsgrundlage (…).*
> *(2) Die Steuer ermäßigt sich auf sieben Prozent für die folgenden Umsätze (…).*

Nennen Sie zwei Beispiele für Umsätze nach § 12 Absatz 2 UStG.

1.4 Steuern werden in folgende vier Kategorien (A bis D) unterteilt:

A	B	C	D
aktivierungs-pflichtige Steuern	betrieblicher Aufwand	durchlaufender Posten	private Steuern

Ordnen Sie die folgenden Steuern durch Angabe des Kennbuchstabens einer entsprechenden Kategorie zu:

1.4.1 Gewerbesteuer

1.4.2 Einbehaltene Lohnsteuer der Mitarbeiter

1.4.3 Grunderwerbsteuer

1.5 „KITESURF“ hat einen neuen Lkw erworben. Dazu geht der Bescheid über die KFZ-Steuer in Höhe von 790,00 € ein. Bilden Sie den Buchungssatz.

Lösungsvorschlag

1.1.1 2800 BK an 3001 P 2.590,00 €

Erklärung: Kiara Sturm hat im Jahr 2017 zu viel Einkommensteuer bezahlt und erhält eine Gutschrift.
3001 P: Bei der Einkommensteuer handelt sich um eine private Steuer, die Frau Sturm auf ihr Einkommen im Jahr 2017 bezahlt hat → Buchung im Haben.
2800 BK: Die Gutschrift des Finanzamts erfolgt auf das Geschäftskonto, das sich hierdurch mehrt → Buchung im Soll.

1.1.2 Die Steuerrückerstattung auf das Geschäftsbankkonto stellt eine Privateinlage dar, die das Eigenkapital erhöht.

Erklärung: Das Passivkonto 3001 P ist ein Unterkonto von 3000 EK. Bei Abschluss des Kontos 3001 P bewirkt die Gegenbuchung im Haben des Kontos 3000 EK eine Erhöhung des Eigenkapitals.

1.2 *Zur Veranschaulichung der Vorgänge in 1.2.1 und 1.2.2 ist hier beispielhaft auch das Konto 2600 VORST aufgeführt:*

S	2600 VORST		H
VE	…	**1) UST**	**27.000,00**
VE	…		

S	4800 UST		H
1) VORST	**27.000,00**	FO	89.335,00
2) BK	62.335,00		

1.2.1 4800 UST an 2600 VORST 27.000,00 €

Erklärung: Das Konto 2600 VORST weist im Monat Juni einen Saldo von 27.000,00 € auf. „KITESURF“ hat also für gekaufte Waren Vorsteuer im Wert von 27.000,00 € bezahlt. Für die Ermittlung der Umsatzsteuerzahllast wird der Saldo mit dem obigen Buchungssatz auf das Konto 4800 UST übertragen.

1.2.2 4800 UST an 2800 BK 62.335,00 €

Erklärung: Über das Konto 4800 UST kann die Umsatzsteuerzahllast ermittelt werden. Die von Kunden erhaltene Umsatzsteuer stellt eine Verbindlichkeit gegenüber dem Finanzamt dar. Die beim Einkauf bezahlte Vorsteuer hingegen kann „KITESURF“ vom Finanzamt zurückfordern, da das Unternehmen kein Endverbraucher ist.

Verbindlichkeit gegenüber dem Finanzamt	89.335,00 €
– Forderung gegenüber dem Finanzamt	27.000,00 €
= Umsatzsteuerzahllast	62.335,00 €

Das Konto 4800 UST wird im Soll ausgeglichen (Eintrag 2), das Geschäftskonto mindert sich im Haben.

1.3 Z. B.:
- Grundnahrungsmittel
- Bücher

Weitere Beispiele: Übernachtungen in Hotels, Eintritte für Museen, Bahntickets

Erklärung: Der ermäßigte Steuersatz soll die Verbraucher entlasten. Er gilt für den (auch kulturellen) Grundbedarf.

1.4.1 B

Erklärung: Gewerbesteuer wird im Konto 7000 GWST erfasst. Besteuert wird der Gewinn des Unternehmens.

1.4.2 C

Erklärung: Die Lohnsteuer der Mitarbeiter wird zunächst vom Unternehmen einbehalten und ist bis zum 10. des folgenden Monats an das Finanzamt zu überweisen. Es ist für das Unternehmen also ein „durchlaufender Posten“

1.4.3 A

Erklärung: Grunderwerbsteuer fällt beim Erwerb eines Grundstücks an. Sie zählt zu den Anschaffungsnebenkosten und ist auf dem entsprechenden Anlagenkonto zu **aktivieren**.

1.5 7030 KFZST an 4400 VE 790,00 €

Erklärung: *7030 KFZST:* Die Kraftfahrzeugsteuer (nicht zu verwechseln mit der Kfz-Versicherung!) stellt einen Aufwand dar → Buchung im Soll.
Hinweis: Es handelt sich bei der KFZ-Steuer, wie der Name besagt, um eine Steuer. Eine zusätzliche Umsatzsteuer fällt nicht an.

Aufgabe 1 Abschlussprüfung 2017 / Nachtermin, A4

*Elias Rodler produziert in seinem Unternehmen E-Bikes Elias Rodler e. K., kurz „EBER", im Stammwerk in München E-Bikes. Sie sind Mitarbeiter*in des Unternehmens.*

Elias Rodler verfolgt regelmäßig die Entwicklung der Arbeitskosten innerhalb der Europäischen Union (EU) in Fachzeitschriften:

Gesetzlicher Mindestlohn

Erstmals gilt in Deutschland ab dem 1. Januar 2015 ein gesetzlicher Mindestlohn von 8,50 Euro pro Arbeitsstunde. Der Mindestlohn ist ein festgeschriebenes Arbeitseinkommen, das einem Beschäftigten als Minimum zusteht. Damit wird eine angemessene Lohnuntergrenze für Arbeitnehmerinnen und Arbeitnehmer sichergestellt. Eine neunköpfige Mindestlohnkommission beschließt alle zwei Jahre neu, ob die Höhe des Mindestlohns nach oben angepasst wird oder nicht. Am 28. Juni 2016 hat diese Kommission eine Erhöhung auf 8,84 Euro zum 1. Januar 2017 festgelegt.

Betrachtet man die Lohndiskussion aus Arbeitgebersicht, zeigt sich bei den durchschnittlichen Arbeitskosten pro Stunde in der EU ein sehr unterschiedliches Bild. So zahlten Arbeitgeber in Dänemark im Vergleich zu Bulgarien 2015 für eine Arbeitsstunde im Durchschnitt über das Zehnfache.

Im Jahr 2015 entfielen von den Arbeitskosten in der EU durchschnittlich auf Bruttoverdienste 76 Prozent und auf die Lohnnebenkosten 24 Prozent.

© picture-alliance/dpa-infografik

1.1 Bearbeiten Sie mithilfe der Infografik und des Textes folgende Aufgaben:

1.1.1 Geben Sie den Grund für die Einführung des Mindestlohns an.

1.1.2 Geben Sie auf Ihrem Lösungsblatt jeweils unter Angabe des Kennbuchstabens an, ob die Aussagen A bis D richtig oder falsch sind:

A	Der Mindestlohn wird regelmäßig alle zwei Jahre erhöht.
B	Ab Januar 2017 wird der Mindestlohn um 0,34 Euro pro Arbeitssunde steigen.
C	Die Arbeitskosten je geleisteter Stunde unterscheiden sich innerhalb der EU-Länder sehr stark.
D	Die Arbeitskosten in der EU werden in einem Kreisdiagramm dargestellt.

1.1.3 Elias Rodler stellt fest, dass die Arbeitskosten in Deutschland vergleichsweise hoch sind. Begründen Sie mithilfe der Grafik, dass er Recht hat.

1.1.4 Berechnen Sie, um wie viel Prozent die Arbeitskosten je Stunde in Portugal geringer sind als in Deutschland.

1.1.5 Berechnen Sie die Höhe des durchschnittlichen Bruttoverdiensts in Deutschland je geleisteter Stunde in Euro.

Aufgabe 2

Abschlussprüfung 2021 / Nachtermin, A2

*Tobi Ried Tischkicker e. K., kurz „TORI", produziert in seinem Unternehmen in Würzburg Tischkicker. Sie sind Mitarbeiter*in des Unternehmens.*

Tobi Ried möchte seinen Mitarbeitern die Möglichkeit geben, von zu Hause aus zu arbeiten. Hierfür informiert er sich mithilfe einer Grafik:

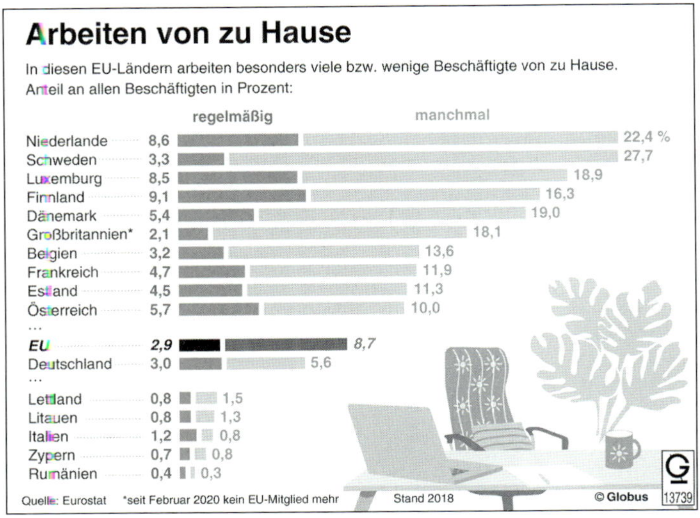

© *picture-alliance/dpa/dpa-infografik GmbH*

2.1 Zu dieser Grafik liegt Ihnen folgender Lückentext vor. Geben Sie auf Ihrem Lösungsblatt jeweils unter Angabe des Kennbuchstabens die zutreffenden Begriffe oder Daten für die Textlücken (A) bis (D) an.

> Der prozentuale Anteil der Beschäftigten in den jeweiligen europäischen Ländern, die regelmäßig oder manchmal die Möglichkeit des Homeoffice nutzen, werden in Form eines … (A) … diagramms dargestellt.
>
> Die Länder Niederlande und … (B) … sind Spitzenreiter – hier nutzen insgesamt 31 Prozent regelmäßig oder manchmal das flexible Arbeiten von zu Hause aus.
>
> Im Ländervergleich rangiert Deutschland weiter unten. Nur … (C) … Prozent der dort arbeitenden Bevölkerung arbeitet regelmäßig von zu Hause aus.
>
> Die Daten wurden von … (D) … erhoben.

2.2 Aus der Personalabteilung von „TORI“ liegt Ihnen folgender Auszug aus dem Gehaltsjournal für den Monat März vor:

Tobi Ried Tischkicker e. K.

- kleines Feld, großer Spaß -

Gehaltsjournal **Monat März 2020**

TORI

Name	Brutto	Steuern	Soz. Ver. AN	Soz. Vers. AG	Netto
…	…	…	…	…	…
SUMME	36.152,00 €	5.988,00 €	6.754,50 €	6.754,50 €	23.409,50 €

2.2.1 Bilden Sie die Buchungssätze für die Erfassung des Personalaufwands, wenn die Auszahlung der Gehälter per Banküberweisung erfolgt.

2.2.2 Nennen Sie den Zweig der Sozialversicherung, für den „TORI“ die höchsten Beiträge entrichten muss.

2.2.3 Geben Sie eine Steuer an, die vom Bruttogehalt abgezogen wird.

Lösungsvorschlag

1.1.1 Der Mindestlohn wurde eingeführt, um eine angemessene Lohnuntergrenze für Arbeitnehmer*innen sicherzustellen.

Erklärung: Die Antwort findet sich im ersten Absatz des Textes.

1.1.2 A: falsch
B: richtig
C: richtig
D: falsch

Erklärung: *Zu A:* Es wird alle zwei Jahre beschlossen, *ob* die Höhe des Mindestlohns angepasst wird (siehe 2. Absatz).
Zu B: Der Mindestlohn betrug seit 2015 8,50 € (1. Absatz) und soll im Januar 2017 auf 8,84 € erhöht werden (2. Absatz).
Zu C: Die Information kann sowohl dem Text als auch dem Balkendiagramm entnommen werden.
Zu D: Es handelt sich um ein Balkendiagramm. Balkendiagramme eignen sich, um, wie hier, einen Vergleich darzustellen. Kreisdiagramme eignen sich insbesondere zur Darstellung von Prozentanteilen.

1.1.3 Z. B.: Die Arbeitskosten in Deutschland liegen mit 32,20 Euro je Stunde deutlich über dem EU-weiten Durchschnitt von 25,00 Euro.

Hinweis: Als Vergleich könnten auch die Osteuropäischen Länder (z. B. Bulgarien, Rumänien) herangezogen werden.

Erklärung: In Deutschland sind insbesondere die sogenannten Lohnnebenkosten (v. a. Ausgaben für die Sozialversicherungen) sehr hoch.

1.1.4 Unterschied in Prozent: $\frac{(32,20-13,20)\cdot 100}{32,20}=59,01$

Die Arbeitskosten sind in Portugal um 59,01 % niedriger als in Deutschland.

Erklärung: Die Arbeitskosten sind in Portugal um 19,00 Euro niedriger als in Deutschland. Ausgangswert (Grundwert) für die Berechnung des Prozentsatzes sind die Arbeitskosten in Deutschland.
32,20 € = 100 %
19,00 € = x %
Achten Sie darauf, dass Sie das Ergebnis richtig runden: 59,006 → 59,01!

1.1.5 Durchschnittlicher Bruttoverdienst 2015 in Euro: $\frac{32,20\cdot 76}{100}=24,47$

Der durchschnittliche Bruttoverdienst in Deutschland beträgt 24,47 Euro pro Stunde.

Erklärung: Hier müssen Sie Informationen aus dem Text (Anteil des Bruttoverdienstes 76 %) und der Grafik (durchschnittliche Arbeitskosten 32,20 €) verknüpfen.

100 % = 32,20 €
76 % = x €

2.1 A: Balken
B: Schweden
C: 3
D: Eurostat

Erklärung:
Zu A: Balkendiagramme (waagrechte „Balken“) eignen sich, wie auch Säulendiagramme, für die Darstellung eines Vergleichs. Weitere Diagrammarten sind Kreis- und Liniendiagramme.
Zu B: Hier werden jeweils die Werte für die Niederlande (8,6 % + 22,4 %) und Schweden (3,3 % + 27,7 %) addiert.
Zu C: Hier geht es um die „regelmäßige“ Arbeit von zu Hause aus, also nur um den dunklen Balken.
Zu D: Eurostat ist die Statistikbehörde der Europäischen Union.

2.2.1

> **TIPP** Bei Buchung der Löhne und Gehälter sind **immer beide Buchungssätze** anzugeben!

6200 LG	36.152,00 €	an	2800 BK	23.409,50 €
			4830 VFA	5.988,00 €
			4840 VSV	6.754,50 €
6400 AGASV		an	4840 VSV	6.754,50 €

Erklärung: *6200 LG:* Die Bruttogehälter stellen für „TORI“ einen Aufwand (Aufwandskonto) dar → Buchung im Soll.
2800 BK: Die Auszahlung der Gehälter mindert das Bankguthaben (Aktivkonto) → Buchung im Haben.
4830 VFA: Steuern werden zunächst vom Arbeitgeber einbehalten. Sie stellen Verbindlichkeiten (Passivkonto) dar → Buchung im Haben.
4840 VSV: Sozialversicherungen werden ebenfalls zunächst vom Arbeitgeber einbehalten und stellen Verbindlichkeiten dar → Buchung im Haben.
6400 AGASV: Der Arbeitgeberanteil zur Sozialversicherung stellt einen Aufwand dar → Buchung im Soll.

2.2.2 Rentenversicherung

Erklärung: Der Beitrag zur Rentenversicherung beträgt 18,6 % (2022) und wird von Arbeitnehmer und Arbeitgeber jeweils zur Hälfte getragen.

2.2.3 Z. B.: Lohnsteuer

Erklärung: Die Höhe der Lohnsteuer ist abhängig von der Höhe des Arbeitsentgelts, vom Familienstand und der Anzahl der Kinder.

Aufgabe 1

*Mira Singer hat sich mit ihrem Unternehmen Mira Singer Lautsprecherboxen e. Kfr., kurz „M-BOX", mit Sitz in Bamberg auf die Produktion mobiler Lautsprecherboxen spezialisiert. Sie sind Mitarbeiter*in des Unternehmens.*

1.1 Mira Singer möchte die Unternehmensphilosophie von „M-BOX" neu formulieren. Erstellen Sie einen aussagekräftigen Entwurf, der drei unterschiedliche Kriterien beinhaltet.

1.2 „M-BOX" ist nach dem Einliniensystem organisiert. Erstellen Sie ein einfaches Organigramm mit **drei Hierarchieebenen**, das diese Form der Aufbauorganisation veranschaulicht.

1.3 Nennen Sie einen Vorteil und einen Nachteil des Einliniensystems.

Aufgabe 2

Mira Singer hat die Abteilungsleiter von „M-BOX" zu einem Meeting eingeladen, um die Strategie für das kommende Quartal zu besprechen. Gemeinsam wurde vereinbart, dass im Einkaufsbereich die Kosten für Werkstoffe um durchschnittlich 5 % gesenkt werden sollen. In der Fertigung soll die Produktion um 10 % gesteigert werden. Für den Absatz der erhöhten Produktion ist der Vertrieb verantwortlich, dessen Werbebudget um 8 % angehoben wird.

2.1 Erläutern Sie, welcher Hierarchieebene die von Frau Singer zum Meeting eingeladenen Mitarbeiter angehören.

2.2 Nennen Sie den Fachbegriff für die von Frau Singer angewandte Führungstechnik.

2.3 Geben Sie je einen Vor- und Nachteil dieser Führungstechnik an.

Aufgabe 3

3.1 Der Unternehmerlohn soll unter anderem die Verzinsung des Eigenkapitals abdecken. Erläutern Sie, was dies bedeutet.

3.2 Das Konto 3001 P von „M-Box" weist zum Jahresende folgende Eintragungen aus:

S		3001 P	H
1) KA	1.500,00	2) GR	57.000,00
3) BK	8.200,00	FP	17.000,00

3.2.1 Geben Sie den Geschäftsfall zu Eintrag 1) an.

3.2.2 Geben Sie den Geschäftsfall zu Eintrag 2) an.

3.3.3 Geben Sie den Buchungssatz zu Eintrag 3) an.

3.3.4 Geben Sie den Buchungssatz zum Abschluss des Kontos 3001 P an.

Lösungsvorschlag

1.1 **Vorschlag:** Im Zentrum unserer unternehmerischen Tätigkeit steht das Ziel, innovative und qualitativ hochwertige Produkte zu entwickeln. Unsere Kunden können sicher sein, dass in der Fertigung höchste Umweltstandards eingehalten werden und ausschließlich nachhaltige Werkstoffe zum Einsatz kommen. Als Familienunternehmen sind wir uns der besonderen Verantwortung gegenüber unseren Mitarbeiterinnen und Mitarbeitern bewusst, mit denen wir einen vertrauensvollen und fairen Umgang pflegen.

Erklärung: Die Unternehmensphilosophie zeigt das Leitbild des Unternehmens auf. Darin werden Werte festgehalten, denen sich ein Unternehmen besonders verpflichtet fühlt. Im Entwurf hier wird insbesondere auf die Produktqualität, den Umweltschutz und den Umgang mit den Mitarbeiterinnen und Mitarbeitern eingegangen.

1.2

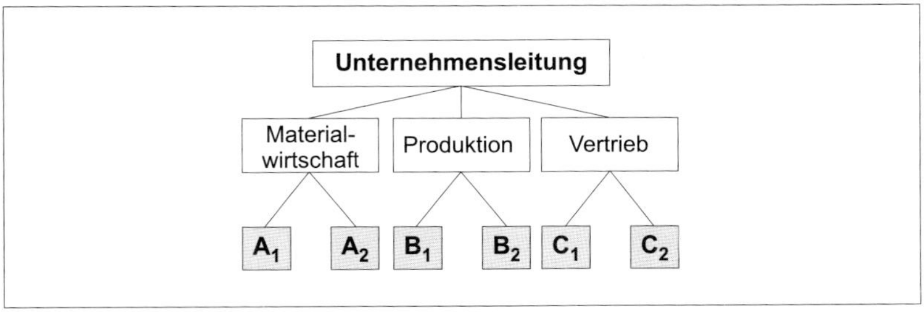

Erklärung: Das Einliniensystem zeigt eine Möglichkeit auf, wie Aufgaben und Zuständigkeiten in einem Unternehmen zugewiesen werden können. Es ist gekennzeichnet durch eine klare hierarchische Ordnung, bei der jeder Mitarbeiter einen Vorgesetzten hat.

1.3 *Vorteil:* Das Einliniensystem hat eine einfache, leicht verständliche Struktur. Die Kommunikationswege sind klar festgelegt.
Nachteil: Die Kommunikationswege sind lang. Das erschwert die Zusammenarbeit zwischen den Mitarbeitern und belastet die Vorgesetzten.

2.1 Die Mitarbeiter gehören der zweiten Hierarchieebene an. Sie nehmen Anweisungen der Unternehmensleitung entgegen, haben aber selbst Personalverantwortung für die Mitarbeiter in ihren Abteilungen.

2.2 Management by Objectives

Erklärung: Mit den Abteilungsleitern wurden klare Ziele (engl.: objectives) für die Abteilungen vereinbart.

2.3 *Vorteil:* Die Mitarbeiter entscheiden selbst, wie sie die Ziele erreichen können. Daraus ergibt sich im Idealfall, dass alle Mitarbeiter gemeinsam auf das Ziel hinarbeiten und so der Teamgeist gestärkt wird.

Nachteil: Sind die Ziele sehr hoch gesetzt, kann ein starker Leistungsdruck entstehen. In Stresssituationen steigt die Gefahr von Fehlentscheidungen.

3.1 Ein Unternehmer setzt eigenes Kapital in seinem Unternehmen ein – Kapital, das er auch in Aktien oder andere Anlagen hätte investieren können. Für das eingesetzte Kapital erwartet er eine angemessene Rendite bzw. Verzinsung.

3.2.1 Mira Singer hat aus der Unternehmenskasse 1.500,00 € für private Zwecke entnommen.

Erklärung: *3001 P:* Der Geschäftsfall 1) wurde im Passivkonto 3001 P im Soll gebucht → Minderung von P (bzw. EK).
2880 KA: Im Gegenkonto Kasse (Aktivkonto) wird der Vorgang im Haben erfasst → Minderung des Kassenbestandes des Unternehmens.

3.2.2 Mira Singer hat ein Grundstück im Wert von 57.000,00 € geerbt. Sie bringt es in ihr Unternehmen ein.

Erklärung: *3001 P:* Der Geschäftsfall 2) wurde im Passivkonto 3001 P im Haben gebucht → Mehrung von P. *0500 GR:* Im Gegenkonto erfolgt die Buchung im Soll → Mehrung des Bestandes an Grundstücken.

3.3.3	3001 P	an	2800 BK	8.200,00 €

Erklärung: *3001 P:* Der Geschäftsfall 3) wurde im Passivkonto 3001 P auf der Sollseite gebucht → Minderung von P. *2800 BK:* Im Gegenkonto Bank wird der Vorgang im Haben erfasst → Minderung des Bankguthabens.

3.3.4	3001 P	an	3000 EK	64.300,00 €

Erklärung: *3001 P:* Während des GJ erfolgten Privateinlagen im Wert von 74.000,00 € und Privatentnahmen im Wert von 9.700,00 €. Beim Abschluss wird der Saldo von 64.300,00 € im Soll gebucht, um das Konto auszugleichen.
3000 EK: Es erfolgten mehr Privateinlagen als -entnahmen, das Passivkonto EK nimmt zu → Buchung im Haben.

Aufgabe 1 Abschlussprüfung 2020/Nachtermin, A6

*Michael Niemayr Gartenzwerge e. K., kurz „MINIE", produziert im Stammwerk in Freyung Gartenzwerge. Sie sind Mitarbeiter*in des Unternehmens.*

Das Unternehmen „MINIE" möchte in eine neue leistungsfähigere Spritzgießmaschine investieren. Hierzu liegt folgende Telefon-Gesprächsnotiz vor:

Telefon-Gesprächsnotiz

Datum: 5.6.2019 Uhrzeit: 9:15

Firma: Zirngibl GmbH

Gesprächspartner: Herr Zirngibl

Telefon: 0923/0786663 Telefax:

E-Mail: info@zirngibl.maschine.wy

Betreff:

Spritzgießmaschine SX301,	Listenpreis	32.400,00 €
	Sofortrabatt	15 %
Transport der Maschine	1.300,00 €	netto
Installation der aktuellen Software	netto	950,00 €

Service u. Instandhaltung durch Firma Schnellspanner - Vertragsabschluss für Kundendienst erforderlich

1.1 Der Kauf der Spritzgießmaschine „SX301" bei der „Zirngibl GmbH" erfolgt zu den Konditionen in der Gesprächsnotiz.

1.1.1 Berechnen Sie die Anschaffungskosten.

1.1.2 Begründen Sie, warum die Kosten für die Finanzierung der Spritzgießmaschine wie z. B. Zinsen oder Disagio nicht zu den Anschaffungsnebenkosten zählen.

1.1.3 Die Rechnung der „Zirngibl GmbH" geht ein. Bilden sie den Buchungssatz.

1.2 „MINIE“ schließt mit der „Schnellspanner KG“ einen Vertrag für den jährlichen Kundendienst und die Instandhaltung ab. Das Geschäftsbankkonto wird mit der ersten fälligen Zahlung in Höhe von 749,70 € (USt-Anteil: 119,70 €) belastet.
Bilden Sie den Buchungssatz.

1.3 *hier gestrichen*

1.4 Der Abschreibungsplan für die neue Spritzgießmaschine „SX301“ liegt vor:

Datum	Abschreibungsbetrag	Restbuchwert
31. 12. 2019	2.896,25 €	26.893,75 €
31. 12. 2020	4.965,00 €	21.928,75 €
31. 12. 2021	4.965,00 €	16.963,75 €
31. 12. 2022	4.965,00 €	11.998,75 €
31. 12. 2023	4.965,00 €	7.033,75 €
31. 12. 2024	4.965,00 €	2.068,75 €
31. 12. 2025	2.068,75 €	0,00 €

1.4.1 Erklären Sie, warum der Abschreibungsbetrag im Jahr 2019 von den übrigen Jahren abweicht.

1.4.2 Bilden Sie den Buchungssatz für die Erfassung der Abschreibung, der gemäß der Tabelle am 31.12.2019 zu erstellen ist.

Aufgabe 2

Abschlussprüfung 2017/Nachtermin, A5

*Elias Rodler produziert mit seinem Unternehmen E-Bikes Elias Rodler e. K., kurz „EBER“, im Stammwerk in München E-Bikes. Sie sind Mitarbeiter*in des Unternehmens.*

Elias Rodler plant aufgrund der langfristig guten Auftragslage, die Produktionskapazität auszuweiten. Hierfür soll das Betriebsgelände erweitert werden.

2.1 Ein Teil seines Gartengrundstückes im Wert von 330.000,00 € soll zukünftig betrieblich genutzt werden und geht daher ins Betriebsvermögen ein.
Bilden Sie den Buchungssatz.

2.2 Zudem erwirbt „EBER“ ein weiteres noch unbebautes Baugrundstück im Münchner Umland zu einem Kaufpreis von 540.000,00 €.
In diesem Zusammenhang betrachtet Elias Rodler folgende Infografik:

Die Grunderwerbsteuer

Die Grunderwerbsteuer ist eine Ländersteuer und wird beim Kauf einer Immobilie fällig. Die Höhe der Grunderwerbsteuer errechnet sich aus einem festen prozentlichen Steuersatz vom Kaufpreis.

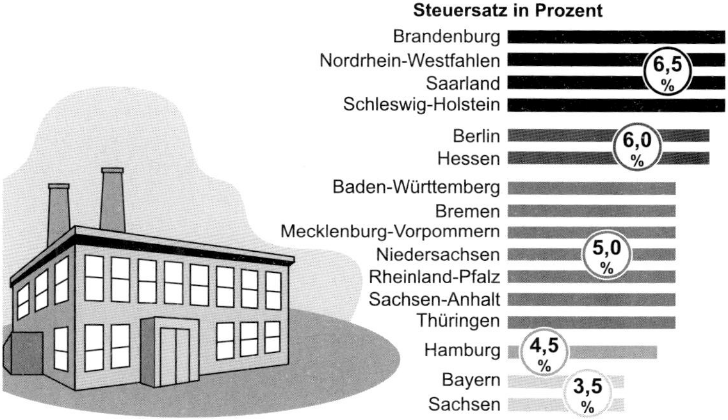

Datenquelle: Bundesfinanzministerium; © picture-alliance/dpa-infografik (Grafik bearbeitet)

2.2.1 Berechnen Sie die Höhe der zu entrichtenden Grunderwerbsteuer für das erworbene Baugrundstück.

2.2.2 Der Bescheid zur Grunderwerbsteuer geht bei „EBER" ein. Bilden Sie den Buchungssatz.

2.2.3 Geben Sie an, wie sich die Grunderwerbsteuer auf den Unternehmenserfolg auswirkt.

2.2.4 Den Kauf des Grundstücks muss Elias Rodler beurkunden lassen. Geben Sie an, von wem diese Beurkundung durchgeführt wird.

Aufgabe 3

*Mira Singer hat sich mit ihrem Unternehmen Mira Singer Lautsprecherboxen e. Kfr., kurz „M-BOX", mit Sitz in Bamberg auf die Produktion mobiler Lautsprecherboxen spezialisiert. Sie sind Mitarbeiter*in des Unternehmens.*

3.1 Buchen Sie den Eingang der folgenden Rechnung:

Büro-Hoppe e. K.

Büro-Hoppe e. K. • Berggasse 2 • 96049 Bamberg

Mira Singer Lautsprecherboxen e. Kfr.
Gewerbestraße 12
96049 Bamberg

Registergericht Bamberg: HRB 305
Steuernummer: 1381/10669
USt-IdNr.: DE0221 19203
Tel.: 0951 15164 - 5
Fax: 0951 15164 - 9

Rechnung Nr. 2208/85
(Bei Zahlung bitte angeben!)

Bamberg, 09.11.2022
Kunden-Nr: 22452

Pos.	Menge	Art.-Nr.	Artikel	Einzelpreis	Gesamtpreis
1	3	174	PC	1.324,00 €	3.972,00 €
2	3	859	PC Monitor	699,00 €	2.097,00 €
			Warenwert netto		6.069,00 €
			Umsatzsteuer 19 %		1.153,11 €
			Rechnungsbetrag		**7.222,11 €**

3.2 Der Beitrag für die Betriebshaftpflichtversicherung wird vom Geschäftsbankkonto abgebucht, 2.130,00 €.
Bilden Sie den Buchungssatz.

3.3 Das Konto 0890 GWG weist zum 31.12. einen Saldo von 8.312,00 € aus.
Bilden Sie den Buchungssatz für die Abschreibung.

Lösungsvorschlag

1.1.1

Listenpreis netto	32.400,00 €	100 %
– Rabatt	4.860,00 €	15 %
	27.540,00 €	85 %
+ Transportkosten	1.300,00 €	
+ Softwareinstallation	950,00 €	
Anschaffungskosten	29.790,00 €	

Erklärung: Beim Kauf von Maschinen zählen Transport- und Installationskosten (netto) zu den Anschaffungsnebenkosten. Sie werden auf dem entsprechenden Aktivkonto, hier 0700 MA, **aktiviert**.
Achtung: Der Sofortrabatt von 15 % (Preisminderung) bezieht sich hier nur auf den Listenpreis!

1.1.2 Zu den Anschaffungsnebenkosten zählen nur Kosten, die anfallen, um das Anlagegut in einen betriebsbereiten Zustand zu versetzen.

Erklärung: Finanzierungskosten wie Zinsen und Disagio werden auf dem Konto 7510 ZAW erfasst.

1.1.3

0700 MA	29.790,00 €			
2600 VORST	5.660,10 €	an	4400 VE	35.450,10 €

Erklärung: *0700 MA:* Die Anschaffungskosten für die Spritzgießmaschine (inkl. Anschaffungsnebenkosten) werden auf dem Aktivkonto (Sachanlagen) erfasst → Buchung im Soll.
2600 VORST: Beim Einkauf fällt Vorsteuer an → Buchung im Soll.
4400 VE: Beim Kauf auf Rechnung erhöhen sich die Verbindlichkeiten (Passivkonto) → Buchung im Haben.

1.2

6160 FRI	630,00 €			
2600 VORST	119,70 €	an	2800 BK	749,70 €

Erklärung: *6160 FRI:* Instandhaltungsmaßnahmen (hier: ein regelmäßiger Kundendienst) sollen die Anlagen in einem ordnungsgemäßen Zustand halten. Die Aufwendungen erhöhen sich → Buchung im Soll.
2600 VORST: Für die Dienstleistung fällt Vorsteuer an → Buchung im Soll.
2800 BK: Das Konto wird belastet → Buchung im Haben.

1.3 *hier gestrichen*

1.4.1 Für das Jahr 2019 erfolgt eine zeitanteilige Abschreibung, da die Maschine nicht im Januar angeschafft wurde.

Erklärung: Im Anschaffungsjahr hängt der Abschreibungsbetrag vom Zeitpunkt des Kaufs ab. Wird eine Maschine z. B. im März gekauft, kann im Anschaffungsjahr der Wertverlust nur anteilig von März bis Dezember (10 Monate) angesetzt werden.
Hier wurde die Maschine offensichtlich im Juni gekauft (Juni – Dezember).

4.965,00 € = 12 Monate
2.896,25 € = x Monate

$$x = \frac{2.896,25 \cdot 12}{4.965,00} = 7 \text{ Monate (Jun. – Dez.)}$$

1.4.2 6520 ABSA an 0700 MA 2.896,25 €

Erklärung: *6520 ABSA:* Eine Abschreibung stellt einen Werteabfluss (Aufwand) dar → Buchung im Soll.
0700 MA: Die Maschine (Aktivkonto) verliert durch die Nutzung an Wert → Buchung im Haben.

2.1 0500 GR an 3001 P 330.000,00 €

Erklärung: Das Grundstück wird in das Vermögen des Unternehmens überführt, es handelt sich um eine Privateinlage. Der Wert der Grundstücke (0500 GR) erhöht sich im Soll, auch das Passivkonto 3001 P mehrt sich.

2.2.1 540.000,00 € · 3,5 % = 18.900,00 €

Erklärung: Die beim Erwerb von Grundstücken zu zahlende Grunderwerbsteuer ist in den Bundesländern unterschiedlich. Das Unternehmen „EBER" hat seinen Sitz in München. In Bayern beträgt die Grunderwerbsteuer 3,5 % vom Wert des Grundstücks.

2.2.2 0500 GR an 4400 VE 18.900,00 €

Erklärung: Die Grunderwerbsteuer (nicht zu verwechseln mit der Grundsteuer!) zählt zu den Anschaffungsnebenkosten und wird auf dem Anlagenkonto aktiviert.

2.2.3 Die Grunderwerbsteuer wird aktiviert und ist somit erfolgsneutral.

Erklärung: Die Grundsteuer wird auf dem Bestandskonto 0500 GR erfasst und nicht auf einem Aufwandskonto. Somit hat die Steuer keine Auswirkung auf den Erfolg des Unternehmens.

2.2.4 Die Beurkundung des Grundstückkaufs wird von einem Notar durchgeführt.

Erklärung: Beim Immobilienkauf ist die Beurkundung durch einen Notar gesetzlich vorgeschrieben, um für mehr Rechtssicherheit zu sorgen.

3.1

0860 BM	6.069,00 €	an	4400 VE	7.222,11 €
2600 VORST	1.153,11 €			

Erklärung: Der Nettowert der PCs (Einzelpreis) liegt über 800,00 €, sie werden also auf 0860 BM erfasst. Der Nettowert der Monitore (Einzelpreis) liegt zwischen 250,01 € und 800,00 € – da die Monitore **nicht selbstständig nutzbar** sind (ohne den PC), werden diese ebenfalls auf dem Anlagenkonto 0860 BM erfasst.

3.2

> **TIPP** Beachte: Bei Aufwendungen für Versicherungen fällt **keine Umsatzsteuer** an!

6900 VBEI an 2800 BK 2.130,00 €

Erklärung: *6900 VBEI:* Der Aufwand für Versicherungen steigt → Buchung im Soll.
2800 BK: Das Geschäftsbankkonto wird belastet → Buchung im Haben.

3.3 6540 ABGWG an 0890 GWG 8.312,00 €

Erklärung: *0890 GWG:* Die Bestände auf 0890 GWG werden am Ende des Anschaffungsjahres vollständig abgeschrieben. Das Aktivkonto mindert sich → Buchung im Haben.
6540 ABGWG: Die Abschreibung der GWG stellt einen Werteabfluss dar, die Aufwendungen erhöhen sich → Buchung im Soll.

Aufgabe 1

*Mira Singer hat sich mit ihrem Unternehmen Mira Singer Lautsprecherboxen e. Kfr., kurz „M-BOX", mit Sitz in Bamberg auf die Produktion mobiler Lautsprecherboxen spezialisiert. Sie sind Mitarbeiter*in des Unternehmens.*

Ihnen liegt folgender Beleg vor:

MERKLE Kunststoffformteile e. K.

Merkle Kunststoffformteile e. K., Badstraße 23, 90762 Fürth
Mira Singer Lautsprecherboxen e. Kfr.
Gewerbestraße 12
96049 Bamberg

Inhaber: Eduard Merkle
Amtsgericht Fürth HRA 483
Tel.: 09911 332 783 01
Fax: 09911 332 783 07

Rechnung Nr. 735/22
(Bei Zahlung bitte angeben!)

Fürth, 18.04.2022

Ihr Auftrag vom: 11.04.2022 Auftrags-Nr.: 735/22 Kunden-Nr.: 32692

Für die Lieferung vom 16.04. erlauben wir uns Ihnen zu berechnen:

Artikel	Artikel-Nr.	Einzelpreis (EUR)	Stück	Gesamtpreis (EUR)
Gehäuse für Surround 360	32 843	69,00	200	13.800,00
Gehäuse für BOOM-BOX	33 974	49,00	100	4.900,00
		Warenwert netto		18.700,00
		USt 19 %		3.553,00
		Rechnungsbetrag		22.253,00

Bei Zahlung bis zum 28.04.2022 gewähren wir 3 % Skonto.
Zahlung fällig „rein netto" am 18.05.2022

Die Ware bleibt bis zur vollständigen Bezahlung Eigentum von
Merkle Kunststoffformteile e. K.
Vielen Dank für Ihren Auftrag.

Frankenbank Fürth DE43 9945 6600 0000 0432 45 BIC: FBUKDUENX2

1.1 Bilden Sie den Buchungssatz zur Rechnung Nr. 735/22.

1.2 „M-BOX“ kann die Rechnung innerhalb der Skontofrist oder am Ende des Zahlungsziels begleichen. Das Geschäftsbankkonto weist derzeit einen Sollsaldo auf.

1.2.1 Berechnen Sie die Ersparnis für „M-BOX“, wenn zur Begleichung der Rechnung Nr. 735/22 am 27.04.2022 ein Kontokorrentkredit für 20 Tage in Anspruch genommen wird. Das Kreditinstitut berechnet 10 % p. a. Sollzinsen.

1.2.2 Bilden Sie den Buchungssatz für die Begleichung der Rechnung Nr. 735/22 am 27.04.2022 per Banküberweisung.

1.2.3 Geben Sie auf Ihrem Lösungsblatt unter Angabe des Kennbuchstabens an, ob die Aussagen A bis C richtig oder falsch sind.

A	Aufgrund der Laufzeit zählt der Lieferantenkredit zu den kurzfristigen Krediten.
B	Ein Lieferantenkredit wird auch von Banken gewährt.
C	Wenn „M-Box“ deutlich vor Ende der Skontofrist die Rechnung begleicht, darf es mehr als 3 % Skonto abziehen.

*Martin Meck-May, Inhaber des Unternehmens „MeHo“, hat sich in seinem Werk in Kempten auf die Herstellung von Hoverboards spezialisiert. Sie sind Mitarbeiter*in des Unternehmens.*

„MeHo“ wird aufgrund der guten Auftragslage im nächsten Monat wesentlich mehr Hoverboards produzieren als ursprünglich geplant.

2.1 Dazu liegt Ihnen folgender Beleg vor:

Thorsten Klinger Akkuzentrale GmbH
Tillystr. 2, 93053 Regensburg

Thorsten Klinger Akkuzentrale GmbH • 93053 Regensburg

Meck-May Hoverboards e. K.
Dr.-Alban-Str. 85
87435 Kempten

Thorsten Klinger Akkuzentrale GmbH
Registergericht Regensburg: HRB 254
Tel.: 1941 69094 Fax: 1941 690941
USt-IdNr.: DE 242272997
Bankverbindung: Stadtbank Regensburg
BIC: STBKREF2DER
IBAN: DE16 6055 0000 0088 6445 50

Rechnung Nr. 213 Regensburg, 20. Juni 2017

Position	Gegenstand	Stück	Einzelpreis (€)	Betrag (€)
1	Akku 36V 4400 mAH Li-Ion Akku Modell IOSZT/24P – SW098 High Power Battery Pack	500	113,00	56.500,00
		Nettobetrag		56.500,00
		Fracht und Verpackung		135,00
		19 % Umsatzsteuer		10.760,65
		Rechnungsbetrag		**67.395,65**

Vielen Dank für Ihren Auftrag.
Liefer-/Ausführungsdatum entspricht dem Rechnungsdatum.
Bei Zahlung bis zum 30. Juni 2017 gewähren wir 3 % Skonto.
Die Rechnung ist fällig am 20. August 2017.

Bitte geben Sie bei Schriftverkehr und Zahlungen immer Ihre Rechnungsnummer an.

2.1.1 Bilden Sie den Buchungssatz.

2.1.2 Die Rechnung enthält Informationen zu den Zahlungsbedingungen. Geben Sie auf Ihrem Lösungsblatt jeweils unter Angabe des Kennbuchstabens an, ob folgende Aussagen A bis C richtig oder falsch sind.

A	Ohne Angabe des Zahlungsziels „Die Rechnung ist fällig am 20. August 2017“ wäre die Rechnung sofort nach Eingang fällig.
B	Gibt „MeHo“ die Online-Überweisung zur Bezahlung der Rechnung am 02.07.2017 in Auftrag, so ist ein Skontoabzug von 3 % möglich.
C	Die Angabe der Rechnungsnummer im Verwendungszweck einer Überweisung erleichtert dem Empfänger der Zahlung die Zuordnung des Geldbetrages.

2.1.3 Bilden Sie den Buchungssatz für die Begleichung der Rechnung am 18. August 2017 per Online-Überweisung.

2.1.4 Durch den Rechnungsausgleich wird das Geschäftsbankkonto von „MeHo“ überzogen. Geben Sie den Fachbegriff für diese Art von Kredit an.

2.2 Um hohe Überziehungszinsen zu vermeiden, holt „MeHo“ zwei Kreditangebote mit einer Laufzeit von 210 Tagen ein:

Telefonnotiz

gesprochen mit: Hr. Baumgärtel
Telefon-Nr.: 1831/0388200
Firma: ALLGÄU Bank
Datum: 20. 08. 2017

☐ Bestellung ☐ Bitte um Rückruf
☒ Angebot ☐ Zur Information
☐ Reklamation ☐ ____________

Mitteilung

Kreditbetrag	80.000,00 €
Zinssatz	2,45 %
Kreditkosten	2.087,67 €
Disagio	960,00 €
Zinsen	1.127,67 €
Zinssatz effektiv	4,59 %

Weitergeleitet durch: Signatur:

MONEYDirekt Bank

Kreditbetrag
80.000,00 €

Zinssatz p. a.
2,75 %

Disagio
0,95 %

2.2.1 Begründen Sie rechnerisch, bei welcher Bank der Kredit aufgenommen werden sollte.

2.2.2 Der Kredit wird bei der MONEYDirekt Bank aufgenommen.
Bilden Sie den Buchungssatz für die Gutschrift des Kredits auf dem Geschäftsbankkonto.

Lösungsvorschlag

1.1

6010 AWF	18.700,00 €			
2600 VORST	3.553,00 €	an	4400 VE	22.253,00 €

Erklärung: Bei den Gehäusen handelt es sich um Fremdbauteile.

1.2.1 **Kosten für den Lieferantenkredit:** Nettoskonto

Rechnungsbetrag	22.253,00 €	100 %
– Bruttoskonto	667,59 €	3 %
Bankkredit	21.585,41 €	97 %

Nettoskonto in Euro: $667{,}59 : 1{,}19 = 561{,}00$

Kosten für den Kontokorrentkredit: Zinsen

Zinsen in Euro: $\dfrac{21.585{,}41 \cdot 10 \cdot 20}{100 \cdot 360} = 119{,}92$

Nettoskonto	561,00 €
– Zinsen	119,92 €
Ersparnis	**441,08 €**

Erklärung: Hier müssen die Kosten des Kontokorrentkredits und des Lieferantenkredits verglichen werden. Ein Lieferer kann bei Auslieferung der Ware die sofortige Zahlung verlangen. Unter Geschäftsleuten ist es üblich, ein Zahlungsziel einzuräumen. Der Lieferer gewährt dem Kunden einen Lieferantenkredit. Dafür verlangt er Zinsen, den Skonto. Der Lieferantenkredit ist in der Regel sehr teuer. Deshalb will „M-BOX" die Rechnung innerhalb der Skontofrist bezahlen, auch wenn dafür der Kontokorrentkredit in Anspruch genommen werden muss („Sollsaldo" bedeutet, dass das Konto „im Minus" ist).

Vorgehen bei der Berechnung:

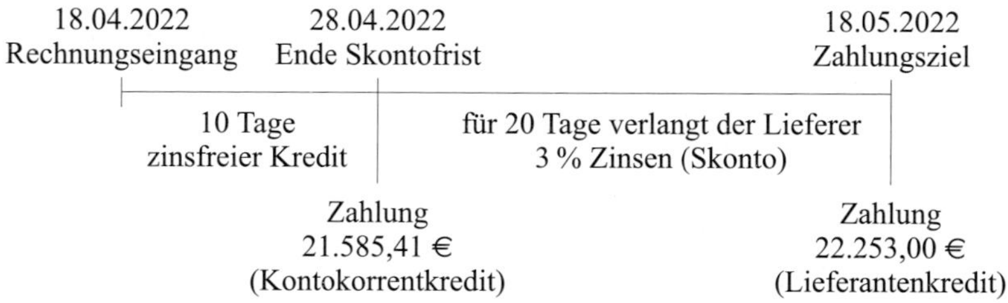

Kosten des Lieferantenkredits: Nettoskonto (Die gezahlte Vorsteuer kann vom Finanzamt zurückgefordert werden, stellt also keine Ersparnis dar.)
Kosten des Kontokorrentkredits: Bei Zahlung innerhalb der Skontofrist kann vom Rechnungsbetrag der Skonto abgezogen werden – zu überweisen sind also 21.585,41 €. Für diesen Betrag sind **Zinsen** zu entrichten. Um Kontokorrent- und Lieferantenkredit vergleichen zu können, muss derselbe Zeitraum (hier: 20 Tage) angesetzt werden.

1.2.2 4400 VE	22.253,00 €	an	2800 BK	21.585,41 €
			6012 NF	561,00 €
			2600 VORST	106,59 €

Erklärung: *4400 VE:* Durch die Begleichung der Rechnung mindern sich die Verbindlichkeiten (Passivkonto) → Buchung im Soll.
2800 BK: Das Aktivkonto Bank mindert sich, wenn „M-BOX“ die Rechnung bezahlt → Buchung im Haben.
6012 NF: Skonto ist ein nachträglicher Preisnachlass und wird hier auf dem Unterkonto NF erfasst. Der Aufwand mindert sich → Buchung im Haben.
2600 VORST: Durch den Skontoabzug mindert sich die zu bezahlende Vorsteuer (Aktivkonto) → Buchung im Haben.

1.2.3

> TIPP **Beachte**: Für die Skontofrist ist das **Rechnungsdatum** entscheidend (hier: 18.04.2022), nicht das Lieferdatum (hier: 16.04.2022)!

A: richtig
B: falsch
C: falsch

Erklärung: *Zu A:* Ein Lieferer gewährt in der Regel einen Kredit über 30 bis 90 Tage (=Zahlungsziel). Es handelt sich also um einen kurzfristigen Kredit.
Zu B: Wie der Name sagt: Ein Lieferantenkredit wird vom Lieferer gewährt.
Zu C: Es ist egal, ob „M-Box“ die Rechnung am ersten oder zehnten Tag nach Rechnungseingang bezahlt, der gewährte Skonto beträgt 3 %.

2.1.1 6010 AWF	56.500,00 €			
6011 BZKF	135,00 €			
2600 VORST	10.760,65 €	an	4400 VE	67.395,65 €

Erklärung: *6010 AWF:* Die Akkus sind Fremdbauteile, sie werden unverändert in das Endprodukt eingebaut. Der Aufwand steigt → Buchung im Soll.
6011 BZKF: Kosten für Fracht und Verpackung werden auf einem Unterkonto von AWF erfasst → Buchung im Soll.
2600 VORST: Beim Kauf wird Vorsteuer fällig → Buchung im Soll.
4400 VE: Kauf auf Ziel, das Passivkonto mehrt sich → Buchung im Haben.

2.1.2 A: richtig
B: falsch
C: richtig

Erklärung: *Zu A:* Ein Verkäufer kann die sofortige Bezahlung der gelieferten Ware verlangen. Unter Geschäftsleuten ist es jedoch üblich, ein Zahlungsziel einzuräumen (hier: 60 Tage vom 20. Juni bis 20. August).
Zu B: Die Skontofrist endet bereits am 30. Juni (siehe Zahlungsbedingungen im Beleg) und nicht am 02. Juli.
Zu C: Es ist davon auszugehen, dass „MeHo“ einer von vielen Kunden von Thorsten Klinger ist und auch regelmäßig bei ihm einkauft.

2.1.3 4400 VE an 2800 BK 67.395,65 €

Erklärung: „MeHo" überweist kurz vor Ende des Zahlungsziels und muss den vollen Rechnungsbetrag bezahlen.

2.1.4 Kontokorrentkredit

Erklärung: Ein Kontokorrentkredit ermöglicht es einem Unternehmen, das Geschäftsbankkonto jederzeit bis zu einer bestimmten Kreditlinie zu überziehen. Es handelt sich dabei aber um einen sehr teuren Kredit!

2.2.1 Effektiver Zinssatz MONEYDirekt Bank:

Kreditbetrag	80.000,00 €	100,00 %
– Disagio	760,00 €	0,95 %
Auszahlungsbetrag	79.240,00 €	99,05 %

Zinsen in Euro: $\frac{80.000,00 \cdot 2,75 \cdot 210}{100 \cdot 360} = 1.283,33$

Zinsen	1.283,33 €
+ Disagio	760,00 €
Kreditkosten	2.043,33 €

Effektiver Zinssatz (in Prozent): $\frac{2.043,33 \cdot 100 \cdot 360}{79.240,00 \cdot 210} = 4,42$

Der Kredit sollte bei der MONEYDirekt Bank aufgenommen werden, da dort die effektive Verzinsung mit 4,42 % geringer als bei der Allgäu Bank ist.

Erklärung: Hier ist ein Kreditvergleich mithilfe der effektiven Verzinsung gefordert. Dabei werden die tatsächlichen Kreditkosten berücksichtigt, also neben den Zinsen (Nominalzins) auch das Disagio (vorausbezahlter Zins).
Die Berechnung erfolgt in drei Schritten:
1. Berechnung des Auszahlungsbetrags: Vom Kreditbetrag (80.000,00 €) zieht die Bank im Voraus Disagio ab (hier: 0,95 %). Es werden also nur 79.240,00 € ausbezahlt.
2. Berechnung der Kreditkosten: Zinsen für 210 Tage + Disagio
3. Berechnung des effektiven Zinssatzes
Ergebnis: Der effektive Zinssatz der MONEYDirekt Bank ist niedriger, obwohl der Nominalzins bei dieser Bank höher ist.

2.2.2 2800 BK 79.240,00 €
7510 ZAW 760,00 € an 4200 KBKV 80.000,00 €

Erklärung: *2800 BK:* Gutschrift des Auszahlungsbetrags auf dem Geschäftskonto (Aktivkonto) → Buchung im Soll.
7510 ZAW: Das Disagio ist ein vorausbezahlter Zins, der Aufwand steigt → Buchung im Soll.
4200 KBKV: Die Laufzeit für den Kredit (Passivkonto) liegt bei unter einem Jahr, es ist also ein kurzfristiger Kredit → Buchung im Haben.

Aufgabe 1

Abschlussprüfung 2021 A2

*Jens Umprecht Trampoline e. K., kurz „JUMP“, produziert im Stammwerk in München Trampoline. Sie sind Mitarbeiter*in des Unternehmens.*

Jens Umprecht interessiert sich für eine Geldanlage in Aktien.

1.1 Ihm liegt eine Infografik mit zugehörigem Lückentext vor.
Bearbeiten Sie dazu die Aufgaben auf nebenstehender Seite:

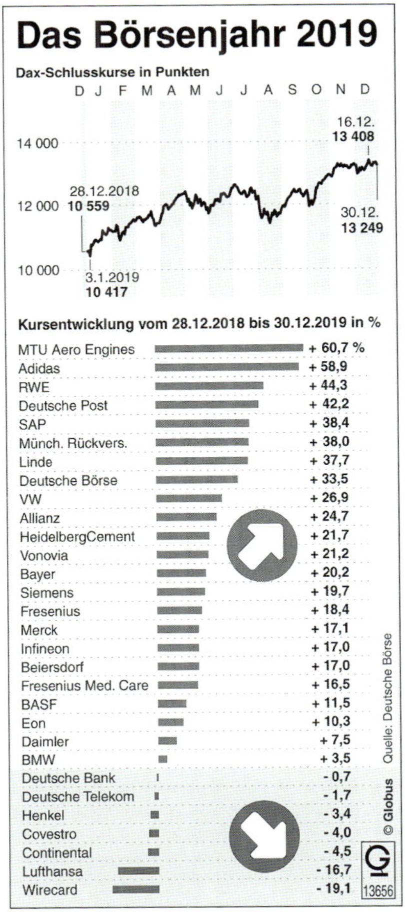

picture-alliance/dpa/dpa-infografik GmbH

Der DAX legt zu

Das Börsenjahr 2019 hat den Anlegern kräftige Gewinne beschert. Am Jahresende schloss der ____ **(A)** ____ , abgekürzt DAX, mit einem deutlichen Plus gegenüber dem Vorjahr.

Der Fachbegriff für die Art des Diagramms, das die Kursentwicklung in Prozent darstellt, lautet: ____ **(B)** ____.

Ein Großteil der Unternehmen konnte positive Kursentwicklungen verzeichnen. Im Gegensatz dazu haben genau sieben Unternehmen eine ____ **(C)** ____ Kursentwicklung hinnehmen müssen.

Am besten schnitt im Jahr 2019 die Aktie des DAX-Neulings MTU Aero Engines ab. Das Münchner Unternehmen produziert und wartet Triebwerke für die Luftfahrt. MTU Aero Engines erzielte ein Kursplus von ____ **(D)** ____ Prozent.

1.1.1 Notieren Sie auf Ihrem Lösungsblatt jeweils unter Angabe des Kennbuchstabens die zutreffenden Begriffe bzw. Werte für die Textlücken (A) bis (D).

1.1.2 Berechnen Sie den prozentualen Anstieg des DAX-Schlusskurses vom 03.01.2019 bis 30.12.2019.

1.2 Aufgrund einer positiven Kursentwicklung hat sich „JUMP“ für den Kauf von 500 Aktien der „Flipp AG“ entschieden. Die Banklastschrift beträgt 19.675,00 €.
Bilden Sie den Buchungssatz für den Aktienkauf.

1.3 Im März benötigt Jens Umprecht liquide Mittel.
Bilden Sie den Buchungssatz zu vorliegendem Beleg:

ABRECHNUNG WERTPAPIERVERKAUF **Oberbayern-Bank**

Jens Umprecht Trampoline e. K.
Sprunggasse 5
80339 München

Auftragsnummer	399477
Verwahrungsart	Girosammeldepot
Börse	Frankfurt
ISIN	DE000472965
Schlusstag/-zeit	**03.03.2020 um 12:21:59 Uhr**

Sehr geehrter Kunde,

folgende Werte (Depot-Nr.: 3270443) wurden von uns in Ihrem Auftrag verkauft:

Wertpapierbezeichnung	Flipp AG	
Stückkurs	40,50 Euro	
Stückzahl	500	
Kurswert	**20.250,00 Euro**	
Spesen	**202,50 Euro**	**(1 % des Kurswerts)**
Gutschrift	**20.047,50 Euro**	

Verrechnung über Bankverbindung:
IBAN: DE325 7076 5010 0043 2456 00; Valuta: 04.03.2020

Bitte prüfen Sie diese Abrechnung auf Vollständigkeit und Richtigkeit.
Kapitalerträge sind einkommenssteuerpflichtig.
Dieser Beleg wurde maschinell erstellt und ist ohne Unterschrift gültig.

*Martin Meck-May, Inhaber des Unternehmens „MeHo“, hat sich in seinem Werk in Kempten auf die Herstellung von Hoverboards spezialisiert. Sie sind Mitarbeiter*in des Unternehmens.*

Martin Meck-May plant, freie liquide Mittel seines Unternehmens „MeHo“ anzulegen.

2.1 Hierfür informiert er sich über verschiedene Geldanlagemöglichkeiten:

Aktien und alternative Geldanlagen

Der Börseneinbruch zu Jahresbeginn bescherte Aktienanlegern kräftige Kursverluste. Längerfristig können Aktiensparer dennoch auf vergleichsweise gute Renditen blicken. Gerade die aktuellen Kursschwankungen machen wieder deutlich, dass Aktienanlagen als langfristige Geldanlage zu sehen sind, um von kurzfristigen Börsenentwicklungen unabhängig zu sein.

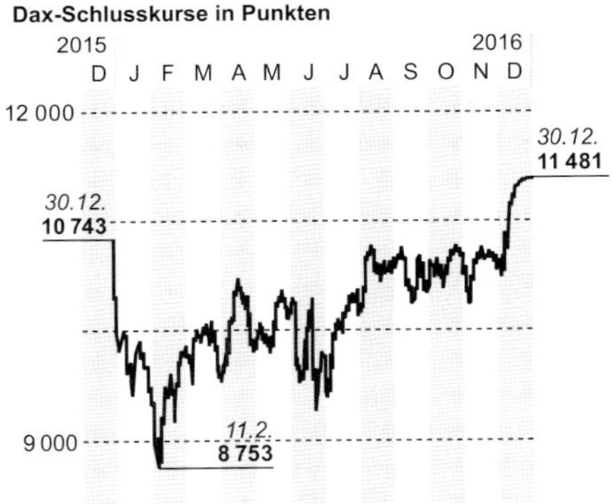

Mit sehr niedrigen Renditen mussten sich im vergangenen Jahr weiterhin Anleger begnügen, die auf Nummer sicher gehen wollen. Sparbriefe, Tagesgeld und Spareinlagen verzinsten sich im abgelaufenen Jahr in der Regel mit deutlich weniger als einem Prozent. Auch der Goldpreis hat sich auf Jahresfrist nur wenig verändert. Eine Traumrendite von 200 Prozent konnte 2016 mit sogenannten Bitcoins erzielt werden. Ende des Jahres lag der Wert eines Bitcoins bei 2.300,00 Euro. Die 2009 eingeführte Digitalwährung war eigentlich nicht als Geldanlage gedacht und gilt als hochspekulativ.

2.1.1 Berechnen Sie die Kurssteigerung des DAX im Jahr 2016 von seinem Tiefststand bis zu seinem Höchststand in Prozent.

2.1.2 Berechnen Sie den Wert eines Bitcoins Anfang 2016 in Euro.

2.1.3 Martin Meck-May betrachtet zwei Geldanlagemöglichkeiten genauer:

A: Tagesgeld B: Aktien

Geben Sie unter Angabe der Kennbuchstaben je einen Nachteil dieser Geldanlagemöglichkeiten auf Ihrem Lösungsblatt an.

2.2 Martin Meck-May entscheidet sich für die Geldanlage in Aktien und kauft am 12.04.2017 für „MeHo“ 200 Aktien der Windkraft AG.
In diesem Zusammenhang liegt Ihnen folgendes T-Konto vor:

S		1500 WP		H
01.01.	8000 EBK*	3.200,00 €		
12.04.	2800 BK	4.747,00 €		

* *Anmerkung der Redaktion: Dieser Buchungseintrag bedeutet, dass der Anfangsbestand (01. Jan.) 3.200,00 € betrug.*

2.2.1 Berechnen Sie den Stückkurs der Windkraft-Aktie am 12.04.2017 (Spesen 1 % vom Kurswert).

2.2.2 Als Aktionär der Windkraft AG hat „MeHo“ das Recht auf einen Teil des möglichen Gewinns der Aktiengesellschaft.
Nennen Sie den Fachbegriff für die Gewinnausschüttung an die Aktionäre.

2.2.3 Martin Meck-May befürchtet aufgrund eines Managementfehlers im Unternehmen der Windkraft AG einen anhaltenden Kursrückgang der Windkraft-Aktie.
Bilden Sie den Buchungssatz zu folgendem Beleg:

ALLGÄU Bank *– Mi schaffe des –* **Wertpapier-Verkauf**

Martin Meck-May
Meck-May Hoverboards e. K.
Dr.-Alban-Straße 85
87435 Kepten

Börse: Frankfurt
Auftragsdatum: 4. Juni 2017
Valuta: 5. Juni 2017
Auftragsnummer: 38572/17
ISIN: DE000837251
Verwendungsart: Girosammeldepot

Sehr geehrter Herr Meck-May,

in Ihrem Auftrag verkauften wir 200 Aktien der Windkraft AG, Depot-Nr.: 76578:

Kurs: 19,30 €	Kurswert	3.860,00 €
	Spesen (1 % des Kurswerts)	38,60 €
	Gutschrift	**3.821,40 €**

Die Verrechnung erfolgt über Konto mit IBAN: DE83 7009 1600 0005 3323 20
Bitte überprüfen Sie diese Abrechnung auf Vollständigkeit und Richtigkeit.
Diese Meldung wird nicht unterschrieben. Kapitalerträge sind einkommensteuerpflichtig.

*Michael Niemayr Gartenzwerge e. K., kurz „MINIE", produziert im Stammwerk in Freyung Gartenzwerge. Sie sind Mitarbeiter*in des Unternehmens.*

Das Unternehmen „MINIE" möchte liquide Mittel gewinnbringend anlegen.

3.1 Bearbeiten Sie die Aufgaben zur folgenden Infografik:

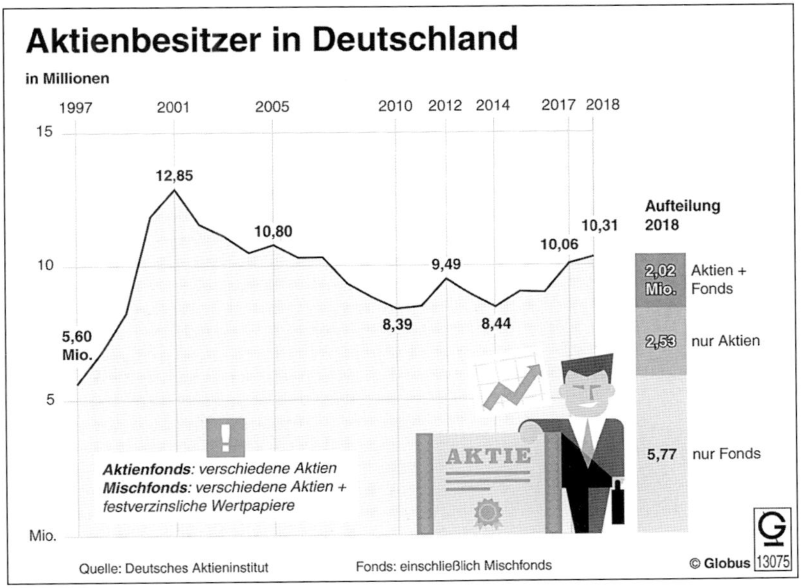

© *picture-alliance/dpa-infografik*

3.1.1 Geben Sie an, mit welcher Diagrammart die zahlenmäßige Entwicklung der Aktienbesitzer dargestellt wird.

3.1.2 Berechnen Sie den Rückgang der Anzahl der Aktienbesitzer vom Jahr 2001 bis 2018 in Prozent.

3.1.3 Berechnen sie den prozentualen Anteil der Anleger, die im Jahr 2018 ausschließlich in Aktien investiert haben.

3.1.4 Nennen Sie die beiden Anlagekriterien des magischen Dreiecks der Geldanlage, die bei einem Aktienkauf vorrangig erfüllt werden können.

3.2 Im Februar 2019 kauft „MINIE" 500 Aktien des Unternehmens „Zwerck AG" zum Stückkurs von 24,90 € per Banküberweisung. Die Spesen betragen 1 % vom Kurswert.
Bilden Sie den Buchungssatz.

3.3 Zur teilweisen Finanzierung eines Geschäftswagens verkauft „MINIE" die Aktien.

Bilden Sie den Buchungssatz zu vorliegendem Beleg.

Stadtbank Freyung Auftragsdatum: 15. Oktober 2019		**Wertpapier-Verkauf** Börse Frankfurt	
Wertpapierbezeichnung	Zwerck AG (ISIN DE000A3EDD0)		
Stückzahl: 500	Kurs: 28,00 €	Kurswert	14.000,00 €
Kapitalerträge sind steuerpflichtig.		Spesen 1 % v. Kurswert	140,00 €
		Gutschrift	**13.860,00 €**
Michael Niemayr Gartenzwerge e. K. **Schneewittchenstraße 7** **94078 Freyung**		Handelsdatum: Wert: Verrechnung über Konto 664488 Depotnummer 8/98754 Verwahrart: Girosammeldepot	16.10.2019 16.10.2019
Der Beleg ist ohne Unterschrift gültig.			

Lösungsvorschlag

1.1.1 (A) Deutsche Aktienindex
(B) Balkendiagramm
(C) negative
(D) 60,70

Erklärung:
Zu A: Der Deutsche Aktienindex (DAX) gibt die Wertentwicklung der 40 größten deutschen Aktiengesellschaften wieder.
Zu B: Im Balkendiagramm sind die „Balken“ waagrecht, im Säulendiagramm senkrecht angeordnet. Beide Diagrammarten eignen sich für die Darstellung eines Vergleichs, hier die Kursentwicklung von DAX-Unternehmen.
Zu C: Die unteren sieben AGs in der Infografik weisen sinkende Kurse, also eine negative Entwicklung auf.
Zu D: MTU Aero Engines ist als das Unternehmen mit der besten Kursentwicklung ganz oben im Diagramm aufgeführt.

1.1.2 Anstieg in Prozent: $\frac{(13.249 - 10.417) \cdot 100}{10.417} = 27{,}19$

Der prozentuale Anstieg des DAX-Schlusskurses beträgt 27,19 %.

Erklärung: Der Anstieg (Prozentwert) des DAX betrug im Jahr 2019 2.832 Punkte. Ausgangswert (Grundwert) für die Berechnung der Kursentwicklung ist der Wert am 03.01.2019.
10.417,00 = 100 %
2.832,00 = x %

1.2

TIPP Bei Aktiengeschäften fällt keine Umsatzsteuer an!

1500 WP	an	2800 BK	19.675,00 €

Erklärung: *1500 WP:* Der Bestand an Wertpapieren (Aktivkonto) nimmt zu → Buchung im Soll.
2800 BK: Das Bankguthaben (Aktivkonto) mindert sich → Buchung im Haben.

1.3

2800 BK	20.047,50 €	an	1500 WP	19.675,00 €
			5650 EAWP	372,50 €

Erklärung:

Banklastschrift beim Kauf der Aktien:	19.675,00 €	
Bankgutschrift beim Verkauf:	20.047,50 €	
Gewinn	372,50 €	→ Ertragskonto 5650 EAWP

2800 BK: Durch die Gutschrift mehrt sich das Aktivkonto → Buchung im Soll.

1500 WP: Der Bestand an Wertpapieren (Aktivkonto) mindert sich durch den Verkauf → Buchung im Haben.
5650 EAWP: Beim Verkauf der Aktien konnte ein Gewinn erzielt werden → Erträge mehren sich im Haben.

2

TIPP Lesen Sie vor Beantwortung der Fragen aufmerksam den Text und erfassen Sie den Sachverhalt im Liniendiagramm.

2.1.1 Kurssteigerung des DAX in Prozent:

$$\frac{(11.481-8.753)\cdot 100}{8.753}=31,17$$

Die Kurssteigerung des DAX vom Tiefst- zum Höchststand beträgt 31,17 %.

Erklärung: Die Aufgabe bezieht sich auf das Liniendiagramm. Ausgangswert (Grundwert) ist der DAX-Kurs vom 11.02. (Tiefststand). Die Differenz zwischen Tiefst- und Höchststand beträgt 2.728 Punkte:
8.753 = 100 %
2.728 = x %

2.1.2 Wert eines Bitcoins Anfang 2016 in Euro:

$$\frac{2.300,00\cdot 100}{(100+200)}=766,67$$

Der Wert eines Bitcoins lag Anfang 2016 bei 766,67 €.

Erklärung: Die zur Bearbeitung erforderlichen Informationen finden Sie im letzten Absatz des Textes: Nach einer Steigerung von 200 % lag der Wert eines Bitcoins am Ende des Jahres 2016 bei 2.300,00 €.
(100 % am Jahresanfang + 200 % = 300 % am Jahresende)
300 % = 2.300,00 €
100 % = x €

2.1.3 A: geringe Rentabilität (Rendite)
B: geringe Sicherheit

Erklärung: *A:* Auf einem Tagesgeldkonto wird Geld, das momentan nicht benötigt wird, aufbewahrt. Man kann jederzeit auf das Geld zugreifen, allerdings ist die Verzinsung (Rentabilität) gering.
B: Aktien können starken Kursschwankungen unterliegen.

2.2.1

Kurswert (200 Aktien)	4.700,00 €	↑	100 %
+ Spesen	47,00 €		1 %
Banklastschrift	4.747,00 €		101 %

Stückkurs: 4.700,00 € : 200 = 23,50 €

Erklärung: Das Konto 1500 WP weist am 12.04. einen Aktienkauf in Höhe von 4.747,00 € aus (Buchung im Soll). Die Banklastschrift setzt sich aus dem Kurswert (100 %) und den beim Kauf der Aktien fälligen Spesen (1 %) zusammen. Zunächst ist mithilfe der Rückwärtskalkulation der Kurswert (100 %) für 200 Aktien zu berechnen. Im letzten Schritt wird der Stückkurs für eine Aktie ermittelt.

2.2.2 Dividende

Erklärung: Als Aktionär, also Mitinhaber einer Aktiengesellschaft, will man am Erfolg eines Unternehmens teilhaben. Auf der jährlich stattfindenden Hauptversammlung wird beschlossen, ob eine Dividende ausgeschüttet wird bzw. wie hoch die Dividende je Aktie ist.

2.2.3

2800 BK	3.821,40 €			
7460 VAWP	925,60 €	an	1500 WP	4.747,00 €

Erklärung:

Banklastschrift beim Kauf der Aktien:	4.747,00 €	
Bankgutschrift beim Verkauf:	3.821,40 €	
Verlust:	925,60 €	→ Aufwandskonto 7460 VAWP

3.1.1 Liniendiagramm

Erklärung: Ein Liniendiagramm eignet sich insbesondere, um Veränderungen im Zeitverlauf darzustellen.

3.1.2 Rückgang in Prozent: $\frac{(12{,}85-10{,}31)\cdot 100}{12{,}85}=19{,}77$

Erklärung: Ausgangswert (Grundwert) für die Berechnung ist die Anzahl der Aktienbesitzer im Jahr 2001 (12,85 Mio.). Die Anzahl ist bis 2018 um 2,54 Mio. zurückgegangen (12,85 – 10,31).
12,85 Mio. = 100 %
2,54 Mio. = x %

3.1.3 Anteil in Prozent: $\frac{2{,}53\cdot 100}{10{,}31}=24{,}54$

Erklärung: Grundwert ist die Gesamtzahl der Aktienbesitzer im Jahr 2018. Prozentwert ist die Anzahl der Anleger, die nur in Aktien investieren.
10,31 Mio. = 100 %
2,53 Mio. = x %

3.1.4 Rentabilität, Liquidität

Erklärung:
Rentabilität: Bei der Investition in Aktien besteht die Chance, durch Kurssteigerungen hohe Gewinne zu erzielen.

Liquidität: Der Begriff bedeutet „Flüssigkeit“, also die Verfügbarkeit von flüssigen Mitteln. Die Liquidität bei Aktien ist hoch, da sie jederzeit in Bargeld umgewandelt werden können.

3.2

Kurswert	(500 · 24,90 €)	12.450,00 €
+ Spesen	(1 % vom Kurswert)	124,50 €
Banklastschrift		12.574,50 €

1500 WP an 28 BK 12.574,50 €

Erklärung: Beim Kauf von Aktien wird auf den Kurswert 1 % Spesen aufgeschlagen. Dabei handelt es sich um Gebühren der Bank und des Maklers.

3.3

2800 BK	13.860,00 €	an	1500 WP	12.574,50 €
			5650 EAWP	1.285,50 €

Erklärung:

Banklastschrift beim Kauf der Aktien:	12.574,50 €	
Bankgutschrift beim Verkauf:	13.860,00 €	
Gewinn:	1.285,50 €	→ Ertragskonto 5650 EAWP

Bayern ▪ REALSCHULE
Übungsaufgaben Ausfall und Bewertung von Forderungen

Aufgabe 1: Abschlussprüfung 2020 / Nachtermin, A4

*Michael Niemayr Gartenzwerge e. K., kurz „MINIE“, produziert im Stammwerk in Freyung Gartenzwerge. Sie sind Mitarbeiter*in des Unternehmens.*

1.1 „MINIE“ sendet dem Kunden „Gartenfreund KG“ folgendes Schreiben zu:

Michael Niemayr Gartenzwerge e. K.

Michael Niemayr e. K. ✿ Schneewittchenstraße 7 ✿ 94078 Freyung

Gartenfreund KG
Gewerbestraße 2
97074 Würzburg

☎ 0931 – 8803
Fax: 0931 – 8807
Steuernummer: 200/400/73800
USt-IdNr.: DE 06 221328

Zahlungserinnerung

Rechnungsnummer: 60008/19 vom: 15.06.2019

Sehr geehrte Damen und Herren,

wir mussten feststellen, dass die oben genannte Rechnung (Feuerschalen „Forever“ mit Zahlungsziel 15.05.19) noch nicht beglichen ist.

Wir erlauben uns daher, Ihnen folgende Beträge zusätzlich in Rechnung zu stellen:

Mahngebühren	10,00 €
Verzugszinsen	2,42 €

Bitte überweisen Sie den neuen Forderungsbetrag in Höhe von 1.312,42 € umgehend auf untenstehendes Konto.

Sollten Sie die Überweisung bereits getätigt haben, so betrachten Sie dieses Schreiben bitte als gegenstandslos.

Mit freundlichen Grüßen

Michael Niemayr

Michael Niemayr

Bankverbindung: Stadtbank Freyung
IBAN: DE55 7405 0000 1230 88 ✿ BIC: BYLADEM2FRG

1.1.1 Bilden Sie den Buchungssatz zu obenstehendem Beleg.

1.1.2 „MINIE“ verzichtet bei einigen Kunden auf eine sofortige Mahnung trotz Ablauf der Zahlungsfrist. Nennen Sie hierfür einen möglichen Grund.

1.1.3 Aus der Tageszeitung erfährt Michael Niemayr, dass ein Insolvenzverfahren über das Vermögen des Kunden „Gartenfreund KG" eröffnet wurde.
Bilden Sie den Buchungssatz.

1.2 Auch gegenüber dem Kunden „Lohser-Heimwerkermarkt" besteht eine zweifelhafte Forderung in Höhe von 666,92 €. Der Insolvenzverwalter des Kunden überweist auf das Geschäftsbankkonto von „MINIE" 200,00 €. Der Restbetrag ist verloren.
Bilden Sie den Buchungssatz.

1.3 Michael Niemayr möchte „MINIE" zukünftig durch Factoring gegen Forderungsausfälle absichern.
Geben Sie auf Ihrem Lösungsblatt jeweils unter Angabe des Kennbuchstabens an, ob folgende Aussagen A bis C richtig oder falsch sind.

A	Beim Factoring werden Forderungen an einen Factor gegen Entgelt abgetreten.
B	Das Mahnwesen beim Factoring muss „MINIE" trotzdem weiterhin übernehmen.
C	Factoring fördert die Kundenbindung.

Aufgabe 2

Abschlussprüfung 2019, A8

*Erwin Schleicher Sneaker e. K., kurz „SCHLEICHER", hat sich in seinem Stammwerk in München auf die Herstellung von Sneaker spezialisiert. Sie sind Mitarbeiter*in des Unternehmens.*

„SCHLEICHER" überwacht regelmäßig die Forderungen.

2.1 In der News-App entdeckt Erwin Schleicher folgende Infografik:

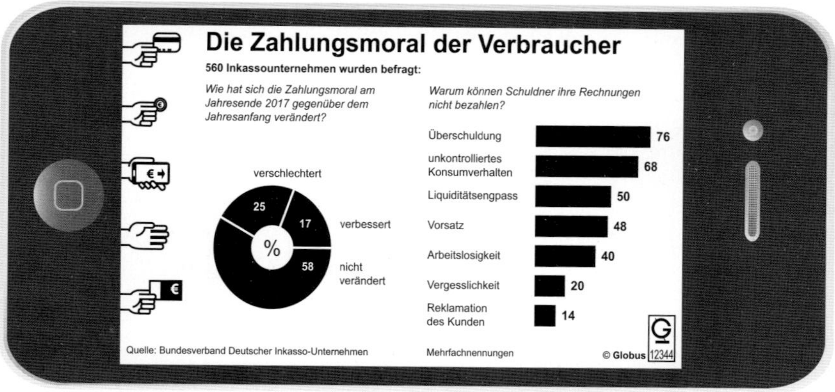

© picture-alliance/dpa-infografik, Grafik bearbeitet

2.1.1 Nennen Sie den Fachbegriff für die Art des Diagramms, mit der die Veränderung der Zahlungsmoral dargestellt wird.

2.1.2 Berechnen Sie die Anzahl der Inkassounternehmen, die eine Verschlechterung der Zahlungsmoral angaben.

2.1.3 Geben Sie den am häufigsten genannten Grund dafür an, dass Schuldner ihre Rechnungen nicht begleichen.

2.2 Durch Factoring kann „SCHLEICHER“ das Ausfallrisiko weitergeben. Nennen Sie einen Nachteil von Factoring für „SCHLEICHER“.

2.3 Ihnen liegt das Konto 2470 ZWFO des Unternehmens „SCHLEICHER“ vor:

S		**2470 ZWFO**	**H**
EBK*	13.672,25 €	1. BK	2.528,75 €
2. FO	50.575,00 €		

* *Anmerkung der Redaktion: Dieser Buchungseintrag bedeutet, dass der Anfangsbestand am 01. Jan. 13.672,25 € betrug.*

2.3.1 Formulieren Sie den Geschäftsfall zum Kontoeintrag Nr. 1.

2.3.2 Das Insolvenzverfahren gegenüber unserem Großkunden „Newsport“ (Kontoeintrag Nr. 2) ist abgeschlossen. Auf dem Geschäftsbankkonto geht eine Zahlung über 4.046,00 € ein, der Rest ist verloren.
Bilden Sie den Buchungssatz.

2.4 „SCHLEICHER“ belastet seinen Kunden „Kai N. Moos“ mit Verzugszinsen in Höhe von 59,50 € und 10,00 € Mahngebühren.
Bilden Sie den Buchungssatz.

Lösungsvorschlag

1.1.1	2400 FO	12,42 €	an	5710 ZE	2,42 €
				5430 ASBE	10,00 €

Erklärung: Kommt ein Kunde in Verzug, kann der Gläubiger den Schuldner mit Verzugszinsen und, aufgrund des zusätzlichen Aufwands, mit Mahngebühren belasten.
5710 ZE: „MINIE" hat Anspruch auf Verzugszinsen, die Erträge steigen → Buchung im Haben.
5430 ASBE: „MINIE" kann darüber hinaus Mahngebühren verlangen (Kosten, die durch das Mahnverfahren entstehen), die Erträge steigen → Buchung im Haben.
2400 FO: Durch die Rechnungstellung erhöhen sich die Forderungen (Aktivkonto) → Buchung im Soll.

1.1.2 Verzicht auf Mahnung, um gute Kundenbeziehungen nicht zu gefährden.

Erklärung: Bei langjährigen und zuverlässigen Kunden empfiehlt es sich, mit der Forderung von Mahnzinsen und Gebühren etwas abzuwarten, um die Geschäftsbeziehung nicht zu belasten.

1.1.3 2470 ZWFO an 2400 FO 1.312,42 €

Erklärung: Vermögensgegenstände sind gemäß HGB vorsichtig zu bewerten und vorhersehbare Risiken zu berücksichtigen. Wenn ein Unternehmer erfährt, dass bei einem Kunden ein Insolvenzverfahren eingeleitet wurde, muss er mit einem Ausfall der Forderung (ganz oder teilweise) rechnen. Aus einer einwandfreien Forderung wird also eine zweifelhafte Forderung.

1.2

Bruttoforderung	666,92 €
– Zahlungseingang	200,00 €
= Bruttoausfall	466,92 €
– Zu berichtigende Umsatzsteuer	74,55 €
= Nettoausfall	392,37 €

2800 BK	200,00 €			
6950 ABFO	392,37 €			
4800 UST	74,55 €	an	2470 ZWFO	666,92 €

Erklärung: *2470 ZWFO:* Das Insolvenzverfahren ist beendet und die gegenüber dem Kunden bestehende zweifelhafte Forderung (Aktivkonto) wird aufgelöst → Buchung im Haben.
2800 BK: Von der ursprünglichen Forderung (666,92 €) gehen 200,00 € auf dem Konto ein → Buchung im Soll.
6950 ABFO: Es fallen 466,92 € (brutto) aus. Abgeschrieben wird der Ausfall netto (392,37 €), also der uneinbringliche Teil der Forderung. Es entsteht ein Aufwand → Buchung im Soll.

4800 UST: Da „MINIE“ nicht den vollständigen Forderungsbetrag erhält, muss die Umsatzsteuer korrigiert werden → Buchung im Soll. Ohne Korrektur würde „MINIE“ zu viel Umsatzsteuer an das Finanzamt überweisen.

1.3 A: richtig
B: falsch
C: falsch

Erklärung: *Zu A:* Für Unternehmen stellt die Bearbeitung von Forderungen einen erheblichen Aufwand dar. Beim Factoring kauft der Factor Forderungen von Unternehmen und verlangt eine Gebühr. Für „MINIE“ besteht der Vorteil u. a. darin, dass der offene Rechnungsbetrag sofort überwiesen wird (Erhöhung der Liquidität).
Zu B: Für das Unternehmen „MINIE“ ist ein weiterer Vorteil, dass es sich nicht mehr um Mahnungen, Verzugszinsen etc. kümmern muss.
Zu C: Für Kunden kann es irritierend sein, wenn die Forderungen gegenüber einem Geschäftspartner von einem unbekannten Unternehmen verwaltet werden, das den Kunden gegenüber ggf. sehr fordernd auftritt.

2.1.1 Kreisdiagramm

Erklärung: Die Veränderung der Zahlungsmoral wird in Anteilen eines Ganzen dargestellt – hierfür eignen sich besonders Kreisdiagramme.

2.1.2 Anzahl der Inkassounternehmen: $\frac{560 \cdot 25}{100} = 140$

140 Inkassounternehmen gaben eine Verschlechterung der Zahlungsmoral an.

Erklärung: Grundwert (100 %) ist die Gesamtzahl der Inkassounternehmen.
100 % = 560 Inkassounternehmen
25 % = x Inkassounternehmen

2.1.3 Überschuldung

Erklärung: Die Darstellung im Balkendiagramm eignet sich besonders für Vergleiche. Im rechten Diagramm ist sofort erkennbar, dass die Überschuldung die häufigste Ursache dafür ist, dass Rechnungen nicht bezahlt werden.

2.2 Z. B.: zusätzliche Kosten

Erklärung: Der Factor verlangt für die erbrachten Dienstleistungen und die Übernahme des Ausfallrisikos Gebühren.
Alternative Lösung: Factoring-Unternehmen treten gegenüber Schuldnern häufig sehr fordernd und unnachgiebig auf. Dieses Verhalten kann zu einer Belastung der Beziehungen zwischen „SCHLEICHER“ und seinen Kunden führen.

2.3.1 Ein Kunde begleicht seine zweifelhafte Forderung über 2.528,75 € per Banküberweisung.

Erklärung: *2470 ZWFO:* Der Vorgang wird im Aktivkonto im Haben erfasst → die zweifelhaften Forderungen mindern sich.
2800 BK: Im Gegenkonto Bank (Aktivkonto) wird der Vorgang im Soll gebucht → das Bankguthaben mehrt sich.
Der Buchungssatz zu Eintrag 1 lautet:

2800 BK	an	2470 ZWFO	2.528,75 €

2.3.2

> **TIPP** Die Nebenrechnung ist immer anzugeben.

Bruttoforderung	50.575,00 €
– Zahlungseingang	4.046,00 €
Bruttoausfall	46.529,00 €
– zu berichtigende Umsatzsteuer	7.429,00 €
Nettoausfall	39.100,00 €

2800 BK	4.046,00 €			
6950 ABFO	39.100,00 €			
4800 UST	7.429,00 €	an	2470 ZWFO	50.575,00 €

Erklärung: *2470 ZWFO:* Nachdem das Insolvenzverfahren beendet ist, kann die bestehende zweifelhafte Forderung gegenüber „Newsport" aufgelöst werden → Buchung im Haben.
2800 BK: Von der ursprünglichen Forderung (50.575,00 €) gehen nur 4.046,00 € auf dem Geschäftsbankkonto (Aktivkonto) ein → Buchung im Soll.
6950 ABFO: Es fallen 46.529,00 € (brutto) aus. Auf dem Aufwandskonto wird der Nettoausfall (39.100,00 €) erfasst → Buchung im Soll
4800 UST: Die Umsatzsteuer muss korrigiert/gemindert werden, da nur ein Teil der ursprünglichen Forderung eingeht. „SCHLEICHER" würde sonst zu viel Umsatzsteuer (Passivkonto) ans Finanzamt bezahlen → Buchung im Soll.

2.4

2400 FO	69,50 €	an	5710 ZE	59,50 €
			5430 ASBE	10,00 €

Erklärung: Ein Schuldner kommt nach BGB spätestens dann in Zahlungsverzug, wenn er nicht innerhalb von 30 Tagen nach Fälligkeit einer Rechnung bezahlt hat. Der Gläubiger, in diesem Fall „SCHLEICHER", kann dann Verzugszinsen und Mahngebühren verlangen.
2400 FO: Das Aktivkonto mehrt sich → Buchung im Soll.
5710 ZE: Die Belastung des Schuldners mit Verzugszinsen bedeutet eine Mehrung der Erträge bei „SCHLEICHER" → Buchung im Haben.
5430 ASBE: Die Forderung von Mahngebühren bedeuten ebenfalls eine Zunahme der Erträge → Buchung im Haben.

Aufgabe 1

Abschlussprüfung 2021 / Nachtermin, A7

*Tobi Ried Tischkicker e. K., kurz „TORI", produziert in seinem Unternehmen in Würzburg Tischkicker. Sie sind Mitarbeiter*in des Unternehmens.*

Zum 31.12.2020 sind im Unternehmen „TORI" noch einige Arbeiten zu erledigen.

1.1 Bilden Sie jeweils den Buchungssatz für die folgenden vorbereitenden Abschlussbuchungen.

1.1.1 Das Konto 6031 BZKB weist einen Saldo in Höhe von 900,00 € aus.

1.1.2 Im Konto 2000 R ergibt sich ein Mehrbestand von 1.400,00 €.

1.1.3 Die Wertminderung einer CNC-Fräsmaschine, welche im Januar 2020 für 180.000,00 € netto angeschafft wurde (Nutzungsdauer: 15 Jahre), wird erfasst.

1.1.4 Am 01.08.2020 ging auf dem Geschäftsbankkonto von „TORI" für ein halbes Jahr im Voraus die Miete für eine Lagerhalle in Höhe von 27.000,00 € netto ein.

Aufgabe 2

*Mira Singer hat sich mit ihrem Unternehmen Mira Singer Lautsprecherboxen e. Kfr., kurz „M-BOX", mit Sitz in Bamberg auf die Produktion mobiler Lautsprecherboxen spezialisiert. Sie sind Mitarbeiter*in des Unternehmens.*

2.1 Bilden Sie die erforderliche Vorabschlussbuchung zu folgendem Beleg:

Kontoinhaber Mira Singer Lautsprecherboxen e. K.
Oberfrankenbank
IBAN DE32 7003 0000 0043 3886 05

Aktueller Kontostand
+2.845,68 €

Kontoumsätze
01.10.2021

Buchungstag	Vorgang	Betrag
01.10.2021	Darlehenszinsen 01. Oktober 2021 bis 28. Februar 2022	–1.800,00 €

2.2 Das Dach der Lagerhalle muss im Januar repariert werden. „M-BOX“ liegt am 31.12. ein Kostenvoranschlag des Dachdeckers vor. Es ist mit Kosten von 12.300,00 € netto zu rechnen.

2.3 Mira Singer betrachtet das folgende Konto:

S		3000 EK	H
1) GUV	43.000,00 €	AB	492.000,00 €
SBK	449.000,00 €		
	492.000,00 €		492.000,00 €

2.3.1 Formulieren Sie den Geschäftsfall zum Konteneintrag 1).

2.3.2 Bilden Sie den Buchungssatz für den Abschluss des Kontos 3000 EK.

Lösungsvorschlag

1.1.1 6030 AWB an 6031 BZKB 900,00 €

Erklärung: *6031 BZKB:* Werden während des Jahres Bezugskosten fällig, erhöht sich der Aufwand im Soll. Der Saldo wird entsprechend im Haben erfasst (Ausgleich des Kontos).
6030 AWB: Die Bezugskosten werden zum Jahresende auf das Hauptkonto übertragen und erhöhen den Aufwand für Betriebsstoffe → Buchung im Soll.

1.1.2 2000 R an 6000 AWR 1.400,00 €

Erklärung: *2000 R:* Das Aktivkonto mehrt sich → Buchung im Soll.
6000 AWR: Während des Jahres wurden mehr Rohstoffe eingekauft (Buchung auf AWR im Soll) als verarbeitet. Die Aufwendungen müssen korrigiert werden → Buchung im Haben.

1.1.3 Abschreibung pro Jahr in Euro: $\frac{180.000,00}{15} = 12.000,00$

6520 ABSA an 0700 MA 12.000,00 €

Erklärung: Die Fräsmaschine wurde im Januar angeschafft, es wird der Wertverlust für die gesamten 12 Monate erfasst.
6520 ABSA: Abschreibungen stellen einen Aufwand dar → Buchung im Soll.
0700 MA: Der Wert der Maschine (Aktivkonto) sinkt → Buchung im Haben.

1.1.4

TIPP Es wird immer nur der Nettobetrag abgegrenzt!

Mietertrag: 27.000,00 €

01. 08. 2020 — 5 Monate — 31. 12. 2020 — 1 Monat — 31. 01. 2021

22.500,00 € | 4.500,00 €

5400 EMP an 4900 PRA 4.500,00 €

Erklärung: Anfang August 2020 ging die Lagerhallenmiete für die kommenden sechs Monate ein. Zum Bilanzstichtag am 31.12. besteht nun das Problem, dass Erträge für Januar des kommenden Geschäftsjahres auf 5400 EMP gebucht sind – die Bilanz wäre nicht korrekt. Also müssen Mieterträge, die das neue Jahr betreffen, abgegrenzt (wieder ausgebucht) werden. Einnahmen, die einen Ertrag für das kommende Geschäftsjahr darstellen, werden am 31.12. über das Passivkonto 4900 PRA abgegrenzt.
5400 EMP: Der Mietertrag für Januar wird korrigiert/ausgebucht → Buchung im Soll.
4900 PRA: Der abgegrenzte Betrag wird im Haben erfasst.

2.1 Zinsaufwand: 1.800,00 €

01. 10. 2021		31. 12. 2021		28. 02. 2022
	3 Monate		2 Monate	
	1.080,00 €		720,00 €	

2900 ARA	an	7510 ZAW	720,00 €

Erklärung: Anfang Oktober hat „M-BOX" Zinsen für die kommenden fünf Monate im Voraus bezahlt. Zum Bilanzstichtag am 31.12. besteht nun das Problem, dass Aufwendungen für Januar und Februar des kommenden Geschäftsjahres auf 7510 ZAW gebucht sind – die Bilanz wäre nicht korrekt. Also müssen Zinsaufwendungen, die das neue Jahr betreffen, abgegrenzt (wieder ausgebucht) werden.
7510 ZAW: Der Zinsaufwand für Januar und Februar wird korrigiert/ausgebucht → Buchung im Haben.
2900 ARA: Ausgaben, die einen Aufwand für das kommende Geschäftsjahr darstellen, werden am 31.12. über das Aktivkonto 2900 ARA abgegrenzt → Buchung im Soll.

2.2

6160 FRI	an	3900 RST	12.300,00 €

Erklärung: *6160 FRI:* Der zu erwartende Aufwand muss erfasst werden → Buchung im Soll.
3900 RST: Rückstellungen sind Verbindlichkeiten, deren Höhe und Fälligkeit noch nicht feststehen. Das Passivkonto mehrt sich → Buchung im Haben.

2.3.1 Das Konto GUV wurde mit einem Verlust von 43.000,00 € abgeschlossen.

Erklärung: *3000 EK:* Der Geschäftsfall wurde im Haben gebucht, das Passivkonto mindert sich.
8020 GUV: Im Gegenkonto erfolgt die Buchung im Haben. Die Aufwendungen sind also höher als die Erträge.

2.3.2

3000 EK	an	8010 SBK	449.000,00 €

Erklärung: *3000 EK:* Bei Passivkonten wird der Schlussbestand im Soll gebucht.
8010 SBK: Auf dem Schlussbilanzkonto werden alle Passivkonten im Haben erfasst.

Aufgabe 1

*Mira Singer hat sich mit ihrem Unternehmen Mira Singer Lautsprecherboxen e. Kfr., kurz „M-BOX“, mit Sitz in Bamberg auf die Produktion mobiler Lautsprecherboxen spezialisiert. Sie sind Mitarbeiter*in des Unternehmens.*

1 Am 31.12. liegt Ihnen die aufbereitete Bilanz von „M-BOX“ vor.

Aktiva		**Bilanz zum 31.12.**	**Passiva**
Anlagevermögen	4.200.000,00 €	**Eigenkapital**	1.530.000,00 €
Umlaufvermögen		**Fremdkapital**	
Vorräte	2.400.000,00 €	langfristig	4.790.000,00 €
Forderungen	780.000,00 €	kurzfristig	1.480.000,00 €
flüssige Mittel	420.000,00 €		
	7.800.000,00 €		7.800.000,00 €

1.1 Die Unternehmensanalyse wird durchgeführt, um mit den errechneten Kennzahlen die Entwicklung des Unternehmens bewerten zu können.

1.1.1 Geben Sie an, welche Vergleichsmöglichkeit die Kennzahlen noch bieten.

1.1.2 Geben Sie an, welche Bilanzpositionen unter den *flüssigen Mitteln* zusammengefasst werden.

1.1.3 Erläutern Sie, welche Information die Kennzahl der Anlagendeckung II liefert.

1.1.4 Berechnen und beurteilen Sie die Kennzahl der Anlagendeckung II.

1.2 Aus dem Jahresabschluss von „M-BOX“ sind weitere Werte bekannt.

Jahresüberschuss	240.000,00 €
Privateinlagen	135.000,00 €
Privatentnahmen	83.000,00 €

1.2.1 Berechnen Sie mithilfe der geeigneten Kennzahl, wie sich das Eigenkapital verzinst hat.

1.2.2 Bewerten Sie die ermittelte Kennzahl.

*Martin Meck-May, Inhaber des Unternehmens „MeHo“, hat sich in seinem Werk in Kempten auf die Herstellung von Hoverboards spezialisiert. Sie sind Mitarbeiter*in des Unternehmens.*

Die aufbereitete Bilanz des Unternehmens „MeHo“ weist zum 31.12.2017 folgende Werte aus:

Meck-May Hoverboards e. K.

Aufbereitete Bilanz
zum 31.12.2017

Aktiva	in EURO		**Passiva**
Anlagevermögen	2.440.000,00	**Eigenkapital**	628.500,00
Umlaufvermögen		**Fremdkapital**	
Vorräte	221.100,00	langfristig	1.910.000,00
Forderungen	290.400,00	kurzfristig	1.073.000,00
flüssige Mittel	660.000,00		
	3.611.500,00		3.611.500,00

2.1 Aufgrund von ausstehenden Reparaturen hat „MeHo“ Rückstellungen gebildet.

2.1.1 Erklären Sie anhand von zwei Merkmalen, was man unter Rückstellungen versteht.

2.1.2 Geben Sie an, in welchem Posten der aufbereiteten Bilanz Rückstellungen erfasst sind.

2.2 Martin Meck-May befürchtet wegen aufgenommener Kredite eine Insolvenzgefahr für sein Unternehmen.

2.2.1 Ermitteln Sie hierfür die Kennzahl der Einzugsliquidität.

2.2.2 Beurteilen Sie diese Kennzahl.

2.3 Die aufgenommenen Kredite wirken sich auch auf die Kreditwürdigkeit von „MeHo“ aus. Daher interessiert sich Martin Meck-May für die Kennzahl der Finanzierung (Eigenkapitalanteil).

2.3.1 Berechnen Sie diese Kennzahl.

2.3.2 Geben Sie an, wie sich eine Privateinlage auf die Kennzahl der Finanzierung auswirken würde.

2.4 Bilden Sie den Buchungssatz, der zum Abschluss des Kontos 3000 EK geführt hat.

Lösungsvorschlag

1.1.1 Die Unternehmensanalyse ermöglicht einen zwischenbetrieblichen Vergleich, also den Vergleich mit Unternehmen der gleichen Branche.

Erklärung: Der zwischenbetriebliche (externe) Vergleich ist wichtig, um Stärken und Schwächen im eigenen Unternehmen zu identifizieren. So kann z. B. ermittelt werden, ob die Kostenstruktur im eigenen Unternehmen vergleichbar mit der der Konkurrenz ist.

1.1.2 Bank und Kasse

Erklärung: Flüssige Mittel sind Finanzmittel, die sofort verfügbar sind.

1.1.3 Die Anlagendeckung II (Deckungsgrad II) zeigt an, inwieweit das langfristige Vermögen (AV) eines Unternehmens durch langfristiges Kapital (EK + langfr. FK) gedeckt ist.

Erklärung: Langfristiges Vermögen (AV) soll durch langfristiges Kapital gedeckt sein. Um finanziell stabil zu sein, sollte die Kennzahl über 100 % liegen.

1.1.4 $$\text{Anlagendeckung II in Prozent} = \frac{(1.530.000{,}00 + 4.790.000{,}00) \cdot 100}{4.200.000{,}00} = 150{,}48$$

Mit 150 % ist die Anlagendeckung II hervorragend.

Erklärung: Neben dem Anlagevermögen ist auch ein Großteil des Umlaufvermögens langfristig finanziert. Das Unternehmen „M-BOX“ weist eine sehr stabile Finanzierung auf und wird auf absehbare Zeit nicht in Zahlungsschwierigkeiten geraten.

1.2.1

EK am 01.01.	1.238.000,00 €
+ Jahresüberschuss	240.000,00 €
+ Privateinlagen	135.000,00 €
– Privatentnahmen	83.000,00 €
= EK am 31.12.	1.530.000,00 €

$$\text{Eigenkapitalrentabilität in Prozent} = \frac{240.000{,}00 \cdot 100}{1.238.000{,}00} = 19{,}39$$

Erklärung: Die Kennzahl der Eigenkapitalrentabilität gibt an, wie sich das im Unternehmen eingesetzte Eigenkapital verzinst hat. Bei der Berechnung wird der Jahresüberschuss mit dem eingesetzten Kapital (EK am 01.01.) ins Verhältnis gesetzt.

1.2.2 Die Eigenkapitalrentabilität ist mit 19,39 % sehr gut. Sie liegt weit über der Kapitalmarktverzinsung und deckt auch das unternehmerische Risiko und den Unternehmerlohn ab.

2.1.1 Rückstellungen sind Verbindlichkeiten, die hinsichtlich Höhe und/oder Fälligkeit noch ungewiss sind.

Erklärung: Gebildet werden Rückstellungen in der Regel …
- für Instandhaltungsmaßnahmen, die im kommenden Geschäftsjahr ausgeführt werden, z. B. die Reparatur des Dachs der Lagerhalle oder einer Maschine. Es muss ein Kostenvoranschlag vorliegen.
- für laufende Prozesse. Die Höhe entspricht den zu erwartenden Kosten.

2.1.2 Rückstellungen sind im Posten kurzfristiges Fremdkapital erfasst.

Erklärung: Es wird damit gerechnet, dass die Rückstellungen im kommenden Geschäftsjahr aufgelöst werden können, da die Instandhaltungsmaßnahmen dann ausgeführt bzw. die Prozesse beendet sind.

2.2.1 Einzugsliquidität in Prozent = $\frac{(290.400,00 + 660.000,00) \cdot 100}{1.073.000,00} = 88,57$

Die Einzugsliquidität liegt bei 88,57 %.

Erklärung: Die Einzugsliquidität (Liquidität 2. Grades) gibt Auskunft über die Zahlungsfähigkeit eines Unternehmens. Forderungen und flüssige Mittel werden mit dem kurzfristigen Fremdkapital ins Verhältnis gesetzt. Optimal ist eine Einzugsliquidität von etwa 100 %. Das bedeutet, dass die kurzfristigen Schulden durch das verfügbare Vermögen abgedeckt sind und keine Zahlungsschwierigkeiten zu erwarten sind.

2.2.2 Die Einzugsliquidität ist schlecht, da sie unter dem Idealwert von 100 % liegt.

Erklärung: Die Einzugsliquidität liegt gut 11 Prozentpunkte unter dem Idealwert. „MeHo" kann evtl. seinen kurzfristigen Zahlungsverpflichtungen nicht vollständig nachkommen.

2.3.1 Finanzierung in Prozent (= Eigenkapitalquote): $\frac{628.500,00 \cdot 100}{3.611,500,00} = 17,40$

Die Finanzierung/Eigenkapitalquote beträgt 17,40 %.

Erklärung: Die Eigenkapitalquote gibt den Anteil des Eigenkapitals am Gesamtkapital an. Das Eigenkapital wird mit dem Gesamtkapital ins Verhältnis gesetzt. In Deutschland liegt die durchschnittliche EK-Quote bei etwa 30 %.

2.3.2 Die Kennzahl der Finanzierung/Eigenkapitalquote steigt.

Erklärung: Das Konto 3001 P ist ein Unterkonto von 3000 EK. Durch eine Privateinlage steigt das Eigenkapital und damit auch die Eigenkapitalquote.

2.4 3000 EK an 8010 SBK 628.500,00 €

Erklärung: *3000 EK:* Das **Passivkonto** EK weist einen **Schlussbestand** von 628.500,00 € auf → Buchung im Soll.
8010 SBK: Die Schlussbestände der Passivkonten werden auf SBK im Haben erfasst.

Aufgabe 1

Abschlussprüfung 2020/Nachtermin, A5

*Michael Niemayr Gartenzwerge e. K., kurz „MINIE“, produziert im Stammwerk in Freyung Gartenzwerge. Sie sind Mitarbeiter*in des Unternehmens.*

Ihnen liegt ein unvollständiger Betriebsabrechnungsbogen als Tabellenblatt vor:

	A	B	C	D	E	F
1	***Betriebsabrechnungsbogen „MINIE“ – 3. Quartal 2019***					
2	**Kostenarten**	**Zahlen der KLR**	**I Material**	**II Fertigung**	**III Verwaltung**	**IV Vertrieb**
3	Hilfsstoffe	63.478,00 €	9.780,00 €	48.876,00 €	---	4.831,00 €
4	Betriebsstoffe	12.226,00 €	1.240,00 €	9.240,00 €	915,00 €	831,00 €
5	Gehälter	50.340,00 €	5.400,00 €	9.850,00 €	28.750,00 €	6.340,00 €
6	Heizkosten	7.690,00 €	870,00 €	4.800,00 €	920,00 €	1.100,00 €
⋮	⋮	⋮	⋮	⋮	⋮	⋮
24	Kalk. Abschreibung	4.730,00 €	510,00 €	3.100,00 €	450,00 €	670,00 €
25	Kalk. U-Lohn	15.300,00 €	2.800,00 €	4.650,00 €	4.500,00 €	3.350,00 €

1.1 Die Gemeinkosten werden mithilfe des Betriebsabrechnungsbogens auf die jeweiligen Kostenstellen verteilt.
Nennen Sie einen geeigneten Verteilungsschlüssel für die Heizkosten.

1.2 Die kalkulatorische Abschreibung im Betriebsabrechnungsbogen weicht von der bilanzmäßigen Abschreibung ab. Erläutern Sie, wie es zu diesem Unterschied kommt.

1.3 Nennen Sie die Zuschlagsgrundlage für die Vertriebsgemeinkosten.

1.4 Die Verteilung der Gemeinkosten wird mithilfe eines Diagramms dargestellt.

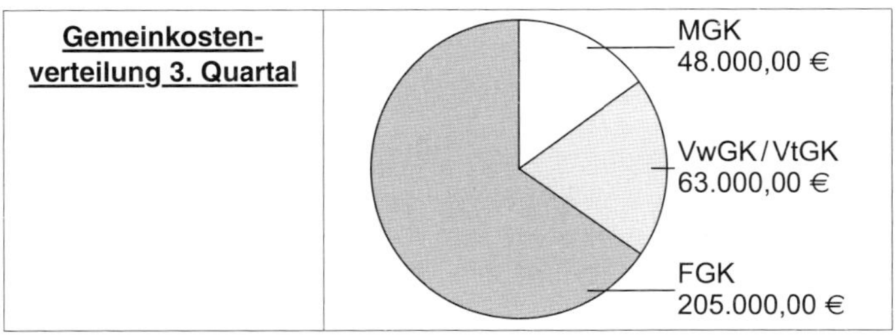

1.4.1 Geben sie auf Ihrem Lösungsblatt jeweils unter Angabe des Kennbuchstabens an, ob folgende Aussagen A bis C richtig oder falsch sind:

A	Das Kreisdiagramm eignet sich für die Darstellung einer Rangfolge.
B	Der Anteil der Materialgemeinkosten liegt bei über 25 %.
C	Die Lagerkosten der Fertigerzeugnisse zählen zu den Vertriebsgemeinkosten.

1.4.2 Berechnen Sie den Fertigungsgemeinkostenzuschlagssatz, wenn die Fertigungskosten 350.000,00 € betragen.

1.5 Für die Verpackung der Gartenzwerge kauft „MINIE“ Luftpolsterfolie. Der Rechnungsbetrag beläuft sich auf 595,00 €.
Bilden Sie den Buchungssatz für den Rechnungseingang.

Aufgabe 2

Abschlussprüfung 2021 / Nachtermin, A5

*Tobi Ried Tischkicker e. K., kurz „TORI“, produziert in seinem Unternehmen in Würzburg Tischkicker. Sie sind Mitarbeiter*in des Unternehmens.*

„TORI“ fertigt unter anderem den hochwertigen Tischkicker „Triple“.

2.1 Bei der Produktion eines Tischkickers „Triple“ wird von folgenden Kosten ausgegangen:

Materialkosten	86,40 €
Fertigungslöhne	90,00 €
Sondereinzelkosten der Fertigung	23,00 €

Zudem sind die folgenden Zuschlagssätze bekannt:

Materialgemeinkosten	8 %
Fertigungsgemeinkosten	140 %
Verwaltungs- und Vertriebsgemeinkosten	5 %

2.1.1 Nennen Sie zwei Beispiele für Fertigungsgemeinkosten.

2.1.2 Berechnen Sie die Selbstkosten für einen Tischkicker „Triple“.

2.2 Im nächsten Quartal betragen die Selbstkosten für einen Tischkicker „Triple“ 338,00 €. „TORI“ erhält eine Anfrage für den Verkauf eines Tischkickers „Triple“ zum Listenpreis von 410,00 €. Außerdem werden dem Kunden 10 % Rabatt gewährt.
Berechnen Sie den verbleibenden Gewinn in Euro und in Prozent.

2.3 „TORI“ nimmt den Auftrag zu den gewünschten Konditionen an. Der Kunde wird frei Haus beliefert.
Bilden Sie den Buchungssatz zu folgendem Belegauszug:

Spedition HauRuck

München – Augsburg – Würzburg

Spedition HauRuck, Lupfweg 3, 80639 München

Tobi Ried Tischkicker e. K.
Elfergasse 5
97070 Würzburg

Rechnung
Auftragsnummer: 16574-20

München, 26. Mai 2020

Für die Belieferung Ihres Kunden erlaube ich mir folgenden Betrag in Rechnung zu stellen:

Ausgangsort	Zielort	Gegenstand	Gesamtpreis
Würzburg Elfergasse 5	Augsburg Hanseweg 24	Lieferung Tischkicker „Tripple“	70,00 €
		+ 19 % Umsatzsteuer	13,30 €
		Rechnungsbetrag	**83,30 €**

2.4 Um eine Gewinnsteigerung zu erreichen, plant „TORI“ Multiplex-Platten bei einem neuen und preisgünstigeren Anbieter zu beziehen.

2.4.1 Erläutern Sie einen möglichen Nachteil dieser Entscheidung.

2.4.2 Bei „TORI“ geht die Rechnung für den Kauf von Multiplex-Platten ein, Rechnungsbetrag 9.758,00 €.
Bilden Sie den Buchungssatz.

Lösungsvorschlag

1.1 Z. B.: Quadratmeter

Erklärung: Gemeinkosten können den Kostenträgern (Fertigerzeugnis) nur indirekt über einen Verteilungsschlüssel zugeordnet werden. Bei den Heizkosten ist zu erwarten, dass sie von der Fläche der Kostenstelle abhängen. Wenn also die Fertigungshalle eine Fläche von 1.000 m^2 aufweist und der Materialbereich 500 m^2, kann man davon ausgehen, dass die Heizkosten in der Fertigung doppelt so hoch sind.

1.2 Die bilanzielle Abschreibung geht von den Anschaffungskosten, die kalkulatorische Abschreibung vom Wiederbeschaffungswert aus.

Erklärung: Bilanzielle Abschreibungen erfolgen meist nach steuerlichen Gesichtspunkten: hohe Abschreibungen → geringer Gewinn → niedrige Steuern. Kalkulatorische Abschreibungen orientieren sich an den Wiederbeschaffungskosten, sie fließen in die Berechnung der Verkaufspreise ein.

1.3 Herstellkosten des Umsatzes

Erklärung: Die Kosten in der Kostenstelle Vertrieb (auch Verwaltung) hängen von den Kosten der umgesetzten/verkauften Erzeugnisse, also HKdU, ab.

1.4.1 A: falsch
B: falsch
C: richtig

Erklärung: *Zu A:* Ein Kreisdiagramm eignet sich zur Darstellung von Anteilen bzw. von prozentualen Verteilungen.
Zu B: Im Kreisdiagramm ist zu erkennen, dass die MGK weniger als ein Viertel der gesamten Gemeinkosten ausmachen.
Zu C: Fertigerzeugnisse werden vor dem Verkauf im Ausgangslager aufbewahrt. Die Lagerkosten sind der Kostenstelle IV, Vertrieb, zuzurechnen.

1.4.2

Fertigungslöhne	145.000,00 €	↑
+ Fertigungsgemeinkosten	205.000,00 €	
Fertigungskosten	350.000,00 €	

Fertigungsgemeinkostenzuschlagssatz in Prozent:

$$\frac{205.000,00 \cdot 100}{145.000,00} = 141,38$$

Erklärung: Grundlage (Grundwert) für die Berechnung der FGK sind die Fertigungslöhne, die hier über die Rückwärtskalkulation berechnet werden.
145.000,00 € = 100 %
205.000,00 € = x %

1.5

6040 AWVM	500,00 €			
2600 VORST	95,00 €	an	4400 VE	595,00 €

Erklärung: *6040 AWVM:* Durch den Kauf von Verpackungsmaterial (z. B. Karton, Luftpolsterfolie, Paletten) zur Verpackung von Fertigerzeugnissen erhöhen sich die Aufwendungen → Buchung im Soll.
2600 VORST: Es handelt sich um einen Einkauf, also fällt Vorsteuer an → Buchung im Soll.
4400 VE: Kauf auf Rechnung, das Passivkonto mehrt sich → Buchung im Haben.

2.1.1 Z. B.: Stromkosten in der Fertigung, Miete für die Produktionshalle

Erklärung: Gemeinkosten können, im Gegensatz zu den Einzelkosten, dem Kostenträger nur indirekt zugeordnet werden. Weitere Beispiele für Gemeinkosten sind Kosten für Heizung oder Versicherungsbeiträge.

2.1.2

Fertigungslöhne	90,00 €	100 %
+ Fertigungsgemeinkosten	126,00 €	140 %
+ Sondereinzelkosten der Fertigung	23,00 €	
Fertigungskosten	239,00 €	
Materialkosten	86,40 €	
+ Fertigungskosten	239,00 €	
Herstellkosten	325,40 €	100 %
+ Verwaltungs- und Vertriebsgemeinkosten	16,27 €	5 %
Selbstkosten	341,67 €	105 %

Erklärung: Für die Berechnung der Selbstkosten werden die Kosten der vier Kostenstellen addiert.
In dieser Aufgabe müssen zunächst die Kosten der Kostenstelle 2, Fertigung, ermittelt werden. Diese setzen sich zusammen aus Einzel-, Sondereinzel- und Gemeinkosten. Grundlage für die Berechnung der Fertigungsgemeinkosten sind die Fertigungslöhne. Die Materialkosten sind gegeben.
Material- und Fertigungskosten ergeben die Herstellkosten. Diese bilden den Grundwert für die Berechnung der Verwaltungs- und Vertriebsgemeinkosten.

2.2

TIPP Lesen Sie die Aufgabenstellung sorgfältig und markieren Sie wichtige Informationen (Selbstkosten, Listenpreis, Rabatt). Falls Sie eine Angabe aus der Verkaufskalkulation vermissen (hier: Skonto), dann ist diese Position im Schema auf 0,00 € zu setzen. Geben Sie im Schema immer auch die Grundwerte für die Berechnung der Prozentwerte an – damit beugen Sie Fehlern bei der Berechnung von Gewinn, Rabatt und Skonto vor.

Selbstkosten	338,00 €	100,00 %
+ Gewinn	**31,00 €**	**9,17 %**
Barverkaufspreis	369,00 €	109,17 %
+ Kundenskonto	0,00 €	
Zielverkaufspreis	369,00 €	90,00 %
+ Kundenrabatt	41,00 €	10,00 %
Listenverkaufspreis	410,00 €	100,00 %

Gewinn in Prozent: $\frac{31{,}00 \cdot 100}{338{,}00} = 9{,}17$

Der Gewinn beträgt 31,00 € bzw. 9,17 %.

Erklärung: Hier sind die Selbstkosten und der Listenverkaufspreis bekannt. Die Aufgabe besteht darin, den Gewinn zu berechnen, es handelt sich um eine Differenzkalkulation.
Grundwert für den Gewinn sind die Selbstkosten:
338,00 € = 100 %
31,00 € = x %

2.3

6140 AFR	70,00 €			
2600 VORST	13,30 €	an	4400 VE	83,30 €

Erklärung: Lieferung „frei Haus“ bedeutet, dass der Verkäufer (hier: „TORI“) die Kosten für den Transport übernimmt.
6140 AFR: Für „TORI“ handelt es sich bei der Auslieferung der Tischkicker um eine Ausgangsfracht (Belieferung eines Kunden). Die Rechnung der Spedition stellt einen Aufwand dar → Buchung im Soll.
2600 VORST: Für die Dienstleistung fällt Vorsteuer an → Buchung im Soll.
4400 VE: Kauf auf Rechnung, das Passivkonto mehrt sich → Buchung im Haben.

2.4.1 Z. B.: Die Qualität der Multiplex-Platten bei dem neuen Lieferer könnte schlechter sein.

Weitere mögliche Nachteile: Der neue Lieferer ist unzuverlässig, die Lieferzeiten länger, der Service schlechter.

2.4.2

6000 AWR	8.200,00 €			
2600 VORST	1.558,00 €	an	4400 VE	9.758,00 €

Erklärung: *6000 AWR:* Die Multiplexplatten bilden den Hauptbestandteil eines Tischkickers, „TORI“ erfasst sie als Aufwendungen für Rohstoffe.

Aufgabe 1

Abschlussprüfung 2021, A5

*Jens Umprecht Trampoline e. K., kurz „JUMP“, produziert in München Trampoline. Sina sind Mitarbeiter*in des Unternehmens.*

„JUMP“ fertigt in seinem Zweigwerk in Augsburg den Aufstellpool „Alpsee“. Dazu liegt eine Grafik vor:

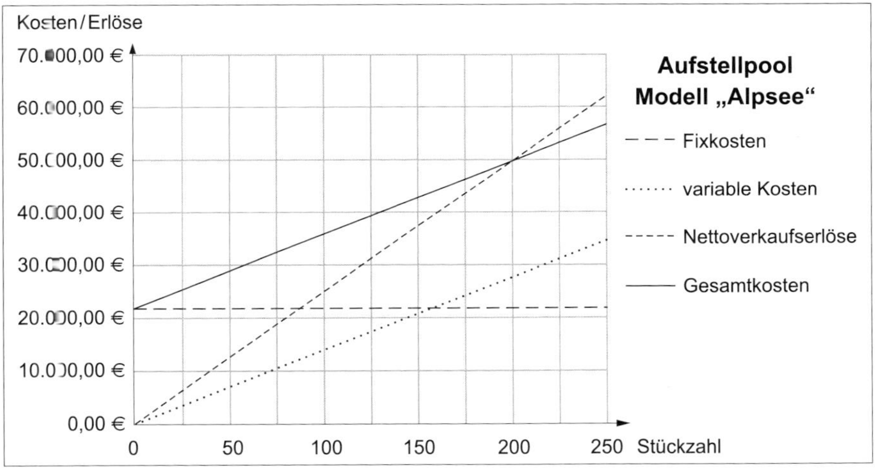

1.1 Bearbeiten Sie folgende Aufgaben mithilfe der Grafik.

1.1.1 Geben Sie die Gewinnschwellenmenge beim Modell „Alpsee“ an.

1.1.2 Geben Sie auf Ihrem Lösungsblatt unter Angabe des Kennbuchstabens an, ob folgende Aussagen richtig oder falsch sind.

A	Die Fixkosten steigen bei zunehmender Produktionsmenge.
B	Wenn 50 Stück des Modells „Alpsee“ produziert werden, dann fallen keine variablen Kosten an.
C	Bei der Produktion von 100 Stück sind die Gesamtkosten höher als die Nettoverkaufserlöse.

1.2 Die Nachfrage nach hochwertigen Pools steigt. Deshalb wird zusätzlich das neue Modell „Wörthsee“ produziert.

1.2.1 Berechnen Sie das gesamte Betriebsergebnis, wenn folgende Werte vorliegen:

	„Alpsee“	**„Wörthsee“**
Nettoverkaufspreis pro Stück	250,00 €	400,00 €
Variable Kosten pro Stück	140,00 €	210,00 €
Produktion ≙ Absatz	300 Stück	150 Stück
Kapazität	500 Stück	400 Stück
Fixkosten	38.000,00 €	

1.2.2 „JUMP“ bietet das Modell „Wörthsee“ bei der Bau- und Gartenmesse zur kurzfristigen Preisuntergrenze an.
Geben Sie die kurzfristige Preisuntergrenze an.

1.2.3 Berechnen Sie die Kapazitätsauslastung des Modells „Wörthsee“ in Prozent.

1.3 Plakatwerbung soll die Markteinführung des Modells „Wörthsee“ unterstützen. Die Druckerei stellt „JUMP“ 1.600,00 € netto in Rechnung.
Bilden Sie den Buchungssatz für den Rechnungseingang.

Aufgabe 2

Abschlussprüfung 2021 / Nachtermin, A6

*Tobi Ried produziert in seinem Würzburger Unternehmen Tobi Ried Tischkicker e. K., kurz „TORI“, Tischkicker. Sie sind Mitarbeiter*in des Unternehmens.*

Tobi Ried produziert im neu errichteten Zweigwerk die Dartscheiben „King“ und „Premium“. Um den Erfolg des Zweigwerks zu überwachen, stehen folgende Informationen zur Verfügung:

Fixkosten	Oktober	November	Dezember
Summe	101.500,00 €	110.600,00 €	122.870,00 €

produzierte u. verkaufte Mengen	Oktober	November	Dezember
King	1.400	1.500	700
Premium	2.500	2.400	2.100

Nettoverkaufspreis pro Stück	
King	103,00 €
Premium	75,00 €

Variable Kosten pro Stück

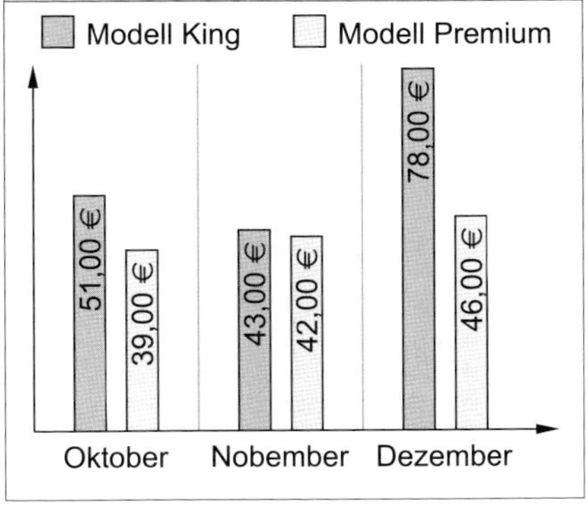

2.1 Berechnen Sie das gesamte Betriebsergebnis im Monat Dezember 2020.

2.2 Um Gründe für den Betriebsverlust zu finden, analysiert Tobi Ried mit dem dargestellten Zahlenmaterial die Kosten im Zweigwerk.

2.2.1 Geben Sie auf dem Lösungsblatt unter Angabe des Kennbuchstabens an, ob die Aussagen A bis C richtig oder falsch sind.

A	Die variablen Kosten sind sowohl beim Modell „King" als auch beim Modell „Premium" monatlich gestiegen.
B	Betrachtet man die letzten drei Monate des Jahres 2020, so hat sich die Summe der Fixkosten verringert.
C	Durch die Umstellung auf eine Just-in-time Produktion könnte Tobi Ried die Lagerkosten im Zweigwerk senken.

2.2.2 Nennen Sie eine konkrete Möglichkeit für „TORI", die variablen Kosten zu senken.

2.3 Bei Modell „King" gehen die Verkaufszahlen massiv zurück. Deshalb plant „TORI", im neuen Jahr nur noch das Modell „Premium" herzustellen. Berechnen Sie die Stückzahl, die produziert und abgesetzt werden muss, um die Gewinnschwelle zu erreichen, wenn die Zahlen aus Dezember 2020 als Grundlage dienen.

2.4 Die Fixkosten im Januar des neuen Jahres sollen maximal 100.000,00 € betragen.
Berechnen Sie die Reduzierung in Prozent.

2.5 Für die Fahrt zu einem möglichen Neukunden liegt die Taxiquittung in Höhe von brutto 97,58 € (USt-Anteil 15,58 €) vor.
Bilden Sie den Buchungssatz.

Aufgabe 3

*Mira Singer hat sich mit ihrem Unternehmen Mira Singer Lautsprecherboxen e. Kfr., kurz „M-BOX", mit Sitz in Bamberg auf die Produktion mobiler Lautsprecherboxen spezialisiert. Sie sind Mitarbeiter*in des Unternehmens.*

Im Zweitwerk in Forchheim produziert „M-BOX" Kopfhörer.

3.1 Es liegen die neuen Quartalszahlen zu den drei neuen Kopfhörermodellen vor.

	„X-Air"	**„X-Move"**	**„X-Evo"**
Nettoverkaufspreis/Stk.	34,99 €	23,99 €	49,00 €
variable Kosten/Stk.	27,30 €	25,20 €	32,40 €
Produktion/Absatz	6.500 Stk.	4.500 Stk.	7.000 Stk.
Kapazität	7.500 Stk.	7.000 Stk.	9.000 Stk.
fixe Kosten	125.000,00 €		

3.1.1 Mira Singer möchte nur Kopfhörer produzieren, die einen positiven Deckungsbeitrag aufweisen.
Überprüfen Sie mithilfe der Deckungsbeitragsrechnung, ob „M-BOX" das Sortiment der X-Serie bereinigen sollte.

3.1.2 Frau Singer möchte das Marketingbudget für die X-Serie erhöhen. Geben Sie eine begründete Empfehlung für ein Modell ab, das gefördert werden soll.

3.2 Für die Kopfhörermodelle der W-Serie liegen folgende Zahlen vor:

	„W-Jump"	**„W-Exped"**
NVP/Stk.	39,00 €	99,00 €
variable Kosten/Stk.	28,50 €	53,00 €
Fixkosten	240.000,00 €	

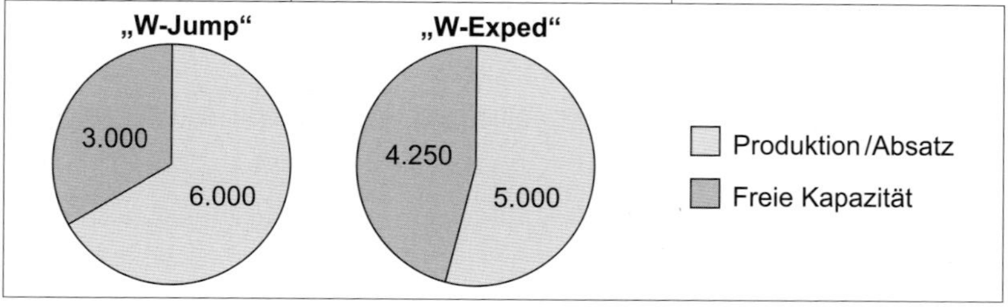

3.2.1 Berechnen Sie die Kapazitätsauslastung von „W-Exped" in Prozent.

3.2.2 „M-BOX" erhält die Anfrage eines Elektromarktes über 2.000 Kopfhörer des Modells W-Jump zu einem Nettoverkaufspreis von 32,90 €.
Geben Sie eine Empfehlung ab, ob „M-BOX" den Auftrag annehmen sollte. Berechnen Sie hierfür das Betriebsergebnis ohne den Zusatzauftrag sowie das Betriebsergebnis inklusive Zusatzauftrag.

Lösungsvorschlag

1.1.1 200 Stück

Erklärung: Die Gewinnschwellenmenge ist die Absatzmenge, ab der die Kosten gedeckt sind und ein Unternehmen die Gewinnzone erreicht.
Die Gewinnschwelle ist der Punkt, an dem sich die Linien der Gesamtkosten und der Nettoverkaufserlöse schneiden. Dies ist hier bei einer Menge von 200 Stück und Kosten/Erlösen von 50.000,00 € erreicht.

1.1.2 A: falsch
B: falsch
C: richtig

Erklärung: *Zu A:* Fixkosten sind Kosten, die unabhängig von der produzierten Menge anfallen. In der Grafik verlaufen die Fixkosten konstant bei ca. 22.000,00 €.
Zu B: Bei der Produktion von 50 Stück fallen variable Kosten in Höhe von 7.000,00 € an (s. Kurve variable Kosten).
Zu C: Bei 100 Stück liegen die Gesamtkosten bei ca. 36.000,00 €, die Nettoverkaufserlöse bei etwa 25.000,00 €.

1.2.1

TIPP Bei folgenden Aufgabenstellungen der Deckungsbeitragsrechnung ist es sinnvoll, das hier verwendete Schema zu nutzen:
- Berechnung des Betriebsergebnisses bei zwei Produkten
- Bestimmung der langfristigen Preisuntergrenze
- Annahme von Zusatzaufträgen zu Sonderbedingungen

	Modell „Alpsee" (300 Stück) in €	**Modell „Wörthsee" (150 Stück) in €**	**Gesamt in €**
Nettoverkaufserlöse – variable Kosten	75.000,00 42.000,00	60.000,00 31.500,00	
Deckungsbeitrag – Fixkosten	33.000,00	28.500,00	61.500,00 38.000,00
Betriebsergebnis			23.500,00

Erklärung:

Nettoverkaufserlöse:	„Alpsee":	250,00 € · 300 Stück
	„Wörthsee":	400,00 € · 150 Stück
variable Kosten:	„Alpsee":	140,00 € · 300 Stück
	„Wörthsee":	210,00 € · 150 Stück

Die Fixkosten beziehen sich auf die gesamte Produktion.

1.2.2 Die kurzfristige Preisuntergrenze beträgt 210,00 €.

Erklärung: Der Nettoverkaufspreis kann kurzfristig (z. B. um Marktanteile zu sichern) so weit gesenkt werden, dass nur die variablen Kosten gedeckt sind. Der Deckungsbeitrag liegt dann bei 0.

1.2.3 Auslastung in Prozent: $\frac{150 \cdot 100}{400} = 37{,}50$

Die Auslastung beträgt 37,50 %.

Erklärung: Ausgangswert für die Berechnung ist die Kapazität, also die maximale Menge, die produziert werden kann.
Kapazität: 400 Stück = 100 %
Produktion: 150 Stück = x %

1.3

6870 WER	1.600,00 €			
2600 VORST	304,00 €	an	4400 VE	1.904,00 €

Erklärung: 6870 WER: Die Rechnung für Plakatwerbung stellt für „JUMP“ einen Aufwand dar → Buchung im Soll.

2.1

> **TIPP** Befassen Sie sich vor Bearbeitung der Aufgabe ausführlich mit den umfangreichen Angaben (Tabellen, Diagramm).

	„King“ 700 Stück in €	**„Premium“ 2.100 Stück in €**	**Gesamt in €**
Nettoverkaufserlöse – variable Kosten	72.100,00 54.600,00	157.500,00 96.600,00	
Deckungsbeitrag – Fixkosten	17.500,00	60.900,00	78.400,00 122.870,00
Betriebsergebnis (= Verlust)			44.470,00

Erklärung:

Nettoverkaufserlöse:	„King“:	103,00 € · 700 Stück
	„Premium“:	75,00 € · 2.100 Stück
Variable Kosten (gesamt, s. Diagramm):	„King“:	78,00 € · 700 Stück
	„Premium“:	46,00 € · 2.100 Stück

Die Fixkosten stehen in der Tabelle und beziehen sich auf beide Produkte.

2.2.1 A: falsch
B: falsch
C: richtig

Erklärung: *Zu A:* Im Säulendiagramm ist zu erkennen, dass die variablen Kosten beim Modell „King“ im November gefallen sind.
Zu B: Die Summe der Fixkosten ist von Monat zu Monat angestiegen.

Zu C: Lagerkosten zählen zu den Fixkosten. Bei einer Just-in-time-Produktion werden Werkstoffe dann geliefert, wenn sie in der Fertigung benötigt werden. Tobi Ried könnte mittelfristig Lagerkapazitäten abbauen und dadurch die Fixkosten senken.

2.2.2 Z. B.: günstigere Rohstoffe einkaufen

Erklärung: Rohstoffe zählen zu den variablen (veränderbaren) Kosten, da der Rohstoffeinsatz von der produzierten Menge abhängt – je mehr ein Unternehmen produziert, desto mehr Rohstoffe verbraucht es. Kann ein Unternehmen Rohstoffe günstiger beziehen, sinken die variablen Kosten.

2.3

> **TIPP** Bei der Gewinnschwellenmenge wird immer aufgerundet!

Gewinnschwellenmenge: $\dfrac{122.870,00}{(75,00-46,00)} = 4.236,90$

Beim Modell „Premium" wird die Gewinnzone ab einer verkauften Menge von 4.237 Stück erreicht.

Erklärung: Die Gewinnschwellenmenge gibt an, ab welcher Absatzmenge (verkaufte Stückzahl) man in die Gewinnzone gelangt.

Gewinnschwellenmenge: $\dfrac{\text{fixe Kosten}}{\text{Deckungsbeitrag / Stück}}$

2.4 Reduzierung in Prozent: $\dfrac{22.870,00 \cdot 100}{122.870,00} = 18,61$

Die Reduzierung der Fixkosten beträgt 18,61 %.

Erklärung: Ausgangswert sind hier die Fixkosten vom Dezember des alten Jahres (122.870,00 €). Diese sollen um 22.870,00 € reduziert werden:

122.870 = 100 %
22.870 = x %

2.5

6850 REK	82,00 €			
2600 VORST	15,58 €	an	2880 KA	97,58 €

Erklärung: *6850 REK:* Zu den Reisekosten zählen u. a. Kosten für Übernachtungen, Flugtickets und Taxiquittungen. Sie stellen einen Aufwand dar → Buchung im Soll. *Achtung:* Es handelt sich hier nicht um eine Rechnung, sondern um eine Quittung → Konto 2880 KA!

3.1.1

	„X-Air"	„X-Move"	„X-Evo"
NVP/Stk.	34,99	23,99	49,00
– variable Kosten/Stk.	27,30	25,20	32,40
Deckungsbeitrag/Stk.	7,69	– 1,21	16,60

„X-Move“ weist einen negativen Deckungsbeitrag von – 1,21 € auf und sollte eliminiert werden (Eliminierung = Produktionsstopp).

Erklärung: Der Erlös des Modells „X-Move“ deckt nicht einmal die variablen Kosten ab. D. h., durch die Produktion verschlechtert sich das Betriebsergebnis – bei einer Produktion von 4.500 Stk. um 5.445,00 €.

3.1.2 Z. B.: „M-BOX“ sollte das Marketing beim Modell „X-Evo“ ausweiten. Hier wird der mit Abstand höchste Deckungsbeitrag erzielt. Außerdem kann bei steigender Nachfrage die Produktion von „X-Evo“ deutlich erhöht werden, da die Kapazität bei Weitem nicht ausgeschöpft ist.

Erklärung: Bei einer erfolgreichen Marketingkampagne kann bei „X-Evo“ die Produktion um 2.000 Stk. auf 7.000 Stk. erweitert werden. Der Deckungsbeitrag würde sich dann um 116.200,00 € erhöhen. Die Produktion von „X-Air“ könnte nur um 1.000 Stk. erhöht werden, was einem vergleichsweise niedrigem Deckungsbeitrag von 49.985,00 € entspricht.

3.2.1 Kapazitätsauslastung in Prozent: $\frac{5.000 \cdot 100}{(5.000 + 4.250)} = 54,05$

Die Kapazitätsauslastung des Modells „W-Jump“ beträgt 54,05 %.

Erklärung: Grundwert ist die maximale Produktionsmenge, also die produzierte Menge + freie Kapazität.
9.250 = 100 %
5.000 = x %

3.2.2

	„W-Jump“ in €	**„W-Expend“ in €**	**Gesamt in €**	**Mit Zusatzauftrag in €**
NVP/Stück	39,00	99,00		32,90
k_V/Stk.	28,50	53,00		28,50
DB/Stk.	10,50	46,00		4,40
DB gesamt	63.000,00	230.000,00	293.000,00	8.800,00
- Fixkosten			240.000,00	
Betriebsergebnis			53.000,00	61.800,00

Der Zusatzauftrag sollte angenommen werden, da sich das Betriebsergebnis um 8.800,00 € verbessert auf 61.800,00 €.

Erklärung: Das Angebot liegt weit unter dem sonst üblichen Nettoverkaufspreis (39,00 €). Trotzdem kann mit dem Auftrag ein positiver Deckungsbeitrag erzielt werden. Bei einem NVP von 32,90 € werden die variablen Kosten abgedeckt und zusätzlich kann mit jedem abgesetzten Kopfhörer das Betriebsergebnis um 4,40 € erhöht werden (insgesamt 8.800,00 €).

Aufgabe 1 Abschlussprüfung 2017 / Nachtermin, A2

*Elias Rodler produziert mit seinem Unternehmen E-Bikes Elias Rodler e. K., kurz „EEER", im Stammwerk in München E-Bikes. Sie sind Mitarbeiter*in des Unternehmens.*

Es liegen folgende, zum Teil unvollständige Belege und Informationen zur Bearbeitung vor. Bilden Sie jeweils den Buchungssatz.

1.1 Beleg 1:

Münchner Stadtentwässerung

München, 15.01.2016

Münchner Stadtentwässerung, Kanalgasse 1, 81671 München

E-Bikes Elias Rodler e. K.
Rennbahn 108
80797 München

PK-Nr.: 01 – 0475923402 / 001-010
Bei Zahlungen und Rückfragen bitte angeben!

Sachbearbeiterin: Frau Zahn
Durchwahl: 0089 17444-352
Fax: 0089 17440
E-Mail: amt2@muenchen.de
Öffnungszeiten:
Montag – Mittwoch 08:30 – 12:00 Uhr
Mittwoch 14:00 – 16:00 Uhr
Donnerstag, Freitag 08:30 – 14:30 Uhr

Sehr geehrte Damen und Herren,
die Landeshauptstadt München – Münchner Stadtentwässerung (MSE) – erlässt aufgrund der Entwässerungsabgabesatzung (EAS) folgenden

Bescheid über Schmutzwassergebühren

Abrechnungszeitraum: 01.01.2016 bis 31.12.2016
Verbrauchsort: Rennbahn 108, 80797 München
Gebührenschuldner*in: E-Bikes Elias Rodler e. K.

Beitragsermittlung	**Beträge in Euro**
Höhe der Schmutzwassergebühr	4.485,74
Forderung fällig am 18.02.2016	**4.485,74**

Schmutzwassergebühren unterliegen nicht der Umsatzsteuerpflicht.

Bankverbindung:
Sparbank München IBAN: DE45 7905 3400 0000 1002 34 BIC: SBMCDEFSXXX

1.2 Eine Forderung gegenüber dem Kunden Gomringer GmbH, die mit Rechnung Nr. 8415 entstanden ist, wurde bereits vollständig abgeschrieben.
In diesem Zusammenhang geht bei „EBER" folgender Beleg (Beleg 2) ein:

Handelsbank München **BIC: HANBDEMUIN1**

Kontoauszug IBAN: DE71 7906 9000 0001 2612 15 Auszug Nr. 14/16
14.03.2016/13:45 Uhr E-Bikes Elias Rodler e. K. Seite 1/1

Bu.-Tag	Wert	Bu.-Nr.	Vorgang	Betrag (€)
14.03.	14.03.	417	Gomringer GmbH: Rechnungsnummer 8415	595,00 +

Kontokorrentkredit	€ 40.000,00	alter Kontostand	20.612,20 +
verfügbar	€ 61.207,20	neuer Kontostand	21.207,20 +

1.3 Für die Reparatur der Heizungsanlage, die im alten Jahr nicht mehr durchgeführt werden konnte, wurde am 31.12.2015 eine Rückstellung in Höhe von 700 € gebildet. In diesem Zusammenhang geht bei „EBER" folgender Beleg (Beleg 3) ein:

HWS-Ignatz Flötzinger e. K., Bachstr. 13, 80797 München

E-Bikes Elias Rodler e. K.
Rennbahn 108
80797 München

Registergericht München HRA 4637
Steuernummer: 255/362/38293
E-Mail: der.floetziger.machts.kl@r.de
Tel.: 0089 039 92 38

Rechnungsdatum: 15.03.2016
Auftrag vom: 28.12.2015
Kunden-Nr: 22452

Rechnung Nr. 12/16

(Bei Zahlung bitte angeben!)

Für die am 8. März 2016 erfolgte Reparatur der Heizungsanlage in der Produktionshalle Rennbahn 108, 80797 München, berechnen wir Ihnen:

Pos.	Menge	Artikel-Beschreibung	Einzelpreis	Gesamtpreis
1	1	Fahrtkosten pauschal	50,00 €	50,00 €
2	7	Arbeitsstunden zu je	65,00 €	455,00 €
		Gesamtbetrag netto		505,00 €
		Umsatzsteuer 19 %		95,95 €
		Rechnungsbetrag		**600,95 €**

Der Betrag ist ohne Abzug **fällig am 25.03.2016**.

Privatbank München IBAN: DE63 8339 3820 0003 3928 27 BIC: PRBDEF3XXL

1.4 Beleg 4:

Sorgenfrei ist mit dabei!

KAPITOL
Versicherungen

Kapitol, Marktstraße 123, 60311 Frankfurt

E-Bikes Elias Rodler e. K.
Rennbahn 108
80797 München

Kundenbetreuung:
Mo – Fr: 07:30 – 20:00 Uhr
Telefon: 069 07362

Im Schadensfall:
24h-Hotline: 00800 09944

Frankfurt, 13.06.2016

Beitragsrechnung für Gebäudebrandversicherung Nr. **GB303/0605911**

Sehr geehrte Damen und Herren,

heute erhalten Sie Ihre aktuelle Beitragsrechnung zur Gebäudebrand-versicherung.

Versicherungsort: Rennbahn 108, 80797 München
Zahlungsweise: jährlich

Versicherte Risiken/Beitrag

Gebäudebrandversicherung	1.895,00 €
Der Jahresbeitrag ist am **25.06.2016 fällig**.	**1.895,00 €**

Wie immer ist bei uns stets das *Sorgenfrei mit dabei!*

*Jens Umprecht hat sich mit seinem Unternehmen Jens Umprecht Trampoline e. K., kurz „JUMP“, in seinem Werk in München auf die Herstellung von Trampolinen spezialisiert. Sie sind Mitarbeiter*in des Unternehmens.*

Bilden Sie jeweils den Buchungssatz für folgende drei Belege:

Beleg 1:

Oberbayern Bank

Kontoauszug
02.06.2020 / 08:20 Uhr

IBAN: DE32 7076 5010 0043 2456 00
BIC: OBBMDEMUXX3
Jens Umprecht Trampoline e. K.

Auszug Nr. 57/20
Seite 1/1

Bu.-Tag	Wert	Bu.-Nr.	Vorgang	Betrag (€)
01.06.	01.06.	164	Kontoführungsgebühren 06/2020	15,00 –

Kontokorrentkredit	€ 50.000,00	alter Kontostand	19.345,60 +
verfügbar	€ 69.330,60	neuer Kontostand	19.330,60 +

Beleg 2:

Quittung Nummer *84*

Währung	*EURO*
Netto	*250,00*
USt. *19 %*	*47,50*
Gesamtbetrag	*297,50*

EUR in Worten: *Zweihundertsiebenundneunzig--*

von: *Jens Umprecht Trampoline e.K.*

für: *Verpackungsfolie „Best“*

Datum: *17.06.20* Ort: *München*

Stempel/Unterschrift des Empfängers: PAK-Verpackungen, Papierstr. 54, 80339 München — *L. Paker*

Beleg 3:

Bürobedarf Pfeiffer
Alles rund ums Büro
Isarweg 3, 80333 München

26.06.2020 09:52

A4 Kopierpapier 500 Blatt		
65x	3,19 €	207,35 €
DIN-A4 Ordner		
20x	2,46 €	49,20 €
	Summe	**256,55 €**

Netto	USt (19 %)	Brutto
215,59 €	**40,96 €**	**256,55 €**

Kartenzahlung Girocard
EUR 256,55

Vorgangs-Nr.: 81183
Terminal-ID: 65418616
TA-Nr.: 148382
IBAN: DE32 70''''''''''56 00
Girocard gültig bis: 12/21

Vielen Dank für Ihren Einkauf!

Bürobedarf Pfeiffer GmbH
USt-IdNr. DE 129282832
Registergericht München HRB 64952

*Kiara Sturm hat sich mit ihrem Unternehmen „KITESURF“ auf die Herstellung von Kite-Boards und Kite-Schirmen spezialisiert. Sie sind Mitarbeiter*in des Unternehmens.*

„KITESURF“ möchte entsprechend der Unternehmensphilosophie zu einem ökologischen Stromanbieter wechseln. In diesem Zusammenhang liest Kiara Sturm in der Tageszeitung folgende Pressemitteilung:

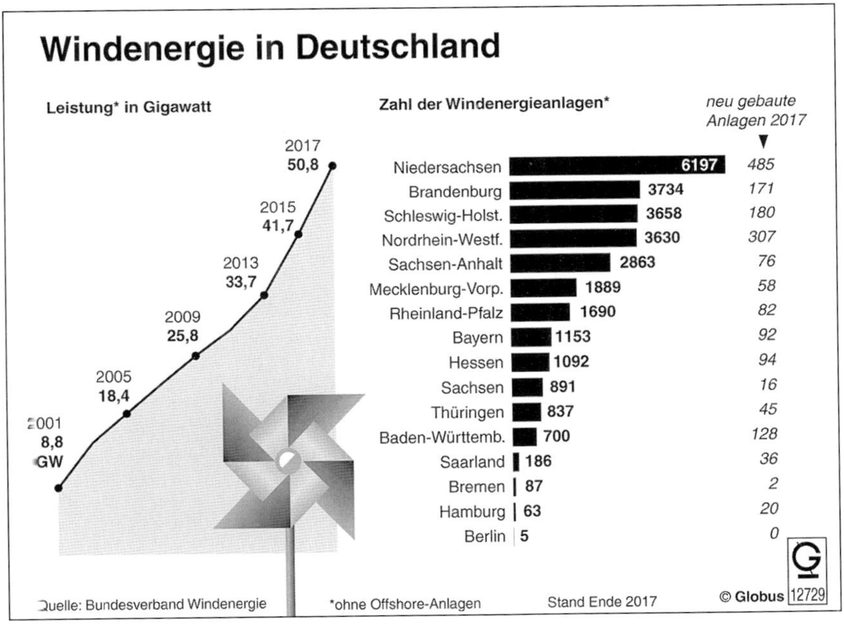

In Deutschland standen Ende 2017 rund 28.700 Windenergieanlagen. Zusammengerechnet hat die Windkraft einen Anteil von 16,2 Prozent an der gesamten Energieerzeugung (Leistung) in Deutschland. Neben den windgünstigen Küstenstandorten zählen zu den windreichen Standorten Hügellagen, die häufig bewaldet sind. Daraus können sich große Konflikte zwischen Naturschutz und Ausbau erneuerbarer Energien ergeben. Bei der Standortplanung spielen Brutgebiete von Vögeln oder Nahrungsräume von Fledermäusen ebenso eine Rolle wie wirtschaftliche Aspekte.

3.1 Bearbeiten Sie anhand der Infografik und des Textes folgende Aufgaben:

3.1.1 Begründen Sie, weshalb sich das Balkendiagramm hier besonders gut zur Veranschaulichung eignet.

3.1.2 Berechnen Sie den Anstieg der erzielten Energieerzeugung (Leistung) aus Windenergieanlagen von 2001 bis 2017 in Prozent.

3.1.3 Berechnen Sie die in Deutschland im Jahr 2017 insgesamt erzeugte Energie (Leistung) in Gigawatt.

3.1.4 Nennen Sie neben den Küstengebieten einen weiteren geeigneten Standort für die Errichtung von Windenergieanlagen.

3.1.5 Geben Sie auf Ihrem Lösungsblatt jeweils unter Angabe des Kennbuchstabens an, ob die Aussagen A bis C richtig oder falsch sind:

A	Die Errichtung einer Windkraftanlage läuft nicht immer konfliktfrei ab.
B	In Bayern stehen mehr Windenergieanlagen als in Hamburg.
C	Im Jahr 2017 wurden in Berlin fünf Windanlagen neu gebaut.

Lösungsvorschlag

1.1

> **TIPP** Ob die Gebühr umsatzsteuerpflichtig ist oder nicht, kann man der Aufgabenstellung entnehmen:
> - Achten Sie beim Geschäftsfall auf die Angabe des Betrages. Wird ein Netto- oder Bruttobetrag angegeben, fällt Vorsteuer an.
> - Achten Sie bei einem Beleg darauf, ob Umsatzsteuer ausgewiesen ist.

6730 GEB	an	4400 VE	4.485,74 €

Erklärung: Die im Beleg ausgewiesenen Schmutzwassergebühren werden auf dem Aufwandskonto 6730 GEB gebucht. Gebühren sind Abgaben, die für eine bestimmte Leistung des Staates zu zahlen sind.
Gebühren können umsatzsteuerpflichtig oder umsatzsteuerfrei (z. B. Kanalgebühr, Müllabfuhr, Kfz-Zulassung) sein. Im Geschäftsfall hier fällt keine Umsatzsteuer an!

1.2

2800 BK	595,00 €	an	5495 EFO	500,00 €
			4800 UST	95,00 €

Erklärung: Die Forderung gegenüber Gomringer GmbH wurde abgeschrieben, weil evtl. ein Insolvenzverfahren gegen den Kunden mangels Masse eingestellt wurde. Überraschend geht nun doch eine Zahlung des Kunden auf dem Geschäftsbankkonto von „EBER“ ein.
5495 EFO: Das Ertragskonto (Erträge aus abgeschriebenen Forderungen) mehrt sich → Buchung im Haben.
4800 UST: Die bereits ausgebuchte UST muss erneut erfasst werden → Buchung im Haben.
2800 BK: Zunahme des Bankguthabens → Buchung im Soll.

1.3

3900 RST	700,00 €	an	4400 VE	600,95 €
2600 VORST	95,95 €		5490 PFE	195,00 €

Erklärung: Im neuen Geschäftsjahr geht die Rechnung für eine Instandhaltungsmaßnahme ein, für die eine Rückstellung gebildet wurde. Nun muss ermittelt werden, ob die Rückstellung zu hoch oder zu niedrig war.

Rückstellung	700,00 € (netto)	3900 RST
– tatsächlicher Aufwand	505,00 € (netto)	
= periodenfremder Ertrag	195,00 € (netto)	5490 PFE

5490 RST: Die Rückstellung (700,00 €) wird aufgelöst → Buchung im Soll.
2600 VORST: Die Vorsteuer wird gemäß Rechnung (95,95 €) erfasst → Buchung im Soll.
4400 VE: Durch den Rechnungseingang steigen die Verbindlichkeiten, laut Rechnung 600,95 € → Buchung im Haben.

5490 PFE: Die Erträge, in diesem Fall gehören sie zu einer anderen Periode, steigen um 195,00 € → Buchung im Haben.
Hinweis: Es handelt sich um einen komplexen Buchungssatz. Überprüfen Sie, ob die Summe der Sollseite mit der Summe der Habenseite übereinstimmt.

1.4

> **TIPP** Bei Versicherungsbeiträgen fällt keine Umsatzsteuer an.

6900 VBEI	an	4400 VE	1.895,00 €

Erklärung: Die Gebäudeversicherung stellt einen Aufwand dar und wird auf dem Aufwandskonto 6900 VBEI gebucht.

2 Beleg 1:

6750 KGV	an	2800 BK	15,00 €

Erklärung: *6750 KGV:* Im Kontoauszug von „JUMP“ ist die Abbuchung von Kontoführungsgebühren ausgewiesen. Es handelt sich um einen Aufwand → Buchung im Soll.
2800 BK: Das Geschäftsbankkonto wird mit 15,00 € belastet → Buchung im Haben.

Beleg 2:

6040 AWVM	250,00 €			
2600 VORST	47,50 €	an	2880 KA	297,50 €

Erklärung: *6040 AWVM:* Der Kauf von Verpackungsmaterial bedeutet für „JUMP“ einen Aufwand → Buchung im Soll.
2600 VORST: Beim Einkauf fällt Vorsteuer an → Buchung im Soll.
2880 KA: Die Folie wird bar bezahlt (Quittung), der Kassenbestand mindert sich → Buchung im Haben.

Beleg 3:

6800 BMK	215,59 €			
2600 VORST	40,96 €	an	2800 BK	256,55 €

Erklärung: Die Anschaffungskosten für das Kopierpapier und die DIN-A4-Ordner liegen pro Stück unter 250,00 € netto. Es handelt sich also um Kleingüter, die auf dem Konto 6800 BMK im Soll erfasst werden. Bei dem Einkauf fällt Vorsteuer an, die Artikel werden per Karte bezahlt.

3

> **TIPP** Die Teilaufgabe befasst sich mit der Auswertung von Diagrammen und Texten. Oft müssen dabei Informationen aus den verschiedenen Elementen miteinander kombiniert werden. Solche Aufgabenstellungen sind häufig Bestandteil der Abschlussprüfung. Vorgehen:
> - Erfassen Sie zuerst die Grafiken und Texte.
> - Worum geht es? (hier: Windenergie, erzeugte Leistung von 2001 bis 2017, Anzahl der Windenergieanlagen in den Bundesländern.)
> - Der Text liefert weitere Informationen zum Thema (hier: u. a. günstige Standorte für Windkraftanlagen, Konflikte).

3.1.1 Es stellt anschaulich eine Rangfolge der Bundesländer dar.

Erklärung: Durch die Darstellung der Daten zur Anzahl von Windradanlagen kann man auf einen Blick erkennen, dass in Niedersachsen die meisten, in Berlin die wenigsten Anlagen stehen.

3.1.2 Anstieg der Leistung in Prozent:

$$\frac{(50{,}8-8{,}8)\cdot 100}{8{,}8}=477{,}27$$

Der Anstieg der Leistung von 2001 bis 2017 beträgt 477,27 Prozent.

Erklärung: Ausgangswert ist die Leistung im Jahr 2001 (8,8 GW). Der Anstieg der Leistung beträgt 42 GW (50,8 – 8,8):

$$\begin{aligned} 8{,}80\text{ GW} &= 100\ \% \\ 42{,}00\text{ GW} &= \quad x\ \% \end{aligned}$$

3.1.3 Insgesamt erzeugte Leistung:

$$\frac{50{,}8\cdot 100}{16{,}2}=313{,}58$$

Die insgesamt erzeugte Leistung lag im Jahr 2017 in Deutschland bei 313,58 GW.

Erklärung: Die für diese Teilaufgabe erforderliche Information ist dem Text zu entnehmen: 2017 entsprach der Anteil der Windkraft an der Gesamtenergieerzeugung 16,2 %:

$$\begin{aligned} 16{,}20\ \% &= 50{,}8\text{ GW} \\ 100{,}00\ \% &= \quad x\text{ GW} \end{aligned}$$

3.1.4 Hügellagen

Erklärung: Die Antwort ist dem Text zu entnehmen.

3.1.5 A: richtig
B: richtig
C: falsch

Erklärung: *Zu A:* siehe Text
Zu B: siehe Balkendiagramm
Zu C: In Berlin stehen 5 Windkraftanlagen, neu gebaut wurde 2017 keine (siehe Angaben rechts neben dem Balkendiagramm).

MUSTERPRÜFUNGEN

Bayern – Realschule

Musterprüfung 1 im Stil der Abschlussprüfung

Als Mitarbeiter*in im Unternehmen „Jonas Teich Gartenpools e. K.“, kurz „J-POOL“, bearbeiten Sie verschiedene betriebswirtschaftliche Aufgaben.

Informationen zum Unternehmen:

J-POOL	Jonas Teich Gartenpools e. K. Frankfurter Straße 92 97082 Würzburg
Inhaber:	Jonas Teich
Rechtsform:	Einzelunternehmen
Geschäftsjahr:	01. Januar bis 31. Dezember 20..
Zweck des Unternehmens:	Hauptwerk in Würzburg: Herstellung von Gartenpools Zweigwerk in Donauwörth: Produktion von Schlauchbooten
Unternehmensphilosophie:	Unser Bestreben ist die Förderung unserer Mitarbeiter. Dies ist der Schlüssel für die Entwicklung hochwertiger Produkte und zu einem wirtschaftlich erfolgreichen Unternehmen.

Werkstoffe:

Rohstoffe
Poolfolie, Aluminiumrohre, …

Fremdbauteile
Poolpumpen, Steckverbindung für Rohre, …

Hilfsstoffe
Schrauben, Farben, Teichfolienkleber, Einlaufdüse, …

Betriebsstoffe
Strom, Gas, Öl, …

Formale Vorgaben:

- Bei Buchungssätzen sind stets Kontennummern, Kontennamen (abgekürzt möglich) und Beträge anzugeben.
- Bei Berechnungen sind jeweils alle notwendigen Lösungsschritte und Nebenrechnungen darzustellen.
- Alle Ergebnisse sind in der Regel auf zwei Nachkommastellen gerundet anzugeben.
- Soweit nicht anders vermerkt, gilt ein Umsatzsteuersatz von 19 %.

Aufgabe 1

1.0 Ihnen liegt folgender Beleg zur Bearbeitung vor:

Ruppert-Folien e. K.

Ruppert-Folien e. K. ☼ Müllerstr. 12 ☼ 81547 München

Jonas Teich Gartenpools e. K.
Frankfurter Straße 92
97082 Würzburg

Inhaber:	Norbert Ruppert
Registergericht:	HRA 94593
Steuernummer:	343/152/46621
USt-IdNr.:	DE 382479937
Tel.:	+49 (0)89 0338 705
Fax:	+49 (0)89 0338 724

Rechnungsnummer 843/22
(Bei Zahlung bitte angeben!)

Rechnungsdatum: 18.05.2022
(Bei Zahlungen bitte angeben!)

Ihr Auftrag vom:	12.05.2022	Auftrags-Nr.:	843/22
Lieferdatum:	16.05.2022	Kunden-Nr.:	65748001

Pos.	Menge	Liefer-bedingung	Artikel	Einzelpreis (EUR)	Gesamtpreis (EUR)
1	1.000 m²	①	RU-Poolfolie Premium	14,90	14.900,00
			Verpackung und Fracht		75,00
			USt. 19 % **2.845,25 €**		**Rechnungsbetrag** **17.820,25 €**

Bei Zahlung bis zum 28.05.2022 gewähren wir 3 % Skonto auf den Rechnungsbetrag.
Zahlung fällig „rein netto" am 18.06.2022.

Die Ware bleibt bis zur vollständigen Bezahlung unser Eigentum.

Bankverbindung: Sparbank München
IBAN: DE22 7606 2150 0628 4910 00 – BIC: MUCBADADX

1.1.1 Geben Sie die fehlende Eintragung bei der Kennziffer ① an.

1.1.2 Bilden Sie den Buchungssatz zu obigem Beleg.

1.1.3 Das Geschäftskonto von „J-POOL" weist aktuell einen Sollsaldo auf. Trotzdem soll die Rechnung 843/22 innerhalb der Skontofrist beglichen werden. Weisen Sie nach, dass die Inanspruchnahme des Kontokorrentkredits günstiger ist als der Lieferantenkredit, auch wenn die Hausbank 11 % p. a. Sollzinsen berechnet.

1.1.4 Bilden Sie den Buchungssatz für die Begleichung der Rechnung von Ruppert-Folien am 27.05.2022 per Banküberweisung.

1.2 „J-POOL“ benötigt im Geschäftsjahr **9.000 m²** Folie für die Produktion von Gartenpools. Die Vertriebsabteilung von „J-Pool“ ist darauf bedacht, die optimale Bestellmenge zu ordern. Hierzu liegt folgende Grafik vor:

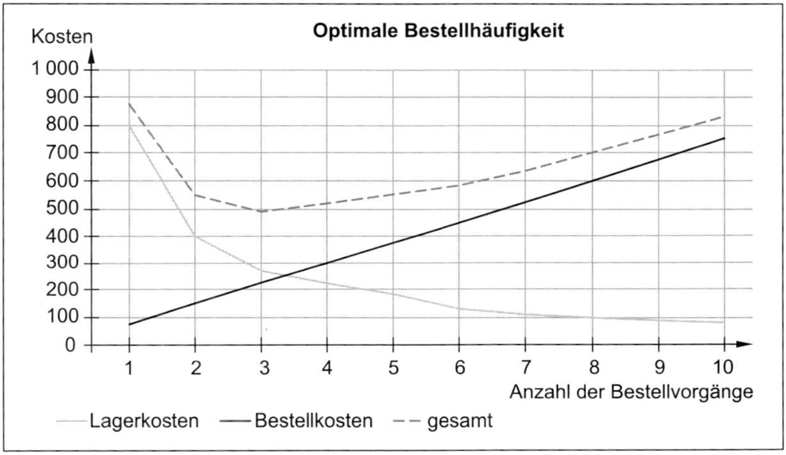

1.2.1 Geben Sie an, was unter der optimalen Bestellmenge zu verstehen ist.

1.2.2 Bewerten Sie den Einkauf (Rechnung 289/22) hinsichtlich der optimalen Bestellmenge mithilfe der Grafik (ohne Berechnung).

1.2.3 Berechnen Sie anhand der Grafik die optimale Bestellmenge für die Poolfolien.

Aufgabe 2

2.0 Die Kosten im Unternehmen „J-POOL“ werden für jedes Quartal erfasst und bewertet, um bei Fehlentwicklungen schnell geeignete Maßnahmen einleiten zu können.

2.1 Die Grafik zeigt die Flächenverteilung in den vier Kostenstellen:

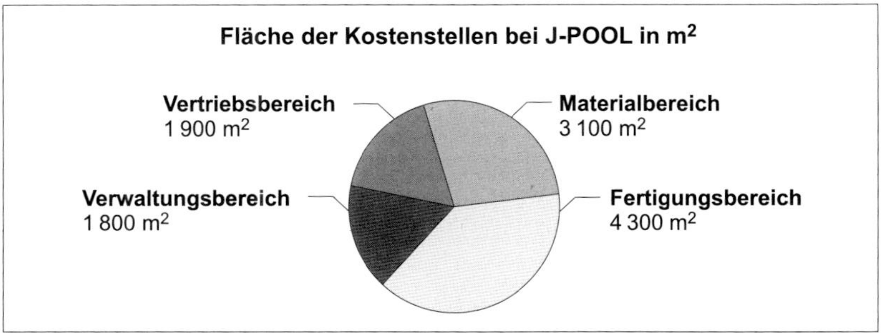

2.1.1 An Mietaufwendungen sind im 2. Quartal 96.015,00 € angefallen. Berechnen Sie die Mietkosten für das 2. Quartal im Materialbereich.

2.1.2 Geben Sie auf Ihrem Lösungsblatt jeweils unter Angabe des Kennbuchstabens die zutreffenden Begriffe (keine Abkürzungen) für die Textlücken (A) bis (C) an.

> In der Kosten- und Leistungsrechnung werden drei Kostenarten unterschieden. Die Mietkosten sind ein Beispiel für ____ **(A)** ____. Sie werden mithilfe des ____ **(B)** ____ auf die vier Kostenstellen verteilt. Sondereinzelkosten fallen nur im Fertigungsbereich an. Ein mögliches Beispiel für Sondereinzelkosten bei „J-POOL" ist ____ **(C)** ____.

2.2 Folgende Daten wurden für die Produktion des Modells der Luxuslinie „Adria-Wave" ermittelt:

Kosten:			
Materialkosten	554,80 €	Fertigungskosten	632,40 €
Zuschlagsätze:			
Materialbereich	22 %	Verwaltungsbereich	8,6 %
Fertigungsbereich	142 %	Vertriebsbereich	6,4 %

Berechnen Sie die Selbstkosten für einen Pool „Adria-Wave".

2.3 Das Sortiment wurde um das Modell „Karibik" erweitert.

2.3.1 Die Selbstkosten bei „Karibik" betragen 836,97 €. Berechnen Sie den Gewinn in Euro, wenn das Produkt zu einem Listenverkaufspreis von 899,00 € angeboten wird und ein Skonto von 2 % gewährt wird.

2.3.2 Frau Brand hat einen Gartenpool des Modells „Karibik" zu den obigen Bedingungen im Online-Shop gekauft. Ihnen liegt folgende Nachricht vor:

> J-POOL Jonas Teich Gartenpools e. K.
>
> **Gutschrift für Rücksendung eines Gartenpools, Modell *Karibik***
>
> Sehr geehrte Frau Brand,
> wir bitten Sie, den Schaden an dem Gartenpool *Karibik* (Poolfolie undicht) und die Unannehmlichkeiten durch die erforderliche Rücksendung zu entschuldigen. Selbstverständlich erhalten Sie eine Gutschrift über den Rechnungsbetrag.
>
> Mit freundlichen Grüßen
>
> Jonas Teich, Inhaber „J-POOL"

Bilden Sie den erforderlichen Buchungssatz.

2.4 Jonas Teich muss im Rahmen der Betriebsbuchführung *Leistungen* und *neutrale Erträge* unterscheiden.
Erläutern Sie die beiden Begriffe und ordnen Sie die Positionen *Mieterträge* und *Umsatzerlöse für eigene Erzeugnisse* entsprechend zu.

Aufgabe 3

3.0 Jonas Teich informiert sich in einem Wirtschaftsmagazin über die Entwicklungen auf dem Arbeitsmarkt:

Zahl der Erwerbstätigen stagniert

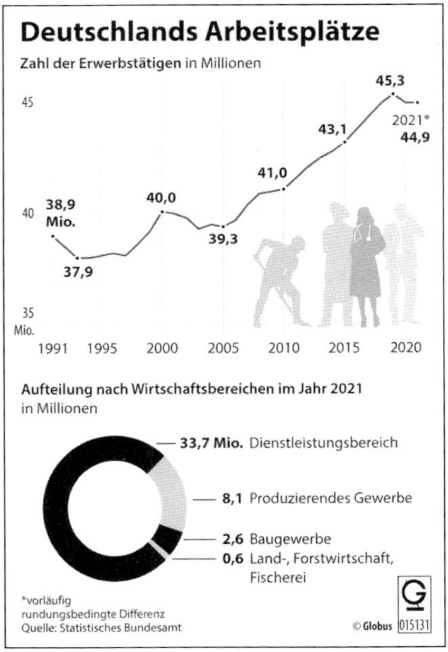

Im Corona-Jahr 2020 war die Zahl der Erwerbstätigen erstmals nach 14 Jahren um 370 000 Personen zurückgegangen. Damit endet in der Corona-Krise der seit 2006 dauernde Beschäftigungszuwachs. Allerdings wäre dieser Zuwachs vermutlich auch so bald zum Erliegen gekommen. Der Grund ist die zunehmende Alterung der Bevölkerung und damit eine Abnahme der Menschen im erwerbstätigen Alter. Inzwischen kann diese Lücke kaum noch gefüllt werden, obwohl die Menschen mehr arbeiten und auch ausländische Arbeitskräfte nach Deutschland kommen. Den größten Beschäftigungszuwachs gab es 2021 im Baugewerbe mit einem Plus von 31 000 Personen oder 1,2 % gegenüber 2020. Dieser Anstieg gilt als Beleg für die weiter andauernde Baukonjunktur. Die meisten Menschen waren 2021 im Dienstleistungsbereich tätig (33,7 Millionen). Hier entwickelten sich die einzelnen Wirtschaftsbereiche allerdings sehr unterschiedlich. Während der Bereich „Öffentliche Dienstleister, Erziehung, Gesundheit" ein Plus von 2,2 % verbuchen konnte, kam es im Bereich „Handel, Verkehr, Gastgewerbe" zu einem Beschäftigungsrückgang von 1,8 %.

3.1 Bearbeiten Sie mithilfe der Infografik und des Textes folgende Aufgaben:

3.1.1 Geben Sie den Grund für den Rückgang der Erwerbstätigenzahlen von 2020 auf 2021 an.

3.1.2 Berechnen Sie den Anteil der 2021 im Dienstleistungsbereich Beschäftigten in Prozent.

3.1.3 Geben Sie auf Ihrem Lösungsblatt jeweils unter Angabe des Kennbuchstabens an, ob die Aussagen A bis C richtig oder falsch sind.

A	In Deutschland nimmt die Anzahl der Menschen im erwerbsfähigen Alter ab.
B	Die Zahl der Erwerbstätigen wird in einem Kreisdiagramm dargestellt.
C	2021 waren 600.000 Menschen im primären Sektor beschäftigt.

3.2 Wie viele andere Unternehmen hat auch „J-POOL" zunehmend Probleme, qualifizierte Facharbeiter zu finden.
Nennen Sie zwei freiwillige Lohnnebenkosten, die Jonas Teich seinen Mitarbeitern anbieten kann, um als Arbeitgeber attraktiv zu sein.

3.3 Ihnen liegt der folgende Auszug des Gehaltsjournals von „J-POOL" vor:

J-POOL Jonas Teich Gartenpools e. K.

Gehaltsjournal **März 2022**

Name	Brutto	Steuern	Soz. Vers. AN	Soz. Vers. AG	Netto
...	...	...	...	...	...
SUMME	**23.700,00 €**	**5.925,00 €**	**4.580,03 €**	**4.580,03 €**	**13.194,97 €**

Bilden Sie die Buchungssätze für die Erfassung des Personalaufwands laut Summenzeile. Die Auszahlung erfolgt per Banküberweisung.

Aufgabe 4

4.0 „J-POOL" hat am 06.05.2022 flüssige Mittel in 600 ENERGEO-Aktien angelegt.

4.1 Die Hauptversammlung von ENERGEO hat eine Stückdividende von 1,40 € beschlossen. Bilden Sie den Buchungssatz für die Banküberweisung.

4.2 Am 12.08.2022 verkauft „J-POOL" die ENERGEO-Aktien wieder, da flüssige Mittel benötigt werden, um eine defekte Rohrbiegemaschine zu erneuern.

4.2.1 Nennen Sie den Fachbegriff für diese Art der Investition.

4.2.2 Ihnen liegt folgende Grafik vor:

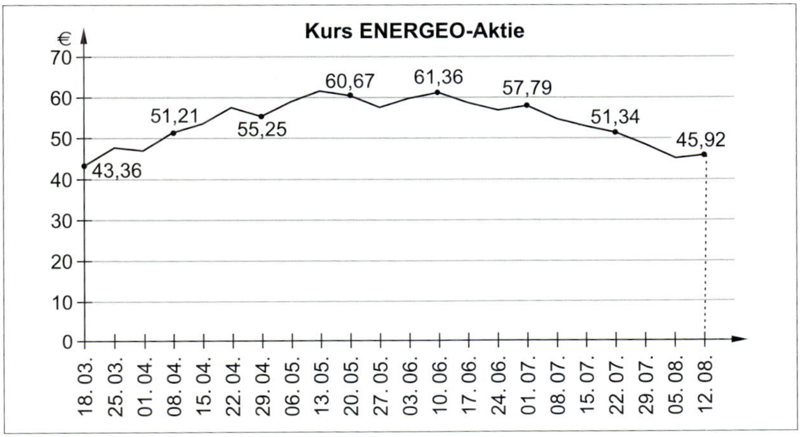

Bilden Sie den Buchungssatz für die Bankgutschrift, wenn die 600 ENERGEO-Aktien mit 35.705,52 € zu Buche stehen und die Bank 1 % Spesen vom Kurswert berechnet.

4.2.3 Bewerten Sie die Kapitalanlage in die ENERGEO-Aktien im Hinblick auf die Ziele einer Geldanlage und den Anlagezeitraum.

4.3 Inzwischen ist die Rechnung für die neue Rohrbiegemaschine eingegangen. Folgende Aufstellung liegt Ihnen vor.

Daten für die neue Rohrbiegemaschine	
Verkäufer	Merkel Steel-Machines
1 Rohrbiegemaschine BendPro7, Listenpreis	24.000,00 €
Rabatt	12 %
Fracht (netto)	380,00 €
Aufstellung/Einweisung der Mitarbeiter (netto)	1.250,00 €
Umsatzsteuer	19 %

Bilden Sie den erforderlichen Buchungssatz.

Aufgabe 5

5.0 Das Unternehmen „J-POOL" ist nach dem Einliniensystem strukturiert. Jonas Teich hat festgestellt, dass die Abläufe im Unternehmen wenig effizient sind. Er überlegt, eine Hierarchieebene zu streichen.

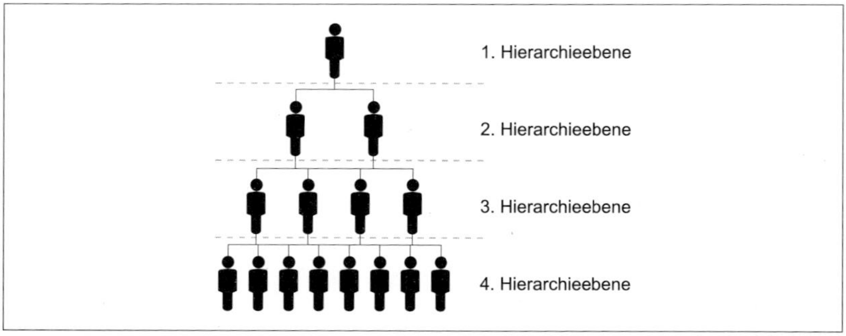

Leitungssystem von „J-POOL“

5.1 Machen Sie einen begründeten Vorschlag für eine Ebene, die aus Ihrer Sicht entfallen kann (1–4). Erläutern Sie einen Vorteil und einen Nachteil, der sich aus dieser Maßnahme ergeben kann.

5.2 Die Mitarbeiter in der Fertigung beschweren sich über den autoritativen Führungsstil ihres Abteilungsleiters.

5.2.1 Erläutern Sie diesen Führungsstil.

5.2.2 Beschreiben Sie eine mögliche negative Auswirkung des autoritativen Führungsstils auf die Mitarbeiter.

5.2.3 Eine Mitarbeiterin der Marketingabteilung beschreibt die Abläufe in ihrer Abteilung wie folgt:
„Wir setzen uns regelmäßig mit unserem Abteilungsleiter zusammen und besprechen, welche Ziele wir in der nächsten Periode erreichen wollen. Letztlich ist es dann uns überlassen, wie wir diese Ziele erreichen.“

Nennen Sie den Fachbegriff für die hier beschriebene **Führungstechnik**.

5.3 Ihnen liegt folgender Kontoauszug vor:

WÜBank — **BIC: WUBHLZSYY3**

Kontoauszug
14.08.2022 / 09:34 Uhr — Auszug-Nr. 25/22
Konto 213 1533 44 — Seite 1/1
IBAN: DE93 3800 0000 0213 1533 44
Jonas Teich Gartenpools e. K.

Bu.-Tag	Wert	Bu.-Nr.	Vorgang	Betrag (€)
12.08.	12.08.	243	Überschreibung Grundstück Frankfurter Str. 92b (Erbschaft)	64.300,00 +
13.08.	13.08.	244	Einkommensteuer J. Teich	11.295,00 –

Kontokorrentkredit: 50.000,00 € — alter Kontostand 5.352,58 +
verfügbar: 108.357,58 € — **neuer Kontostand** **58.357,58 +**

Bilden Sie den Buchungssatz zu den Bu.-Nr. 243 und 244.

5.4 Jonas Teich bezahlt die Tankfüllung für sein Privatauto aus der Unternehmenskasse.
Erklären Sie, warum in diesem Fall die Umsatzsteuer nicht erfasst wird.

5.5 Für die Mitarbeit im eigenen Unternehmen wird für Jonas Teich ein „kalkulatorischer Unternehmerlohn“ angesetzt. Erläutern Sie den Begriff.

Aufgabe 6

6.0 Zum 31.12.2022 sind im Unternehmen „J-POOL“ noch folgende Arbeiten zu erledigen:

6.1 Das Konto 5001 EBFE weist folgende Eintragungen aus:

S	5000 EBFE		H
1) FO	8.300,00 €		
2) FO	3.400,00 €		
3) FO	850,00 €		

6.1.1 Formulieren Sie einen möglichen Geschäftsfall zu Eintrag 1).

6.1.2 Bilden Sie den Buchungssatz für den Abschluss des Kontos 5001 EBFE.

6.2 „J-POOL“ hat die obere Etage seines Verwaltungsgebäudes an den Factoring-Anbieter „Schütz-Factor GmbH“ vermietet.

6.2.1 Beschreiben Sie die Dienstleistung, die „Schütz-Factor“ anbietet.

6.2.2 „J-POOL“ überlegt, den Service von „Schütz-Factor“ in Anspruch zu nehmen.
Nennen Sie einen Vorteil und einen Nachteil des Factoring.

6.2.3 „Schütz-Factor“ hat die Miete in Höhe von 10.200,00 € netto für ein halbes Jahr im Voraus überwiesen. Der Betrag ging bei „J-POOL“ am 01. November 2022 auf dem Geschäftsbankkonto ein.
Bilden Sie die erforderliche Vorabschlussbuchung.

6.3 Ihnen liegt folgender Auszug eines Belegs vor.

Dr. Lena Mickley
Rechtsanwaltskanzlei Mickley und Partner

Dr. L. Mickley, Rechtsanwältin, Margetshöchheimer Str. 153, 97299 Zell a. M.

Jonas Teich Gartenpools e. K.
Frankfurter Straße 92
97082 Würzburg

Kostenvoranschlag Nr. 4205/2022 Zell am Main, 21.12.2022

Sehr geehrter Herr Teich,
die Anwaltskosten für den laufenden Prozess gegen den Kunden „Sauer Fun-Pools“ werden sich voraussichtlich auf 8.320,00 € netto belaufen.

Bilden Sie die Vorabschlussbuchung.

Aufgabe 7

7.0 Am Geschäftsjahresende 2022 liegt „J-TOOL“ folgendes Tabellenblatt vor:

	A	B	C	D
1	**Aktiva**	**aufbereitete Bilanz zum 31.12.2022**		**Passiva**
2	**I. Anlagevermögen**	4.500.000,00 €	**I. Eigenkapital**	3.920.000,00 €
3	**II. Umlaufvermögen**		**II. Fremdkapital**	
4	Vorräte	1.600.000,00 €	langfristig	2.750.000,00 €
5	Forderungen	2.100.000,00 €	kurzfristig	2.150.000,00 €
6	flüssige Mittel	620.000,00 €		
7	**Gesamtvermögen**	8.820.000,00 €	**Gesamtkapital**	8.820.000,00 €
8				
9	**Bilanzkennzahlen 2022**		**GUV-Rechnung**	
10	Eigenkapitalquote	44,44 %		
11	Anlagendeckung I	87,11 %		
12	Eigenkapitalrentabilität	?		
13				
14				
15	**Privateinlagen**	**Privatentnahmen**		
16	0,00 €	0,00 €		
17				
18				
19				

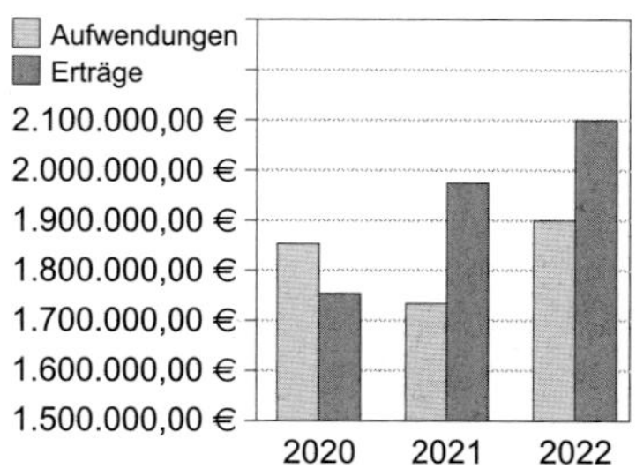

7.1 Erläutern Sie, welche Information die Kennzahl der Anlagendeckung I liefert, und bewerten Sie diese Kennzahl zum 31.12.2022.

7.2 Eine wichtige Kennzahl ist auch die Eigenkapitalrentabilität.

7.2.1 Berechnen Sie die Kennzahl der Eigenkapitalrentabilität zum 31.12.2022.

7.2.2 Beurteilen Sie unter Angabe einer Begründung die Kennzahl der Eigenkapitalrentabilität.

7.2.3 Das Höhe des Eigenkapitals verändert sich durch das Betriebsergebnis. Geben Sie eine weitere Möglichkeit an, die Höhe des Eigenkapitals zu beeinflussen.

7.2.4 Bewerten Sie die Kreditwürdigkeit von „J-POOL“ anhand der Eigenkapitalquote.

7.3 Geben Sie auf Ihrem Lösungsblatt unter Angabe des Kennbuchstabens an, ob die Aussagen A bis C richtig oder falsch sind.

A	Das Betriebsergebnis hat sich von 2020 bis 2022 kontinuierlich verbessert.
B	Die Darstellung der Aufwendungen und Erträge der vergangenen drei Geschäftsjahre ermöglicht „J-POOL“ einen internen Betriebsvergleich.
C	In der aufbereiteten Bilanz sind in der Position Forderungen unter anderem die Bilanzposten 2470 ZWFO und 2600 VORST berücksichtigt.

7.4 Bilden Sie den Buchungssatz für den Abschluss des Kontos 8020 GUV am 31.12.2022.

Lösungsvorschlag

1.1.1 ① Lieferung ab Werk 1

Erklärung: Für den Kunden fallen 75,00 € netto für Fracht und Verpackung an.

1.1.2

6000 AWR	14.900,00 €	an	4400 VE	17.820,25 €
6001 BZKR	75,00 €			
2600 VORST	2.845,25 €			4

Erklärung: Für „J-POOL" handelt es sich um eine Eingangsrechnung und damit um einen Zieleinkauf.
6000 AWR: Poolfolie ist der Hauptbestandteil der Gartenpools, sie ist ein Rohstoff. Die Aufwendungen steigen → Buchung im Soll.
6001 BZKR: Die Kosten für Verpackung und Fracht werden auf einem Unterkonto von AWR verbucht. Die Aufwendungen erhöhen sich → Buchung im Soll.
2600 VORST: Die beim Einkauf anfallende Vorsteuer wird vom gesamten Nettowert (AWR + BZKR) berechnet. Das Aktivkonto (= Forderung gegenüber dem Finanzamt) mehrt sich → Buchung im Soll.
4400 VE: Das Passivkonto mehrt sich → Buchung im Haben.

1.1.3 **1. Kosten des Lieferantenkredits:** Nettoskonto

Rechnungsbetrag	17.820,25 €	
– 3 % Skonto	534,61 €	**449,25 € Skonto netto**
Überweisungsbetrag	17.285,64 €	85,36 € VORST-Anteil

2. Kosten des Kontokorrentkredits: Zinsen

$$\text{Zinsen} = \frac{17.285{,}64 \cdot 11 \cdot 20}{100 \cdot 360} = \mathbf{105{,}63\ €}$$

3. Berechnung der Ersparnis

Kosten Lieferantenkredit	449,25 €
– Kosten Kontokorrentkredit	105,63 €
= Ersparnis	**343,62 €**

Die Ersparnis bei Inanspruchnahme des Kontokorrentkredits beträgt 343,62 €. 5

Erklärung: Der Lieferer (Ruppert-Folien) gewährt „J-POOL" einen Lieferantenkredit über 30 Tage. Die ersten 10 Tage sind zinsfrei, für die folgenden 20 Tage verlangt Ruppert-Folien 3 % Skonto. Der Lieferantenkredit ist ein sehr teurer Kredit, weshalb Jonas Teich die Rechnung innerhalb der Skontofrist bezahlen will. Dafür muss er allerdings sein Geschäftskonto überziehen.
Kosten des Lieferantenkredits: Nettoskonto. Die beim Einkauf gezahlte Vorsteuer kann vom Finanzamt zurückgefordert werden, stellt also keine Ersparnis dar.

Kosten des Kontokorrentkredits: Zinsen. Bei Zahlung innerhalb der Skontofrist kann vom Rechnungsbetrag Skonto abgezogen werden – zu überweisen sind also 17.285,64 €. Um Kontokorrent- und Lieferantenkredit vergleichen zu können, muss derselbe Zeitraum (hier: 20 Tage) angesetzt werden.

1.1.4	4400 VE	17.820,25 €	an	2800 BK	17.285,64 €	
				6002 NR	449,25 €	
				2600 VORST	85,36 €	4

Erklärung: *4400 VE:* „J-POOL" begleicht die Rechnung, dadurch mindern sich die Verbindlichkeiten (Passivkonto) → Buchung im Soll.
2800 BK: „J-POOL" kann 3 % Skonto vom ursprünglichen Rechnungsbetrag abziehen. Durch die Bezahlung der Rechnung mindert sich das Geschäftskonto (Aktivkonto) → Buchung im Haben.
6002 NR: Der Skontoabzug stellt einen nachträglichen Preisnachlass dar, der auf dem Unterkonto NR erfasst wird. Die Aufwendungen für Rohstoffe mindern sich → Buchung im Haben.
2600 VORST: Durch den Skontoabzug mindert sich die zu zahlende Vorsteuer (Aktivkonto) → Buchung im Haben.

1.2.1 Die optimale Bestellmenge ist erreicht, wenn die Gesamtkosten aus Lagerkosten und Bezugskosten am niedrigsten sind. 1

Erklärung: Bestellt man häufiger und dafür kleinere Mengen, spart man Lagerkosten. Allerdings steigen dann die Bezugskosten, die bei jedem Bestellvorgang anfallen.

1.2.2 Bei einer Bestellmenge von 1.000 m^2 sind pro Jahr neun Bestellvorgänge nötig. In der Grafik wird deutlich, dass die Gesamtkosten bei drei Bestellvorgängen deutlich niedriger wären. 2

Erklärung: „J-Pool" benötigt 9.000 m^2 (siehe Angabe) Poolfolie pro Jahr. Das Minimum der Gesamtkosten liegt laut Grafik bei drei Bestellvorgängen.

1.2.3 $\frac{9.000}{3} = 3.000\ m^2$ (je Bestellung)

Die optimale Bestellmenge liegt bei 3.000 m^2. 1

Erklärung: Bei drei Bestellvorgängen zu je 3.000 m^2 sind die Gesamtkosten für die Poolfolie am niedrigsten.

2.1.1 anteilige Mietkosten Materialbereich: $\frac{3.100 \cdot 96.015,00}{11.100} = 26.815,00$ €

Die Mietkosten für den Materialbereich betragen 26.815,00 €. 2

Erklärung: Berechnungsgrundlage ist die Gesamtfläche.

$11.100\ m^2 = 96.000,00$ €
$3.100\ m^2 =$ x €

2.1.2 (A) Gemeinkosten
(B) Betriebsabrechnungsbogens
(C) (z. B.) ein Konstruktionsplan für einen Pool 3

Erklärung: *zu A:* Gemeinkosten können den Kostenträgern (Fertigerzeugnissen) nur indirekt über Verteilungsschlüssel (z. B. Quadratmeter für Mietkosten) zugeordnet werden.
zu B: Der BAB ist ein Hilfsmittel, um die Gemeinkosten verursachungsgerecht auf die Kostenstellen zu verteilen. Hier: Je größer die angemietete Fläche für eine Kostenstelle, desto höher ist auch der Anteil der Mietkosten.
zu C: Sondereinzelkosten fallen selten oder nur einmalig an. Andere Beispiele wären die Erstellung eines Modells oder der Kauf von Spezialwerkzeug.

2.2

TIPP Vorgehen bei der Kostenträgerrechnung
- Erstellen Sie zuerst das Kalkulationsschema.
- Tragen Sie die in der Aufgabenstellung gegebenen Werte ein.
- Geben Sie bei den Gemeinkostenzuschlagsätzen an, welcher Wert der Grundwert ist (100 %).
- Berechnen Sie die fehlenden Beträge.

Materialkosten	554,80 €		
+ Fertigungskosten	632,40 €		
= Herstellkosten	1.187,20 €	100 %	
+ Verwaltungsgemeinkosten	102,10 €	8,6 %	15 %
+ Vertriebsgemeinkosten	75,98 €	6,4 %	
= Selbstkosten	**1.365,28 €**	115 %	

3

Erklärung: Mithilfe der Kostenträgerstückrechnung sollen die Selbstkosten für einen Pool „Adria-Wave" berechnet werden. Da die Material- und Fertigungskosten je Stück angegeben sind, sind die Zuschlagsätze für den Material- und Fertigungsbereich hier nicht relevant.

2.3.1

Selbstkostenpreis	836,97 €	
+ Gewinn	**44,05 €**	
= Barverkaufspreis	881,02 €	98 %
+ Kundenskonto	17,98 €	2 %
= Zielverkaufspreis	899,00 €	100 %
+ Kundenrabatt	0,00 €	0 %
= Listenverkaufspreis	899,00 €	

Der Gewinn beträgt 44,05 €. 3

Erklärung: Hier wird mithilfe der Verkaufskalkulation (Differenzkalkulation) der Gewinn berechnet. Es empfiehlt sich folgendes Vorgehen: Schema erstellen – bekannte Werte eintragen – Grundwerte zuordnen – fehlende Beträge berechnen.

2.3.2	5000 UEFE	899,00 €	an	2400 FO	1.069,81 €	
	4800 UST	170,81 €				3

Erklärung: Aufgrund der Kundenrücksendung erfolgt eine **Stornobuchung**. Der Listenverkaufspreis ist der Teilaufgabe 2.3.1 zu entnehmen.
5000 UEFE: Durch die Gutschrift an die Kundin mindern sich die Erlöse → Buchung im Soll.
4800 UST: Die Umsatzsteuer muss korrigiert werden → Buchung im Soll.
2400 FO: Die Forderungen mindern sich → Buchung im Haben.

2.4 Leistungen sind Erträge, die mit dem Betriebszweck (Produktion von Gartenpools) zusammenhängen. Hierzu zählen Umsatzerlöse für eigene Erzeugnisse. Neutrale Erträge haben nichts mit dem eigentlichen Betriebszweck zu tun, z. B. Mieterträge, oder sie sind periodenfremd oder außerordentlich. 2

Erklärung: In der Geschäftsbuchführung (GUV-Rechnung) werden **alle** Aufwendungen und Erträge erfasst. In der Betriebsbuchführung werden die Vorgänge erfasst, die mit dem Betriebszweck zu tun haben. Hier wird zwischen Leistungen (betriebsbezogen) und neutralen Erträgen (betriebsfremd, periodenfremd, außerordentlich) unterschieden.

3.1.1 Grund für den Rückgang war die Corona-Krise (bzw. die zunehmende Alterung der Gesellschaft). 1

Erklärung: Die Information findet sich im oberen Teil des Textes.

3.1.2 Anteil der im Dienstleistungsbereich Beschäftigten: $\frac{33{,}7 \cdot 100}{44{,}9} = 75{,}06$ 2

Im Jahr 2021 arbeiteten 75,06 % der Beschäftigten im Dienstleistungssektor.

Erklärung: Grundwert (100 %) ist die Gesamtzahl der Beschäftigten im Jahr 2021. Dieser Wert ist dem Liniendiagramm zu entnehmen (*alternativ:* Addition der Werte aus dem Ringdiagramm; Wert 45 Mio.). Die Zahl der im dritten Sektor Beschäftigten ist im Ringdiagramm angegeben.
44,9 Mio. = 100 %
33,7 Mio. = x %

3.1.3 A: richtig B: falsch C: richtig 3

Erklärung: *zu A:* Die Information steht im mittleren Teil des Textes.
zu B: Die Zahl der Erwerbstätigen ist im oberen Diagramm – Liniendiagramm – dargestellt.
zu C: Der Arbeitsmarkt ist in drei Bereiche eingeteilt:

1. Primärer Sektor: Land-/Forstwirtschaft, Fischerei

2. Sekundärer Sektor: Industrie und Handwerk (Verarbeitung von Rohstoffen)
3. Tertiärer Sektor: Dienstleistungen

Im Ringdiagramm ist eine Beschäftigtenzahl von 0,6 Mio. im primären Sektor angegeben.

3.2 z. B. 13. Monatsgehalt, Urlaubsgeld 2

Erklärung: Lohnnebenkosten sind Aufwendungen, die für den Arbeitgeber zusätzlich zum regulären Lohn oder Gehalt anfallen. Zu den **gesetzlich** vorgeschriebenen Lohnnebenkosten gehören z. B. die Arbeitgeberbeiträge zur Sozialversicherung oder die Lohnfortzahlung im Krankheitsfall. Zu den **freiwilligen/tariflichen** Lohnnebenkosten zählen u. a. Beiträge des Arbeitgebers zu vermögenswirksamen Leistungen, übernommene Fortbildungskosten und Beiträge zur betrieblichen Altersvorsorge.

3.3

6200 LG	23.700,00 €	an	2800 BK	13.194,97 €
			4830 VFA	5.925,00 €
			4840 VSV	4.580,03 €
6400 AGASV		an	4840 VSV	4.580,03 €

7

Erklärung: *6200 LG:* Die Bruttogehälter stellen für „J-POOL“ einen Aufwand dar → Buchung im Soll.
2800 BK: Die Nettogehälter werden an die Mitarbeiter ausgezahlt und mindern das Bankguthaben (Aktivkonto) → Buchung im Haben.
4830 VFA: Steuern werden zunächst von „J-POOL“ einbehalten. Sie stellen Verbindlichkeiten dar → Buchung im Haben.
4840 VSV: Sozialversicherungen werden auch zunächst vom Arbeitgeber einbehalten und stellen Verbindlichkeiten dar → Buchung im Haben.
6400 AGASV: Der Arbeitgeberanteil zur Sozialversicherung stellt ebenfalls einen Aufwand dar → Buchung im Soll.
Achtung: Es sind immer beide Buchungen anzugeben!

4.1 Gesamtdividende: $600 \cdot 1{,}40 = 840{,}00$ €

2800 BK	an	5780 DDE	840,00 €

3

Erklärung: Die Dividende ist der Anteil am Gewinn, den ein Aktionär erhält. Die Höhe der Dividende wird auf der Hauptversammlung beschlossen.

4.2.1 Ersatzinvestition 1

Erklärung: Hier soll eine defekte Maschine ersetzt werden.
Weitere Investitionsarten sind z. B.:

- Erweiterungsinvestition z. B. zur Erweiterung der Produktionskapazität
- Rationalisierungsinvestition: z. B. Austausch einer Maschine, um Energie oder Personalkosten einzusparen

4.2.2

> **TIPP** **Drei Schritte bei der Verkaufsabrechnung (Aktien):**
> - Berechnung der Bankgutschrift: Zunächst ist der Kurswert zu berechnen: Stückzahl · Stückkurs. Vom Kurswert müssen beim Verkauf die Spesen abgezogen werden.
> - Berechnung des Gewinns/Verlusts: Von der Bankgutschrift (Verkauf der Aktien) ist die Banklastschrift (Kauf der Aktien) abzuziehen.
> - Formulierung des entsprechenden Buchungssatzes (Gewinn/Verlust).

Kurswert	(600 · 45,92)	27.552,00 €
– Spesen		275,52 €
= Bankgutschrift		27.276,48 €
Bankgutschrift		27.276,48 €
– Banklastschrift		35.705,52 €
= Gesamtverlust		–8.429,04 €

2800 BK	27.276,48 €	an	1500 WP	35.705,52 €
7460 VAWP	8.429,04 €			

6

Erklärung: Der Stückkurs ist der Grafik zu entnehmen.
2800 BK: Durch die Bankgutschrift mehrt sich das Geschäftskonto → Buchung im Soll.
7460 VAWP: Der Verlust bedeutet eine Erhöhung des Aufwands → Buchung im Soll.
1500 WP: Der Verkauf der Aktien mindert den Aktienbestand (Aktivkonto) von „J-POOL" um die Banklastschrift beim Kauf (Aktivkonto) → Buchung im Haben.

4.2.3 Die Anlage in Aktien bietet die Chance auf eine **hohe Rendite**, birgt aber im Vergleich zu anderen Anlageformen ein **höheres Risiko**. „J-POOL" war mit dieser Investition nicht erfolgreich. Das Unternehmen hat das investierte Kapital **kurzfristig** benötigt und konnte nach dem Kursrückgang nicht auf eine Erholung der Kurse warten. 3

Erklärung: Die Ziele einer Geldanlage sind Sicherheit, Liquidität und Rendite. Allerdings können bei einer Geldanlage diese drei Ziele nie gleichzeitig erreicht werden, weswegen man auch vom „Magischen Dreieck" der Geldanlage spricht.

4.3

> **TIPP** Anschaffungsnebenkosten sind alle Kosten, die anfallen, um ein Anlagegut in einen betriebsbereiten Zustand zu versetzen.

0700 MA	22.750,00 €	an	4400 VE	27.072,50 €
2600 VORST	4.322,50 €			

5

Erklärung: *0700 MA:* Die Anschaffungskosten (Listenpreis abzüglich Rabatt) für die Maschine inklusive der Anschaffungsnebenkosten (Fracht und Aufstellung/Einweisung) werden auf dem Aktivkonto (Sachanlagen) erfasst → Buchung im Soll.
2600 VORST: Beim Einkauf fällt Vorsteuer an → Buchung im Soll.
4400 VE: Beim Kauf auf Rechnung erhöhen sich die Verbindlichkeiten (Passivkonto) → Buchung im Haben.

5.1 z. B.: Bei „J-POOL" gibt es zwei mittlere Führungsebenen. Es könnte die 2. Führungsebene entfallen. Die vier Mitarbeiter der 3. Ebene wären dann der Unternehmensleitung direkt unterstellt.
Vorteil: Die Kommunikationswege zwischen den einzelnen Abteilungen verkürzen sich.
Nachteil: Für die Führungskraft der Ebene 1 steigt die Belastung, da sich die Zahl der Mitarbeiter, für die sie verantwortlich ist, erhöht. 2

Erklärung: Der Wegfall einer Hierarchieebene führt in der Regel zu schnelleren Entscheidungen und häufig auch zur Verringerung der Kosten (weniger „teure" Führungskräfte). Durch eine höhere Eigenverantwortung steigt oft die Motivation der Mitarbeiter. Zu den Nachteilen von flachen Hierarchien gehört, dass die Verantwortung für Abläufe und Aufgaben nicht immer klar zugeordnet ist und dass Fehlentwicklungen erst spät erkannt werden.

5.2.1 Ein autoritativer Führungsstil zeichnet sich dadurch aus, dass der Vorgesetzte seinen Mitarbeitern klare Aufgaben zuteilt, die Arbeitsabläufe vorgibt und sie regelmäßig kontrolliert. 1

Erklärung: Der autoritative Führungsstil unterscheidet sich deutlich vom kooperativen Führungsstil, bei dem die Unternehmensleitung die Mitarbeiter in Entscheidungen einbezieht.

5.2.2 Ein autoritativer Führungsstil kann zu unmotivierten Mitarbeitern führen, da sie nur Vorgaben ausführen und keine eigenen Ideen einbringen können. 1

Erklärung: Ein autoritativer Führungsstil kann sinnvoll sein, wenn schnelle Entscheidungen ohne lange Diskussionen erforderlich sind. Dieser Führungsstil wird v. a. in Ausnahmesituationen und Krisenzeiten angewendet.

5.2.3 Management by Objectives 1

Erklärung: Bei dieser Führungstechnik treffen Vorgesetzte gemeinsam mit ihren Mitarbeitern Zielvereinbarungen. Es ist dann weitgehend den Mitarbeitern überlassen, auf welchem Weg und mit welchen Maßnahmen sie die Ziele erreichen.

5.3

Bu.-Nr. 243:	0500 GR	an	3001 P	64.300,00 €
Bu.-Nr. 244:	3001 P	an	2800 BK	11.295,00 €

4

Erklärung: Bu.-Nr. 243: *0500 GR:* Durch Überschreibung der Erbschaft mehrt sich der Wert der Grundstücke (Aktivkonto) im Firmenvermögen → Buchung im Soll.
3001 P: Die Mehrung des Eigenkapitals wird auf dem Unterkonto 3001 P erfasst (Passivkonto) → Buchung im Haben.

Bu.-Nr. 244: *3001 P:* Die Einkommenssteuer ist eine private Steuer. J. Teich bezahlt sie vom Geschäftsbankkonto, es handelt sich also um eine Privatentnahme → Buchung im Soll.
2800 BK: Das Geschäftsbankkonto mindert sich → Buchung im Haben.

5.4 Es handelt sich in diesem Fall um eine Privatentnahme. J. Teich handelt als Privatperson und damit als Endverbraucher. Die bezahlte Umsatzsteuer kann vom Finanzamt nicht zurückgefordert und darf nicht gebucht werden. 2

5.5 „Kalkulatorischer Unternehmerlohn" ist ein Begriff aus der Kosten- und Leistungsrechnung. Der Unternehmerlohn wird in der Geschäftsbuchführung (GUV-Rechnung) nicht erfasst, sondern nur in der Betriebsbuchführung. Er zählt deshalb zu den **Zusatzkosten**. 2

Erklärung: Im Rechnungskreis I (GUV-Rechnung) wird der Unternehmerlohn nicht erfasst. Er muss aber in die Kalkulation der Verkaufspreise einbezogen werden, damit diese nicht zu niedrig sind. Aus diesem Grund wird in der Kosten- und Leistungsrechnung (Rechnungskreis II) die Position „kalkulatorischer Unternehmerlohn" **zusätzlich** aufgenommen.

6.1.1

> **TIPP** Achten Sie bei der Formulierung von Geschäftsfällen stets darauf, dass eindeutig daraus hervorgeht, ob es sich bei dem angegebenen Betrag um einen Netto- oder Bruttobetrag handelt.

Ein Kunde erhält aufgrund einer Mängelrüge eine Gutschrift über 8.300,00 € netto. 3

Erklärung: *5001 EBFE:* Eintrag 1) wurde auf dem Konto EBFE im Soll erfasst. → Es handelt sich um eine Minderung der Erträge. Auf EBFE werden nachträgliche Preisnachlässe (Nettowert) an den Kunden erfasst (Gutschriften wegen Mängelrüge, Skontoabzüge).
2400 FO: Im **Gegenkonto** FO wird der Vorfall im Haben erfasst. → Der Forderungsbestand hat sich gemindert.
Hinweis: Bei einem nachträglichen Preisnachlass an den Kunden muss die Umsatzsteuer im Soll korrigiert werden.

6.1.2	5000 UEFE	an	5001 EBFE	12.550,00 €

3

Erklärung: *5001 EBFE:* Das Konto muss beim Abschluss ausgeglichen werden → Buchung im Haben.
5000 UEFE: Erlösberichtigungen mindern die Umsatzerlöse → Buchung im Soll.

6.2.1 „Schütz-Factor“ kauft von anderen Unternehmen offene Forderungen auf und übernimmt die Verwaltung dieser Forderungen (Mahnwesen, Inkasso). 2

6.2.2 *Vorteil:* „J-POOL“ erhöht durch den Verkauf der Forderungen seine Liquidität, da das Unternehmen den ausstehenden Rechnungsbetrag sofort erhält.
Nachteil: Das Factoring-Institut verlangt für die Dienstleistung eine Gebühr. 2

Alternativ: *Vorteil:* geringerer Verwaltungsaufwand für „J-POOL“
Nachteil: Factoringinstitute treten teilweise sehr fordernd auf, was die Kundenbeziehungen belasten kann.

6.2.3

> **TIPP** Es wird immer nur der Nettobetrag abgegrenzt.

Mietertrag für 6 Monate: 10.200,00 € netto

01.11.2022	2 Monate	31.12.2022	4 Monate	30. 04. 2023
Gutschrift	3.400,00 €		6.800,00 €	

5400 EMP	an	4900 PRA	6.800,00 €

3

Erklärung: Die Miete wurde am 01.11. für ein halbes Jahr im Voraus überwiesen. Zum Bilanzstichtag am 31.12. besteht nun das Problem, dass die Mieterträge für Januar bis April des kommenden Geschäftsjahres auf 5400 EMP gebucht sind – die Bilanz wäre nicht korrekt. Also müssen Mieterträge, die das neue Jahr betreffen, abgegrenzt (wieder ausgebucht) werden. Einnahmen, die einen Ertrag für das kommende Geschäftsjahr darstellen, werden am 31.12. über das Passivkonto 4900 PRA abgegrenzt.
5400 EMP: Die Mieterträge für Januar bis April werden korrigiert/ausgebucht → Buchung im Soll.
4900 PRA: Der abgegrenzte Betrag wird im Haben erfasst.

6.3

> **TIPP** Rückstellungen werden immer für Nettobeträge gebildet!

6770 RBK	an	3900 RST	8.320,00 €

2

Erklärung: *6770 RBK:* Die zu erwartenden Anwaltskosten müssen als Aufwand erfasst werden → Buchung im Soll.
3900 RST: Rückstellungen sind Verbindlichkeiten, deren Höhe und Fälligkeit noch nicht feststehen. Das Passivkonto mehrt sich → Buchung im Haben.

7.1 Die Kennzahl zeigt an, welcher Anteil des Anlagevermögens durch Eigenkapital finanziert ist; sie sollte bei über 60 % liegen. Mit 87,11 % ist die Anlagendeckung von „J-POOL“ als sehr gut zu bewerten. 2

Erklärung: Durch die Kennzahl der Anlagendeckung soll überprüft werden, inwieweit das langfristige Vermögen (AV) auch langfristig finanziert ist. Hieraus lassen sich Rückschlüsse über die Zahlungsfähigkeit eines Unternehmens treffen. Das langfristige Vermögen (AV) sollte weitgehend durch das Eigenkapital finanziert sein (Anlagendeckung I).

7.2.1

EK 01.01.2021	3.720.000,00 €	↑
+ Gewinn	200.000,00 €	(2.100.000 – 1.900.000)
= EK 31.12.2021	3.920.000,00 €	

Eigenkapitalrentabilität: $\frac{200.000,00 \cdot 100}{3.720.000,00} = 5,38\ \%$ 2

Erklärung: Die EK-Rentabilität gibt an, wie sich das zu Beginn des Geschäftsjahres eingesetzte Kapital verzinst hat. Hier muss durch eine Rückwärtskalkulation zuerst das EK zum 01.01. berechnet werden, indem vom Schlussbestand der Gewinn subtrahiert wird. Der Gewinn kann dem Balkendiagramm (Aufwendungen/Erträge) entnommen werden.
EK am 01.01. = 100 %
Gewinn = x %

7.2.2 Die Eigenkapitalrentabilität ist mit 5,38 % höher als die Kapitalmarktverzinsung. Allerdings sind bei dieser Rendite das unternehmerische Risiko und der Unternehmerlohn nicht ausreichend abgedeckt. 2

Erklärung: Das eingesetzte Eigenkapital ist einem hohen Risiko ausgesetzt, deswegen wird auch eine hohe Verzinsung erwartet. In der Regel wird eine EK-Rentabilität von über 10 % angestrebt.

7.2.3 Das Eigenkapital verändert sich noch durch Privateinlagen (/-entnahmen). 1

Erklärung: Durch Privateinlagen erhöht sich, durch Privatentnahmen vermindert sich das Eigenkapital.

7.2.4 Die Eigenkapitalquote beträgt 44,44 % und liegt damit deutlich über dem deutschen Durchschnitt von ca. 30 %. Es ist nicht davon auszugehen, dass „J-POOL" in Zahlungsschwierigkeiten gerät; das Unternehmen ist kreditwürdig. 2

Erklärung: Die Kennzahl ist wichtig für die Beurteilung der Zahlungsfähigkeit eines Unternehmens. Eine hohe Eigenkapitalquote bedeutet, dass ein Unternehmen solide finanziert ist. Das Unternehmen gilt als krisenfest, es ist kreditwürdig und unabhängig von Gläubigern.

7.3 A: falsch B: richtig C: richtig 3

Erklärung: *zu A:* Das Betriebsergebnis war 2022 niedriger als 2021 (siehe Differenz Aufwendungen und Erträge im Balkendiagramm).
zu B: Beim internen Betriebsvergleich (Zeitvergleich) werden Kennzahlen eines Unternehmens über mehrere Perioden verglichen.
zu C: Bei der aufbereiteten Bilanz werden gleichartige Positionen zusammengefasst.

7.4 8020 GUV an 3000 EK 200.000,00 € 3

Erklärung: *8020 GUV:* Die Erträge sind höher als die Aufwendungen, das Konto GUV weist einen Gewinn auf → Buchung des Saldos im Soll.
3000 EK: Durch Gewinn mehrt sich das Passivkonto → Buchung im Haben.

Bayern – Realschule

Musterprüfung 2 im Stil der Abschlussprüfung

Lilli Stoll Bio-Fashion e. Kfr., kurz „LILLI“, stellt in ihrem Werk in Regensburg hochwertige und nachhaltig produzierte Bio-Mode her. Als Mitarbeiter*in bearbeiten Sie verschiedene betriebswirtschaftliche Aufgaben.

Informationen zum Unternehmen:

	Lilli Stoll Bio-Fashion e. Kfr. Im Gewerbepark 57 C 93059 Regensburg
Inhaber:	Lilli Stoll
Rechtsform:	Einzelunternehmen
Geschäftsjahr:	01. Januar bis 31. Dezember 20 . .
Zweck des Unternehmens:	Hauptwerk in Regensburg: Herstellung von Bio-Mode Zweigwerk in Deggendorf: Produktion von Outdoorkleidung
Unternehmensphilosophie:	Durch innovative und umweltschonende Produktionstechniken schaffen wir ein natürliches und langlebiges Produkt. Unser wirtschaftlicher Erfolg basiert auf dem Vertrauen und der Zufriedenheit unserer Kunden in aller Welt.

Werkstoffe:

Rohstoffe
Bio-Baumwolle, Leinen, Kunstfaserstoffe, …

Fremdbauteile
Reißverschlüsse, Etiketten, Applikationen, …

Hilfsstoffe
Garn, Bio-Farbe, Knöpfe, …

Betriebsstoffe
Strom, Gas, Öl, …

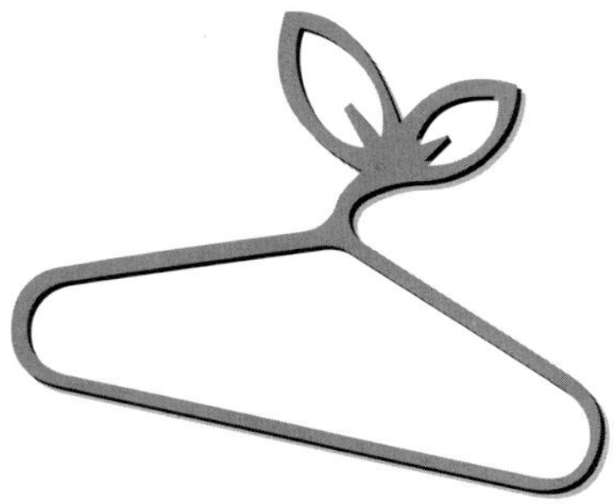

Formale Vorgaben:

- Bei Buchungssätzen sind stets Kontennummern, Kontennamen (abgekürzt möglich) und Beträge anzugeben.
- Bei Berechnungen sind jeweils alle notwendigen Lösungsschritte und Nebenrechnungen darzustellen.
- Alle Ergebnisse sind in der Regel auf zwei Nachkommastellen gerundet anzugeben.
- Soweit nicht anders vermerkt, gilt ein Umsatzsteuersatz von 19 %.

Aufgabe 1

1.0 Bearbeiten Sie zu nachstehendem Beleg die folgenden Aufgaben:

Lilli Stoll Bio-Fashion e. Kfr.

Lilli Stoll Bio-Fashion e. Kfr., Gewerbepark 57 C, 93059 Regensburg

Fashion-Wear Textilhandelskette GmbH
Prinzenstraße 42
80335 München

Inhaberin: Lilli Stoll
Registergericht: HRA 253
Steuernummer: 117/282/10485
USt-IdNr.: DE 044349332
Tel.: 0941 29473 002
Fax: 0941 29473 202

Rechnungsnummer 4922/22
(Bei Zahlung bitte angeben!)

Regensburg, 15.07.2022

Ihr Auftrag vom: 11.07.2022 Auftrags-Nr.: 4332/22 Kunden-Nr.: 6332

Am 14.07.2022 lieferten wir Ihnen frei Haus:

Pos.	Menge	Art.-Nr.	Artikel	Einzelpreis (EUR)	Gesamtpreis (EUR)
1	110	4930	Kollektion UrbanSummer Ladies	165,00	18.150,00
2	95	4931	Kollektion SummerFun Kids	89,00	8.455,00
3	75	4937	Kollektion UrbanSummer Men	140,00	10.500,00
			Rabatt 10 %		3.710,50

Warenwert	USt. 19 %	Rechnungsbetrag
33.394,50 €	**6.344,96 €**	**39.739,46 €**

Bei Zahlung bis zum 25.07.2022 gewähren wir 2,5 % Skonto.
Zahlung fällig „rein netto" am 15.08.2022

Die Ware bleibt bis zur vollständigen Bezahlung Eigentum von
Lilli Stoll Fashion e. Kfr.

Bankverbindung: DirektInvest Regensburg
IBAN: DE94 7832 0000 0031 9595 77 BIC: DIRGEKSEOF2

1.1 Geben Sie an, warum „LILLI" hier einen Sofortrabatt gewährt.

1.2 Erklären Sie die Bedeutung der in der Rechnung angegebenen UST-IdNr.

1.3 Bilden Sie den Buchungssatz zu der Rechnung Nr. 4922/22.

1.4 „LILLI“ liegt ein weiterer Beleg vor:

Quittung

Nummer 11		Währung	EUR
		Netto	170,00
		USt. 19 %	32,30
		Gesamtbetrag	202,30
Gesamtbetrag in Worten	Zweihundertzwei ---------------------------------- (Cent wie oben)		
von	Lilli Stoll Bio-Fashion e. K.		
für	Lieferung Sommerkollektion von Regensburg nach München		
Ort	Regensburg	Datum	14. Juli 2022
Stempel/Unterschrift des Empfängers	Spedition Leo Müller GmbH Industriestr. 45 94032 Passau		Leo Müller

Bilden Sie den Buchungssatz zu diesem Beleg.

1.5 Am 25.07.2022 geht bei „LILLI“ eine Überweisung in Höhe von 38.745,97 € für die Rechnung Nr. 4922/22 ein.
Bilden Sie den Buchungssatz.

1.6 „LILLI“ stellt fest, dass konkurrierende Unternehmen zunehmend neue Wege beim Vertrieb ihrer Waren gehen. Sie investieren in eigene Onlineshops mit virtuellen Showrooms zur Präsentation ihrer Kollektionen.
Bewerten Sie diese Form des Direktvertriebs anhand von zwei Aspekten.

Aufgabe 2

2.0 Die Marketingabteilung von „LILLI“ diskutiert, wie die neue Produktlinie „Lucky Summer“ zeitgemäß präsentiert werden kann. In einem Artikel einer Fachzeitschrift werden neue Entwicklungen analysiert.

Die Ausgaben haben sich verdoppelt

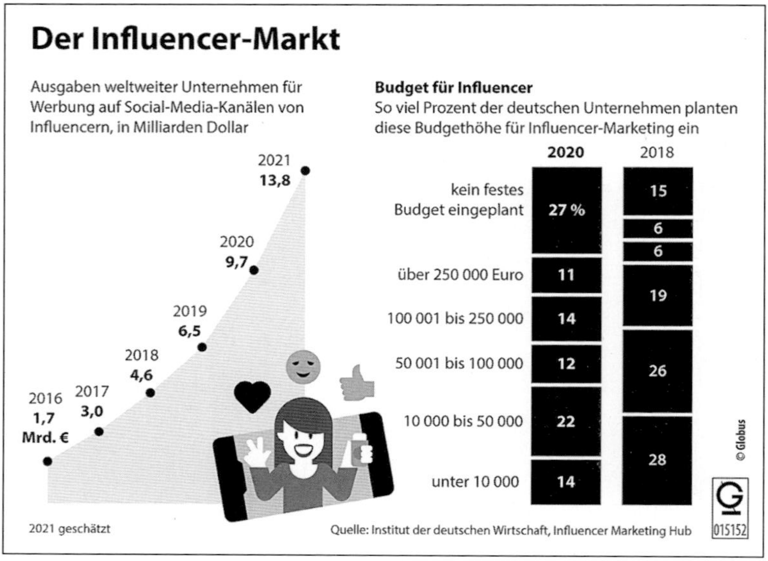

Immer mehr Unternehmen entdecken das Potenzial von Influencern für sich und ihre Produkte. Im Jahr 2021 gaben die Unternehmen weltweit fast 14 Milliarden Dollar für Influencer-Marketing aus. Das ist doppelt so viel wie vor zwei Jahren. Influencer sind berühmte Persönlichkeiten und Internetstars, die auf Instagram, Youtube und anderen sozialen Medien sehr viele Follower haben. Diese Reichweite macht sie für Unternehmen weltweit als Werbeträger interessant. Auch deutsche Firmen planen diesen digitalen Werbekanal mit immer höheren Kosten ein. Gaben im Jahr 2018 noch zwölf Prozent der Unternehmen an, mehr als 100.000 Euro für den Influencer-Markt einzuplanen, waren es zwei Jahre später schon 25 Prozent der Unternehmen. Diese Werbestrategie scheint erfolgreich zu sein. In einer Umfrage des Bundesverbands Digitale Wirtschaft (BVDW) gaben fast 22 Prozent der Menschen in Deutschland an, schon einmal ein Produkt gekauft zu haben, das sie zuvor bei einem Influencer gesehen hatten. Dass es genauso gut in die andere Richtung gehen kann, zeigte sich während einer Pressekonferenz der Europameisterschaft im Jahr 2021. Als Cristiano Ronaldo [*Nationalspieler von Portugal, Anm. der Redaktion*] zwei Coca-Cola-Flaschen beiseitestellte, brach der Aktienkurs des Unternehmens zeitweise ein.

2.1.1 Berechnen Sie den Anstieg der Werbeausgaben weltweiter Unternehmen für Influencer von 2016 bis 2021.

2.1.2 Geben Sie auf Ihrem Lösungsblatt jeweils unter Angabe des Kennbuchstabens an, ob die Aussagen A bis C gemäß Grafik und Text richtig oder falsch sind.

A	In Deutschland hat mehr als jeder Fünfte schon ein Produkt aufgrund einer Influencer-Empfehlung gekauft.
B	Die Zahl der Unternehmen, die bis 50.000 € für Influencer-Marketing ausgeben, ist von 2018 bis 2020 um ein Drittel gesunken.
C	Der Umsatz von Unternehmen, die Influencer-Marketing betreiben, hat sich von 2019 bis 2021 mehr als verdoppelt.

2.2 Die Marketing-Abteilung entscheidet sich, bei der Vorstellung der neuen Freizeit-Kollektion ebenfalls mit Influencern zusammenzuarbeiten.

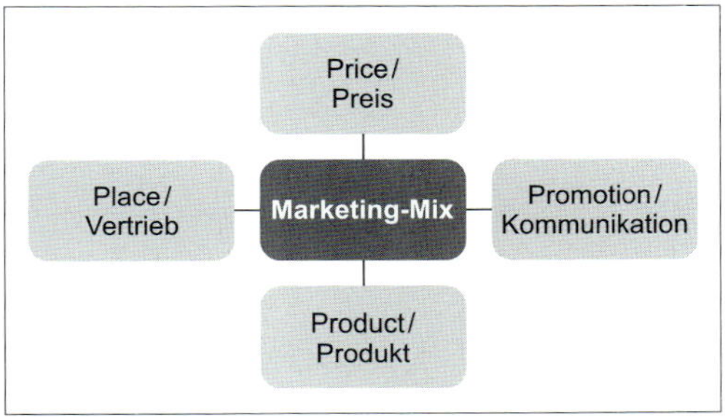

2.2.1 Nennen Sie den Bereich des Marketing-Mix, dem diese Maßnahme zuzuordnen ist.

2.2.2 Die Marketingabteilung möchte als Ergänzung zur Zusammenarbeit mit Influencern ein weiteres Marketinginstrument für die Freizeit-Kollektion einsetzen. Zur Wahl stehen Radio- oder Plakatwerbung.
Geben Sie eine begründete Empfehlung für eine der beiden Alternativen als Ergänzung zum Influencer-Marketing ab.

2.3 Lilli Stoll hat die Jeans-Kollektion „Blue Gorilla", die sich an die jugendliche Zielgruppe richtet, in das Lebenszyklusmodell eingeordnet.

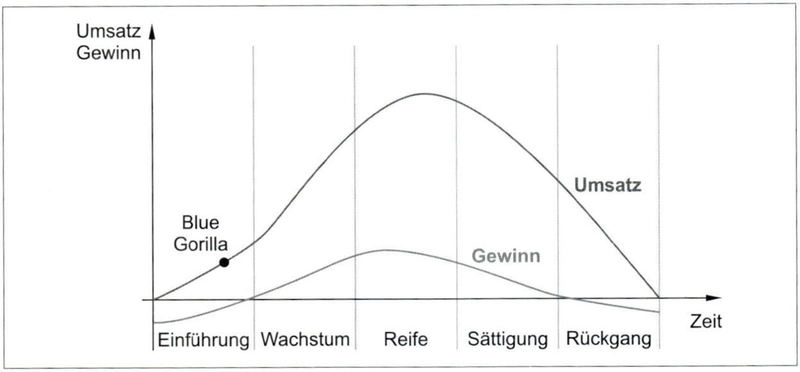

2.3.1 Schildern Sie die aktuelle Marktsituation für die Kollektion „Blue Gorilla".

2.3.2 Entwickeln Sie für „Blue Gorilla" eine für diese Phase im Lebenszyklus Erfolg versprechende Marketingstrategie.

2.4 Die folgende Tabelle zeigt die Umsätze und den Gewinn der Outdoorhose „Yeti“ seit Markteinführung.

	2015	2016	2017	2018	2019	2020	2021	2022
Umsatz	45.000 €	90.000 €	120.000 €	135.000 €	145.000 €	151.000 €	147.000 €	140.000 €
Gewinn	−20.000 €	10.000 €	16.000 €	25.000 €	32.000 €	35.000 €	33.000 €	28.000 €

2.4.1 Analysieren Sie die Zahlen und geben Sie an, welcher Phase im Produktlebenszyklus die Hose „Yeti“ im Jahr 2022 zuzuordnen ist. Begründen Sie Ihre Entscheidung.

2.4.2 Für Lilli Stoll stellt sich die Frage, wie mit „Yeti“ in der aktuellen Lebenszyklusphase (2022) weiter verfahren werden soll. Formulieren Sie eine mögliche unternehmerische Strategie.

Aufgabe 3

3.0 „LILLI“ hat folgende Stellenanzeige aufgegeben:

Lilli Stoll Bio-Fashion e. Kfr.

Mitarbeiter*in für die **Buchhaltung** (m/w/d) in Voll- oder Teilzeit

Ihre Aufgaben

- Eigenverantwortliche Bearbeitung der laufenden Buchhaltung und des Jahresabschlusses
- Abwicklung des Zahlungsverkehrs und Mahnwesens

Ihr Profil

- Eine erfolgreich abgeschlossene kaufmännische Berufsausbildung
- Fundierte Berufserfahrung in der Buchhaltung
- Sicherer Umgang mit MS-Office, insbesondere Excel

Ihr Vorteil – unser Führungsstil

Wir bringen unseren Mitarbeitern ein hohes Maß an Vertrauen und Respekt entgegen. Sie bringen Ihre Ideen ein und bearbeiten selbstständig und eigenverantwortlich die Ihnen übertragenen Aufgaben.

3.1.1 „LILLI“ sucht Mitarbeiter außerhalb des eigenen Unternehmens. Nennen Sie zwei Vorteile der externen Personalbeschaffung.

3.1.2 Geben Sie an, welcher Führungsstil laut Stellenanzeige bei „LILLI“ praktiziert wird.

3.2 Zwei der eingegangenen Bewerbungen waren besonders interessant. Die Personalabteilung hat entsprechende Kurzprofile zusammengestellt.

Name	Julina Graf	Leony Burkhardt
Wohnort	Regensburg	Hamburg
Familienstand	Verheiratet, zwei Kinder	Ledig, keine Kinder
Geburtsjahr	1973	1992
Ausbildung	Realschulabschluss 1989 Ausbildung zur Industriekauffrau, Abschluss 1992 Weiterbildung: Wirtschaftsfachwirtin 1996	Abitur 2009 Studium: Betriebswirtschaftslehre, Masterabschluss 2013 Weiterbildung: Management-Studium in London 2015
Berufserfahrung	Stahl AG, Regensburg, 1992 bis 2002 Sanitär Seubert, Regensburg, seit 2002	System Technologies, London, 2015 bis 2017 Irblich Consulting, München, 2017 bis 2019 Pro-Bank, Hamburg, seit 2019
Besondere Kenntnisse	Englisch (Wort und Schrift) SAP Office	Englisch, Französisch, Spanisch (Wort und Schrift) Office, DATEV, SAP
Berufliche Schwerpunkte	Buchhaltung Marketing	Projektmanagement Recruiting (Personalbeschaffung) Accounting (Buchhaltung)
Motivation für Bewerbung	Sucht heimatnahe und langfristige Anstellung	Sucht eine spannende Herausforderung

Fotos: Bewerberin 1: © Vittorio Gravino/iStockphoto; 2: © LarsZahnerPhotgraphy/iStockphoto

Analysieren Sie beide Profile und entscheiden Sie sich für die aus Ihrer Sicht geeignetere Bewerberin unter Abwägung von drei wesentlichen Kriterien.

3.3 Nennen Sie die Entgeltform, die für Verwaltungsmitarbeiter üblich ist.

3.4 Von den Mitarbeiterinnen und Mitarbeitern, die bei „LILLI“ in Teilzeit arbeiten, sind (wie auch im bundesdeutschen Durchschnitt) ca. 80 % Frauen.

3.4.1 Begründen Sie den hohen Frauenanteil.

3.4.2 Nennen Sie zwei negative Folgen der Teilzeitbeschäftigung für Arbeitnehmer.

3.5 Ihnen liegt der folgende Auszug des Gehaltsjournals vor:

Lilli Stoll Bio-Fashion e. Kfr.

Gehaltsjournal **März 2022**

Name	Brutto	Steuern	Soz. Vers. AN	Soz. Vers. AG	Netto
…	…	…	…	…	…
Max Dilbat III/1,0	3.200,00 €	248,33 €	637,60 €	637,60 €	2.314,07 €
…	…	…	…	…	…
SUMME	**23.700,00 €**	**5.925,00 €**	**4.580,03 €**	**4.580,03 €**	**13.194,97 €**

3.5.1 Geben Sie an, was bei Max Dilbat der Zusatz „III/1,0" bedeutet.

3.5.2 Bilden Sie den Buchungssatz für die Überweisung der Sozialversicherungsbeiträge für März 2022 an die Krankenkasse (Summenzeile).

Aufgabe 4

4.0 Lilli Stoll will das Produktionsverfahren rationalisieren und plant die Anschaffung einer Laser-Textilschneidemaschine. Zwei Maschinen der Unternehmen Laser-TEC und Textil-INNOvation sind in der Auswahl. Über die Kostenvergleichsrechnung soll die günstigere Alternative ermittelt werden.

4.1.1 Für das Angebot von Laser-TEC hat Frau Stoll jährliche Gesamtkosten von 20.943,72 € ermittelt.
Berechnen Sie auf Basis der vorliegenden Daten die **fixen Kosten** und die **Gesamtkosten** pro Jahr für die Maschine von Textil-INNOvation. Geben Sie mithilfe der Kostenvergleichsrechnung eine begründete **Kaufempfehlung** ab.

Kostenvergleichsrechnung Textil-INNOvation			
Anschaffungskosten 43.400,00 €	**Nutzungsdauer** 6 Jahre		**Kalkulatorische Zinsen** 5,5 %
Variable Kosten p. a.		**Fixe Kosten p. a.**	
Personalkosten	3.750,00 €		
Materialkosten	2.100,00 €	…	…
Energiekosten	1.800,00 €	…	…
Sonstige variable Kosten	1.950,00 €	Sonstige fixe Kosten	2.770,00 €
Summe variable Kosten	**9.600,00 €**	**Summe fixe Kosten**	**…**
Gesamtkosten p. a.		**…**	

4.1.2 „LILLI“ will die Laser-Schneidemaschine durch eigene Mittel finanzieren. Im Gegensatz zu einer Aktiengesellschaft kann ein Einzelunternehmen keine „jungen Aktien“ herausgeben.
Skizzieren Sie eine Möglichkeit der Eigenfinanzierung für „LILLI“.

4.1.3 Nennen Sie einen Vorteil der Eigenfinanzierung von Anlagegütern.

4.2 Am 31.12. sind noch folgende Aufgaben zu erledigen:

4.2.1 „LILLI“ hat die Maschine von Textil-INNOvation am 24. April 2022 zum oben angegebenen Preis gekauft. Bilden Sie den Buchungssatz für die Abschreibung der Maschine zum Ende des Anschaffungsjahres.

4.2.2 Das Konto GWG weist am 31.12. folgende Eintragungen aus.

S	0890 GWG	H
VE	1.320,00 €	
BK	730,00 €	
KA	560,00 €	

Bilden Sie den Buchungssatz zur Erfassung der Wertminderung der geringwertigen Wirtschaftsgüter (vorbereitende Abschlussbuchung).

4.2.3 Im Rohstofflager ergab die Inventur einen Mehrbestand von 3.640,00 €. Bilden Sie den erforderlichen Buchungssatz.

Aufgabe 5

5.0 Das Unternehmen „LILLI“ produziert im Zweigwerk in Deggendorf Outdoorkleidung. Zu den Outdoorjacken „Everest“ und „Zugspitze“ liegen Ihnen folgende Informationen vor:

	A	B	C	D	E	F
1	**Produktions- und Kostenübersicht**					
2	**3. Quartal 2022**					
3						
4	**Kollektion**	**Kapazität** (in Stück)	**Produktion/ Absatz** (in Stück)	**Auslastung**	**Netto-verkaufserlös** (pro Stück)	**Variable Kosten** (pro Stück)
5	Everest	850	646	???	???	186,00 €
6	Zugspitze	1.400	1.148	82 %	290,00 €	123,00 €
7						
8	**Fixkosten gesamt**	208.300,00 €				

5.1.1 Berechnen Sie die Kapazitätsauslastung von „Everest“.

5.1.2 Berechnen Sie den Nettoverkaufserlös **einer** Jacke „Everest“, wenn das Betriebsergebnis 70.150,00 € beträgt.

5.1.3 Bei „Everest“ gehen die Absatzzahlen stark zurück. „LILLI“ plant deshalb, in der neuen Saison nur noch das Modell „Zugspitze“ herzustellen.
Berechnen Sie auf Basis der Zahlen des 3. Quartals 2022 die Stückzahl, die produziert und verkauft werden muss, um die Gewinnschwelle zu erreichen.

5.1.4 „LILLI“ liegt eine Kundenanfrage für die Produktion von Trekkinghemden vor, mit der ein Deckungsbeitrag von 21.500,00 € erzielt werden kann. Allerdings sind keine freien Kapazitäten verfügbar.
Folgende Übersicht zu den drei aktuell produzierten Trekkinghemden liegt vor:

	Hemd Maui	**Hemd Kohala**	**Hemd Nihoa**
Nettoverkaufserlös	75,00 €	29,00 €	58,00 €
Variable Kosten	35,00 €	18,50 €	28,50 €
Produktion/Absatz (Stück)	750	1.300	1.000

Geben Sie mithilfe der DB-Rechnung eine Empfehlung ab, ob der Auftrag angenommen und dafür ein anderes Produkt eliminiert werden sollte.

5.2 Um die aktuelle Outdoor-Kollektion vorzustellen, nimmt „LILLI“ an der Messe „Mountain Active“ in Kempten teil.

5.2.1 In diesem Zusammenhang liegt Ihnen der folgende Beleg vor. Bilden Sie den erforderlichen Buchungssatz.

Allgäuer Hof GmbH

Allgäuer Hof GmbH, Adenauerring 43, 87436 Kempten

Lilli Stoll Bio-Fashion e. Kfr.
Im Gewerbepark 57C
93059 Regensburg

Inhaber: Lilli Stoll
Registergericht: HRB 493
Steuernummer: 573/114/73028
USt-IdNr.: DE 224384673
Tel.: 0831 99322 434
Mail: service@allgaeuerhof.de

Rechnung Nr. 4832 / 22
(Bei Zahlung bitte angeben!)

Kempten, 14.09.2022

Kunden-Nr.: 390023

Pos.	Menge	Leistung	Gesamtpreis
1	3	Übernachtung im Einzelzimmer inkl. Frühstück vom 12.09. bis 14.09.2022	720,00 €
		Umsatzsteuer 7 %	50,40 €
		Rechnungsbetrag	**770,40 €**

zahlbar sofort ohne Abzug

5.2.2 Ein Messeauftritt ist für ein Unternehmen in der Regel mit hohen Aufwendungen verbunden.
Erläutern Sie zwei Gründe, warum die Teilnahme an der Messe „Mountain Active“ sich für „LILLI“ trotzdem lohnen kann.

Aufgabe 6

6.0 Lilli Stoll erstellt zur Kontrolle der Forderungen regelmäßig eine Übersicht:

Kunde	Rechnungs-datum	Einwandfreie Forderung 2400 FO	Zweifelhafte Forderung 2470 ZWFO
…	…	…	…
Modehaus Weidinger	23.06.2022	13.542,20 €	
Fashion Studio Hausner	28.07.2022	7.639,80 €	
Boutique „Zapf hat’s“	12.08.2022		11.483,50 €
…	…	…	…

6.1 Bilden Sie die Buchungssätze zu folgenden Vorgängen:

6.1.1 Das Modehaus Weidinger hat trotz mehrmaliger Mahnung nicht gezahlt.

6.1.2 Dem Fashion Studio Hausner werden wegen Zahlungsverzug 117,14 € Verzugszinsen und 20,00 € Mahngebühren in Rechnung gestellt.

6.2 Die Rechtsabteilung von „LILLI“ gibt folgende Information an die Buchhaltung weiter:

Insolvenzverfahren

2 IK 342/22
In dem Insolvenzverfahren über das Vermögen der Firma Boutique „Zapf hat’s e. K.“, Grabengasse 25, 94032 Passau, findet mit Genehmigung des Gerichts die Schlussverteilung statt. Für die festgestellten Forderungen in Höhe von 57.844,00 € steht ein Betrag von 19.666,96 € zur Verteilung zur Verfügung. […]

Amtsgericht Passau – Insolvenzgericht – 09.11.2022

6.2.1 Berechnen Sie die Insolvenzquote.

6.2.2 Auf dem Geschäftsbankkonto von „LILLI“ gehen 7.627,90 € der zweifelhaften Forderungen an „Zapf hat’s“ ein. Der Rest ist verloren. Bilden Sie den erforderlichen Buchungssatz.

6.3 Am 31.12.2022 liegt folgende Tabelle (Auszug) der zweifelhaften Forderungen vor:

	A	B	C	D	E	F
1	**Kunde**	**ZWFO brutto (€)**	**ZWFO netto (€)**	**geschätzter Ausfall (%)**	**geschätzter Ausfall (€)**	
2	...	...	...	...	...	
3	...	...	...	...	...	
4	...	...	...	...	...	
5	Zöllner	16.065,00 €	**(A)**	**(B)**	3.240,00 €	
6				**Geschätzte Ausfälle gesamt**	**14.520,00 €**	
7						

6.3.1 Berechnen Sie die fehlenden Werte (A) und (B) bei Kunde „Zöllner".

6.3.2 Bilden Sie den Buchungssatz für die erforderliche Vorabschlussbuchung.

Aufgabe 7

7.0 Für die Anschaffung eines Lieferwagens hat „LILLI" im Jahr 2019 einen Kredit aufgenommen.

Folgender Tilgungsplan für ein Darlehen liegt auszugsweise vor:

Tilgungsplan für Darlehen Nr. 232/2019

Darlehensbetrag: 69.000,00 € Zinssatz p. a.: 2,60 % Laufzeit: 6 Jahre

Jahr	Zinsen	Tilgung	Annuität	Restschuld
2019	1.794,00 €	11.500,00 €	13.294,00 €	57.500,00 €
2020	1.495,00 €	11.500,00 €	12.995,00 €	46.000,00 €
2021	1.196,00 €	11.500,00 €	12.696,00 €	34.500,00 €
2022	897,00 €	11.500,00 €	12.397,00 €	23.000,00 €
2023	...	...	...	...

7.1.1 Begründen Sie, um welche Art von Darlehen es sich handelt.

7.1.2 Bilden Sie den Buchungssatz für den **Schuldendienst** im Jahr 2022 (Banküberweisung).

7.1.3 Berechnen Sie Zinsen und Restschuld für das Jahr 2023.

7.1.4 Eine Alternative zur Kreditfinanzierung, gerade bei der Beschaffung von Fahrzeugen, stellt das Leasing dar.
Erläutern Sie zwei Vorteile dieser Finanzierungsform.

7.2 Um den geplanten Onlineshop einrichten zu können, stehen Investitionen für die Erweiterung des Lagers an. In diesem Zusammenhang liegen Lilli Stoll zwei Kreditangebote vor:

Gesprächsnotiz

Datum: 5.6.2022 Uhrzeit: 9:15

Firma: Hausbank: Direktinvest Regensburg

Gesprächspartner: Herr Edenhofner

Telefon: Kurzwahl #202 Telefax:

E-Mail: Edenhofner@Direktinvest.de

Betreff:

Kreditbetrag:	140.000,00 €
Laufzeit:	4 Jahre
Zinssatz:	4,5 % p.a.
Disagio:	1 %
Zinssatz effektiv:	4,78 %

Antworten | Weiterleiten | Archivieren | Junk | Löschen

Von: **24Hours OnlineBank** **05.06.2022** **11:17 Uhr**
Betreff: **Kreditangebot**

An: **„LILLI"**

Sehr geehrte Frau Stoll,

vielen Dank für Ihre Kreditanfrage.

Wir können Ihnen die gewünschte Kreditsumme (140.000,00 €, Laufzeit 4 Jahre) zu folgenden Bedingungen anbieten:
Zinssatz: 4,0 % p.a.
Disagio: 1,5 %

Wir freuen uns auf Ihre Rückmeldung.

Mit freundlichen Grüßen
Maxim Drummer, 24Hours OnlineBank

7.2.1 Erklären Sie, was man unter einem Disagio versteht.

7.2.2 Begründen Sie rechnerisch, bei welcher Bank der Kredit aufgenommen werden sollte.

Lösungsvorschlag

1.1 aufgrund der Menge (Mengenrabatt), *Alternativ:* Wiederverkäuferrabatt 1

Erklärung: Fashion-Wear kauft große Mengen und erhält dafür einen Rabatt. Häufig gibt es eine Rabattstaffel: Je größer die eingekaufte Menge, desto höher der gewährte Rabattsatz.
Alternativ: Fashion-Wear ist ein Händler, der die Waren weiterverkauft.

1.2 Die Umsatzsteueridentifikationsnummer wird für die Kontrolle des innergemeinschaftlichen Handels, also den Handel innerhalb der Europäischen Union, benötigt. 1

Erklärung: In den Ländern der EU gibt es unterschiedliche Umsatzsteuersätze. Liefert z. B. ein deutsches Unternehmen (UST-Satz 19 %) Waren in ein anderes EU-Land, z. B. Finnland, ist die Ausfuhr von der Umsatzsteuer befreit. Der finnische Käufer muss die Ware dann zum Umsatzsteuersatz in seinem Land (24 %) versteuern.

1.3

2400 FO	39.739,46 €	an	5000 UEFE	33.394,50 €	
			4800 UST	6.344,96 €	
					3

Erklärung: *2400 FO:* Durch den Zielverkauf nehmen die Forderungen (Aktivkonto) zu → Buchung im Soll.
5000 UEFE: Durch den Verkauf erhöhen sich die Erlöse → Buchung im Haben.
4800 UST: Beim Verkauf fällt Umsatzsteuer an (Passivkonto) → Buchung im Haben.

1.4

6140 AFR	170,00 €	an	2880 KA	202,30 €	
2600 VORST	32,30 €				3

Erklärung: „LILLI" liefert die Waren an Fashion-Wear „frei Haus", trägt also selbst die Kosten für die Auslieferung der Kollektionen an den Kunden.
6140 AFR: Die Kosten für die Spedition stellen für „LILLI" einen Aufwand dar → Buchung im Soll.
2600 VORST: Für die Dienstleistung fällt Vorsteuer an (Aktivkonto) → Buchung im Soll.
2880 KA: Bei dem Beleg handelt es sich um eine Quittung, „LILLI" hat also bar bezahlt. Der Kassenbestand mindert sich → Buchung im Haben.

1.5

Rechnungsbetrag	39.739,46 €	
– 2,5 % Skonto	993,49 €	834,87 € Skonto netto
Überweisungsbetrag	38.745,97 €	158,62 € VORST-Anteil

2800 BK	38.745,97 €	an	2400 FO	39.739,46 €	
5001 EBFE	834,87 €				
4800 UST	158,62 €				5

Erklärung: Der Kunde Fashion-Wear bezahlt innerhalb der Skontofrist – hier ist ein Abgleich mit dem Rechnungsdatum im Beleg erforderlich. Den Skontobetrag (brutto) erhält man, indem vom Rechnungsbetrag (s. Beleg) der Überweisungsbetrag (s. Angabe 1.5) abgezogen wird.
2800 BK: Das Geschäftsbankkonto mehrt sich, wenn der Kunde bezahlt → Buchung im Soll.
5001 EBFE: Durch den Skontoabzug des Kunden müssen die Erlöse berichtigt werden → Buchung im Soll.
4800 UST: Durch den Skontoabzug mindert sich die zu bezahlende Umsatzsteuer (Passivkonto) → Buchung im Soll.
2400 FO: Durch die Begleichung der Rechnung mindern sich die Forderungen (Aktivkonto) → Buchung im Haben.

1.6 Ein virtueller Showroom bietet „LILLI" die Möglichkeit, die Kollektionen ansprechend und zeitgemäß zu präsentieren. Außerdem haben Kunden weltweit und jederzeit die Möglichkeit, sich über die Produkte von „LILLI" zu informieren. 2

Alternative Lösung: Virtuelle Showrooms bieten die Möglichkeit, neue und junge Kundengruppen anzusprechen, die sich v. a. über das Internet informieren. Durch einen eigenen Onlineshop wird der Einzelhandel umgangen, wodurch sich der Gewinn erhöht. Diese Form des Vertriebs erfordert allerdings zunächst Investitionen in die entsprechende Technik und einen höheren Aufwand durch Lagerhaltung und im Vertrieb.

2.1.1 Anstieg der Werbeausgaben: $\frac{(13{,}8-1{,}7)\cdot 100}{1{,}7}=711{,}76$

Die Werbeausgaben für Influencer sind von 2016 bis 2021 um 711,76 % angestiegen. 2

Erklärung: Ausgangswert für die Berechnung sind die Werbeausgaben von 2016. Bis 2021 haben sich die Ausgaben um 12,1 Mrd. Dollar erhöht, das entspricht 711,76 Prozent.
1,7 Mrd. Dollar = 100 %
12,1 Mrd. Dollar = x %

2.1.2 A: richtig B: richtig C: falsch 3

Erklärung: *zu A:* Im Text ist erwähnt, dass in einer Umfrage fast 22 % der Menschen in Deutschland dies schon gemacht haben.
zu B: Hier sind die unteren beiden Kategorien im Säulendiagramm zu addieren (0 bis 50.000 €). Der Wert ist von 2018 bis 2020 von 54 % auf 36 % gesunken, also um ein Drittel.
zu C: Zur Umsatzsteigerung finden sich in Text und Infografik keine Informationen. Das Liniendiagramm zeigt, dass sich die **Ausgaben** für Influencer-Marketing mehr als verdoppelt haben.

2.2.1 Influencer-Marketing ist dem Bereich Kommunikation (Promotion) zuzurechnen. 1

Erklärung: Kommunikationspolitik hat das Ziel, Produktwerbung erfolgreich zu platzieren. Influencer sind Meinungsmacher, deren Produktempfehlungen aufgrund ihrer Glaubwürdigkeit eine hohe Werbewirkung bei den Followern erzielen.

2.2.2 Z. B.: Es handelt sich bei beiden Werbemitteln um klassische Werbeformen. Für Radiowerbung spricht, dass sie eine hohe Reichweite hat und man damit viele potenzielle Kunden erreicht. Plakatwerbung hingegen ist auffällig, springt ins Auge. Das ist insbesondere bei der Vermarktung von Mode ein wichtiges Argument. Insbesondere in Städten erreicht man auch damit viele Menschen. Aus diesem Grund ist Plakatwerbung eine ideale Ergänzung zum Influencer-Marketing. 3

2.3.1 „Blue Gorilla" ist gerade auf dem Markt eingeführt worden. Das Produkt ist noch unbekannt, die Umsätze sind sehr niedrig und die Kollektion verursacht noch Verluste. 2

Erklärung: Das Modell des Produktlebenszyklus beschreibt die verschiedenen Phasen, die ein Produkt in der Regel durchläuft, solange es auf dem Markt ist. Abhängig davon, in welcher Phase sich ein Produkt befindet, kommen verschiedene Marketingstrategien zum Einsatz.

2.3.2 Z. B.: In der Einführungsphase ist es wichtig, den Bekanntheitsgrad eines Produktes zu erhöhen, um höhere Umsätze erzielen und die Gewinnzone erreichen zu können. „LILLI" sollte in Onlinewerbung investieren, da die Zielgruppe der Kollektion, Jugendliche, viel Zeit „im Netz" verbringt. 2

Alternative Antwort: „LILLI" könnte „Blue Gorilla" mit einem niedrigen Preis auf dem Markt einführen und auf diese Weise das Interesse der Zielgruppe (Jugendliche) wecken. Hat sich ein Produkt durchgesetzt, kann in der Wachstumsphase der Preis angehoben werden.

2.4.1 Die Umsätze sind von 2015 bis 2020 stetig gestiegen, in den letzten beiden Jahren aber wieder gesunken. Mit dem Gewinn verhält es sich genauso. Das Produkt „Yeti" befindet sich in der Phase der Sättigung. 2

Erklärung: In der Sättigungsphase sinken Absatz und Gewinn, da das Marktpotenzial bereits ausgeschöpft wurde.

2.4.2 Z. B.: „LILLI" könnte mit einem Relaunch (Neustart) versuchen, den Lebenszyklus von „Yeti" zu verlängern. Dafür sollte das Design angepasst werden und evtl. sollten modernere Materialien verwendet werden. Begleitet wird ein Relaunch meist von umfangreichen Werbemaßnahmen. 2

Alternative Lösung: „LILLI" könnte die Gewinne abschöpfen, aber auf weitere Marketingmaßnahmen verzichten. Wenn „Yeti" die Gewinnzone verlässt, wird das Produkt vom Markt genommen (eliminiert).

3.1.1 Z. B.:
- Auf dem freien Arbeitsmarkt ist die Auswahl an geeigneten Mitarbeitern größer als bei der internen Mitarbeitersuche.
- Externe Mitarbeiter können einem Unternehmen neue Impulse geben. 2

Erklärung: Bei der internen Personalbeschaffung ist der Kreis an geeigneten Bewerbern auf die Unternehmensmitarbeiter begrenzt.

3.1.2 kooperativer Führungsstil 1

Erklärung: Beim kooperativen Führungsstil werden Mitarbeiter – im Gegensatz zum autoritativen Führungsstil – in die Planung der Abläufe und Arbeitsverteilung miteinbezogen.

3.2 Z. B.: Frau Graf weist zwar die niedrigeren Bildungsabschlüsse auf, erfüllt aber die fachlichen Anforderungen an die Stelle. Sie verfügt zudem über eine lange Berufserfahrung im Bereich Rechnungswesen. Außerdem kommt sie aus der Region und ist an einer langfristigen Anstellung interessiert. 3

Alternative Lösung: Frau Burkhardt ist hoch qualifiziert. Sie hat in kurzer Zeit in mehreren Unternehmen und verschiedenen Ländern Berufserfahrung gesammelt, die sie nun bei „LILLI“ einbringen kann. Zudem ist sie, wie ihr beruflicher Werdegang zeigt, belastbar und vielseitig im Unternehmen einsetzbar.

Erklärung: Die wesentlichen Kriterien bei der Entscheidung für Frau Graf sind: fachliche Qualifikation, Berufserfahrung und voraussichtliche Verbleibdauer im Unternehmen. Frau Burkhardt verfügt zwar über eine sehr hohe Qualifikation und hat in den vergangenen Jahren Berufserfahrung in verschiedenen Bereichen gesammelt. Es ist jedoch zu vermuten, dass sie, wie bei ihren vorhergehenden Anstellungen, nur kurz im Unternehmen verbleibt und dann eine neue Herausforderung anstrebt.

3.3 Zeitentgelt/Zeitvergütung 1

Erklärung: Mitarbeiter in der Unternehmensverwaltung erhalten in der Regel eine feste Vergütung pro Monat, die unabhängig von der erbrachten Leistung ist. Im Gegensatz dazu ist beim **Leistungsentgelt** die Höhe von der erbrachten Leistung abhängig. Ein typisches Beispiel hierfür ist der Akkordlohn: Je mehr ein Mitarbeiter produziert, desto höher ist sein Lohn.

3.4.1 Es sind vor allem Frauen, die aufgrund familiärer Verpflichtungen auf eine Vollzeittätigkeit verzichten. 1

Erklärung: Teilzeitarbeit ermöglicht eine bessere Vereinbarkeit von Beruf und Familie, insbesondere, wenn noch kleine Kinder zu betreuen sind.

3.4.2 Z. B.:
- geringeres Einkommen
- geringere Rentenansprüche 2

Erklärung: Neben den bereits genannten negativen Folgen verringern sich durch die Teilzeitarbeit die Aufstiegschancen im Unternehmen und die Integration in die betrieblichen Abläufe. Teilzeitarbeit stellt oft nur einen Zusatzverdienst zum Familieneinkommen dar.

3.5.1 Max Dilbat ist in der Lohnsteuerklasse 3 (verheiratet/eingetragener Lebenspartner) und hat einen Kinderfreibetrag. 2

Erklärung: Jeder Arbeitnehmer ist in eine von sechs Lohnsteuerklassen eingeteilt, die unter anderem vom Familienstand abhängt. Für jedes Kind erhält man einen Kinderfreibetrag, der die Steuerschuld mindert.
Max Dilbat gehört offensichtlich keiner Religionsgemeinschaft an, die Kirchensteuer erhebt – dann wäre noch ein weiterer Zusatz angefügt, z. B. ev. (evangelisch) oder rk (römisch-katholisch).

3.5.2 4840 VSV an 2800 BK 9.160,06 €

3

Erklärung: *Achtung:* Es werden der Arbeitnehmer- und der Arbeitgeberanteil überwiesen!
4840 VSV: Durch die Überweisung mindern sich die Verbindlichkeiten gegenüber Sozialversicherungsträgern → Buchung im Soll.
2800 BK: Der Bestand auf dem Geschäftsbankkonto mindert sich → Buchung im Haben.

4.1.1 Abschreibung: $\frac{43.400,00}{6} = 7.233,33\ €$

Kalkulatorische Zinsen: $\frac{43.400,00 \cdot 5,5}{2 \cdot 100} = 1.193,50\ €$

Summe fixe Kosten:

	7.233,33 €
+	1.193,50 €
+	2.770,00 €
=	11.196,83 €

Gesamtkosten p. a.:

Summe variable Kosten	9.600,00 €
+ Summe fixe Kosten	11.196,83 €
= Gesamtkosten p. a.	20.796,83 €

Kaufempfehlung für die Maschine von Textil-INNOvation, da die jährlichen Gesamtkosten niedriger sind. 5

Erklärung: Mit der Kostenvergleichsrechnung werden die Kosten verschiedener Anlagemöglichkeiten (hier: Textilschneidemaschinen) verglichen.
Variable Kosten hängen von der Anzahl der produzierten Güter ab. Je höher die Produktionsmenge, desto höher sind die Kosten für Personal, Material, Energie und sonstige variable Kosten.
Fixe Kosten dagegen fallen unabhängig von der produzierten Menge an. Bei der Kostenvergleichsrechnung sind dabei drei Positionen zu berücksichtigen:

- Abschreibungen: Der Wertverlust der Maschine pro Jahr
- Kalkulatorische Zinsen: Zinsen, die man erzielt hätte, wenn man die Anschaffungskosten auf dem Kapitalmarkt angelegt hätte
- Sonstige fixe Kosten: z. B. Versicherung, Wartung der Maschine

4.1.2 „LILLI“ kann erwirtschaftete Gewinne im Unternehmen belassen (Gewinnthesaurierung). 1

Alternative Lösung: „LILLI“ kann eigenes Vermögen einbringen oder einen stillen Gesellschafter aufnehmen, der sich finanziell beteiligt.

Erklärung: Bei der Gewinnthesaurierung werden Gewinne nicht ausgeschüttet, sodass finanzielle Mittel in Form von Eigenkapital zur Verfügung stehen. Die aus der Gewinnthesaurierung entstehenden Mittel stehen dem Unternehmen langfristig zur Verfügung.

4.1.3 Durch die Finanzierung von Anlagen aus eigenen Mitteln ist man unabhängig von Gläubigern (Banken). 1

Alternative Lösung: Die Kreditwürdigkeit steigt, die Gefahr von Überschuldung sinkt, das Unternehmen ist krisenfest.

Erklärung: Bei Eigenfinanzierung sind keine Zinsen und Gebühren zu entrichten. Es besteht keine Rückzahlungsverpflichtung.

4.2.1 Abschreibung/Jahr: $\frac{43.400,00}{6} = 7.233,33$ €

Abschreibung im Anschaffungsjahr: $\frac{7.233,33 \cdot 9}{12} = 5.425,00$ €

6520 ABSA	an	0700 MA	5.425,00 €	4

Erklärung: Im Anschaffungsjahr erfolgt eine zeitanteilige Abschreibung. Die Maschine wurde im April gekauft, konnte also im Jahr 2022 neun Monate genutzt werden. Der jährliche Abschreibungsbetrag muss entsprechend umgerechnet werden.
6520 ABSA: Eine Abschreibung stellt einen Werteabfluss (Aufwand) dar → Buchung im Soll.
0700 MA: Die Maschine (Aktivkonto) verliert durch die Nutzung an Wert → Buchung im Haben.

4.2.2	6540 ABGWG	an	0890 GWG	2.610,00 €	3

Erklärung: *6540 ABGWG:* Die Abschreibung der GWG stellt einen Werteabfluss dar, die Aufwendungen erhöhen sich → Buchung im Soll.
0890 GWG: Die Bestände auf 0890 GWG werden am Ende des Anschaffungsjahres **vollständig abgeschrieben**. Das Aktivkonto mindert sich → Buchung im Haben.

4.2.3	2000 R	an	6000 AWR	3.640,00 €	2

Erklärung: Ein Mehrbestand bei den Rohstoffen bedeutet, dass im Lauf des Jahres mehr Rohstoffe gekauft wurden, als in der Produktion verarbeitet werden konnten. Der Lagerbestand hat sich erhöht.
2000 R: Der Bestand im Lager hat sich erhöht → Buchung im Soll.
6000 AWR: Beim Einkauf wurden die Rohstoffe als Aufwand verbucht. Da sie nicht verbraucht wurden, muss der Aufwand korrigiert werden → Buchung im Haben.

5.1.1 Auslastung in Prozent $= \frac{646 \cdot 100}{850} = 76{,}00\ \%$ 1

Erklärung: Kapazität bezeichnet die maximale Menge, die produziert werden kann. Die **Auslastung** gibt an, welcher Anteil der Kapazität genutzt wird. Grundwert für die Auslastung ist die maximale Produktionsmenge.
850 Stück = 100 %
646 Stück = x %

5.1.2

	Modell „Everest" 646 Stück in €	Modell „Zugspitze" 1.148 Stück in €	Gesamt in €
Nettoverkaufserlöse – variable Kosten	④ 206.890,00 € 120.156,00 €	② 332.920,00 € 141.204,00 €	
Deckungsbeitrag – Fixkosten	86.734,00 € ③	191.716,00 €	278.450,00 € 208.300,00 € ①
Betriebsergebnis			70.150,00 €

Nettoverkaufserlös/Stück „Everest": $\frac{206.890{,}00}{646} = 320{,}26\ €$ ⑤

Der Nettoverkaufserlös der Hose „Everest" beträgt 320,26 €. 5

Erklärung:
1. Berechnung des Gesamt-DB ausgehend vom Betriebsergebnis.
2. Berechnung des Gesamt-DB von „Zugspitze".
3. Berechnung des Gesamt-DB von „Everest".
4. Berechnung der gesamten Nettoverkaufserlöse von „Everest".
5. Berechnung des NVE/Stück für „Everest".

5.1.3

TIPP Bei der Gewinnschwellenmenge wird immer aufgerundet!

Gewinnschwellenmenge $= \frac{208.300{,}00}{(290{,}00 - 123{,}00)} = 1.247{,}31$

Es müssen 1.248 Jacken vom Modell „Zugspitze" produziert und verkauft werden, um die Gewinnschwelle zu erreichen. 3

Erklärung: Die Gewinnschwelle ist erreicht, wenn durch den Deckungsbeitrag die gesamten Fixkosten abgedeckt sind. Das Modell „Zugspitze" erzielt einen DB/Stück von 167,00 €, es müssen also 1.248 Stück verkauft werden, um Gewinn zu erzielen.

5.1.4

	Maui	Kohala	Nihoa
DB/Stück	40,00	10,50	29,50
DB gesamt	30.000,00	13.650,00	29.500,00

Mit dem neuen Auftrag kann ein Deckungsbeitrag von 21.500,00 € erzielt werden, 7.850,00 € mehr als mit dem Modell Kohala. Der Auftrag sollte angenommen und die Produktion von Kohala eingestellt werden. 3

Erklärung: Das Produkt Kohala weist zwar einen positiven Deckungsbeitrag auf, allerdings kann durch die Produktion des neuen Produktes ein höherer Deckungsbeitrag und damit ein besseres Betriebsergebnis erzielt werden. Da „LILLI" keine freien Kapazitäten zur Verfügung stehen, um alle vier Hemden zu produzieren, ist es sinnvoll, Kohala zu eliminieren.

5.2.1

6850 REK	720,00 €	an	4400 VE	770,40 €	
2600 VORST	50,40 €				3

Erklärung: *6850 REK:* Auf diesem Konto werden auch Aufwendungen für Bahn-/Flugtickets, Taxi, Restaurants erfasst. Die Aufwendungen erhöhen sich → Buchung im Soll.
2600 VORST: Für Hotelaufenthalte wird der ermäßigte Steuersatz von 7 % berechnet → Buchung im Soll.
4400 VE: Die Verbindlichkeiten mehren sich → Buchung im Haben.

5.2.2 Z. B.:

- Auf Messen trifft sich Fachpublikum, oft aus der ganzen Welt. Ein Messeauftritt bietet also die Möglichkeit, persönliche Kontakte zu knüpfen und neue Kunden und Märkte zu erschließen.
- Durch einen Messeauftritt steigt der Bekanntheitsgrad des Unternehmens in der Branche. 2

Alternative Lösung: Messebesuche bieten die Möglichkeit, das Image zu pflegen und sich über neue Entwicklungen zu informieren.

6.1.1

2470 ZWFO	an	2400 FO	13.542,20 €	
				2

Erklärung: Reagiert ein Kunde nicht auf Mahnungen, muss man davon ausgehen, dass die Zahlung evtl. ausfällt. Es erfolgt eine Umbuchung von einwandfreien auf zweifelhafte Forderungen.
2470 ZWFO: Der Bestand an zweifelhaften Forderungen (Aktivkonto) erhöht sich → Buchung im Soll.
2400 FO: Der Bestand an einwandfreien Forderungen mindert sich → Buchung im Haben.

6.1.2	2400 FO	137,14 €	an	5710 ZE	117,14 €
				5430 ASBE	20,00 €

3

Erklärung: Kommt ein Kunde in Verzug, kann der Gläubiger vom Schuldner den Ersatz des entstandenen Schadens verlangen.
5710 ZE: „LILLI" hat Anspruch auf Verzugszinsen, die Erträge steigen → Buchung im Haben.
5430 ASBE: Außerdem kann der Gläubiger Mahngebühren verlangen (Kosten, die durch das Mahnverfahren entstehen), die Erträge steigen → Buchung im Haben.
2400 FO: Durch die Rechnungsstellung erhöhen sich die Forderungen (Aktivkonto) → Buchung im Soll.

6.2.1 Insolvenzquote in Prozent: $\frac{19.666,96 \cdot 100}{57.844,00} = 34,00\,\%$

Die Insolvenzquote beträgt 34 %. 1

Erklärung: Die Insolvenzquote gibt den Anteil der Forderungen an, den die Gläubiger nach Ende des Insolvenzverfahrens noch erhalten. Grundwert ist die Summe der Forderungen.
57.844,00 € = 100 %
19.666,96 € = x %

6.2.2

TIPP Das Schema zur Ermittlung des Nettoausfalls ist unbedingt als Nebenrechnung anzugeben. Vergewissern Sie sich bei Bildung des Buchungssatzes, dass die Beträge der Sollseite und der Betrag auf der Habenseite übereinstimmen: „Sollbuchung = Habenbuchung"

ZWFO	11.483,50 €
– Zahlungseingang	7.627,90 €
Ausfall (brutto)	3.855,60 €
– Umsatzsteuer	615,60 €
= Ausfall (netto)	3.240,00 €

2800 BK	7.627,90 €	an	2470 ZWFO	11.483,50 €
6950 ABFO	3.240,00 €			
4800 UST	615,60 €			

5

Erklärung: *2470 ZWFO:* Das Insolvenzverfahren ist beendet und die gegenüber dem Kunden bestehende zweifelhafte Forderung (Aktivkonto) wird aufgelöst → Buchung im Haben.
2800 BK: Von der ursprünglichen Forderung (11.483,50 €) gehen nur 7.627,90 € auf dem Konto ein → Buchung im Soll.
6950 ABFO: Der Nettoausfall (3.240,00 €) muss abgeschrieben werden, die Aufwendungen mehren sich → Buchung im Soll.

4800 UST: „LILLI" erhält nur einen Teil der Forderungen, also muss die Umsatzsteuer korrigiert werden → Buchung im Soll. Ohne Korrektur würde „LILLI" zu viel Umsatzsteuer ans Finanzamt überweisen.

6.3.1 (A): $\frac{16.065,00 \cdot 100}{119} = 13.500,00\ €$

Der Nettowert der zweifelhaften Forderung gegenüber Zöllner beträgt 13.500,00 €. 1

(B): $\frac{3.240,00\ € \cdot 100}{13.500,00\ €} = 24\ \%$

Der Ausfall beträgt 24 %. 1

Erklärung: Am Jahresende werden die zweifelhaften Forderungen bewertet. Dabei wird bei jeder ZWFO das Ausfallrisiko geschätzt. Abgeschrieben wird der **Nettowert**.

6.3.2 6950 ABFO an 3670 EWB 14.520,00 € 2

Erklärung: *6950 ABFO:* Der erwartete Ausfall der ZWFO (Nettowert) wird abgeschrieben, die Aufwendungen mehren sich → Buchung im Soll.
3670 EWB: Der geschätzte Ausfall (netto) wird auf dem Passivkonto EWB erfasst → Buchung im Haben.
Auf diese Weise stehen den zweifelhaften Forderungen (Aktivkonto) in der Bilanz die erwarteten Ausfälle (EWB = Passivkonto) gegenüber.

7.1.1 Es handelt sich um ein Abzahlungsdarlehen. Die Tilgung bleibt konstant, während sich die Annuität aufgrund der sinkenden Zinszahlungen verringert. 2

Erklärung: Beim Annuitätendarlehen bleibt hingegen die Annuität (Tilgung + Zinsen) konstant.

7.1.2

4250 LBKV	11.500,00 €	an	2800 BK	12.397,00 €
7510 ZAW	897,00 €			3

Erklärung: Die Zinszahlung und Tilgung eines Schuldners werden als Schuldendienst bezeichnet.
4250 LBKV: Durch die Tilgung mindern sich die langfristigen Bankverbindlichkeiten → Buchung im Soll.
7510 ZAW: Der Zinsaufwand steigt → Buchung im Soll.
2800 BK: Der Bestand des Geschäftskontos mindert sich → Buchung im Haben.

7.1.3 Zinsen: $\frac{23.000,00 \cdot 2,6}{100} = 598,00\ €$

Restschuld: 23.000,00 – 11.500,00 = 11.500,00 € 2

Erklärung: Die Zinsen (2,6 %) für das Jahr 2023 werden von der Restschuld des Jahres 2022 berechnet. Um die Restschuld für 2023 zu erhalten, muss die Tilgung von der bestehenden Restschuld im Jahr 2022 subtrahiert werden.

7.1.4 Z. B.:

- geringer Liquiditätsbedarf
- (kurzzeitiges) Leasing modernster Modelle (Fahrzeug, Maschine, PC etc.) auf dem jeweils aktuellen technischen Stand 2

Weitere Vorteile: kurze Laufzeiten des Leasingvertrages bieten hohe unternehmerische Flexibilität; die Risiken trägt die Leasinggesellschaft; Unternehmen können Leasingaufwand steuerlich absetzen.

Erklärung: Der Leasingnehmer ist nur für eine vertraglich vereinbarte Laufzeit im Besitz des Leasingguts. Er entrichtet eine einmalige Sonderzahlung sowie monatliche Leasingraten. Am Ende der Laufzeit gibt er die Sache zurück oder erwirbt sie zum Restwert.

7.2.1 Ein Disagio ist ein vorausbezahlter Zins. 1

Erklärung: Das Damnum (auch: Abgeld) wird vom Kreditbetrag abgezogen. Der Darlehensnehmer erhält also nicht den gesamten Darlehensbetrag ausbezahlt.

7.2.2 Ermittlung effektiver Zinssatz 24Hours OnlineBank:

Ausgezahltes Kapital:	Kreditbetrag	140.000,00 €	100,0 %
	– Disagio	2.100,00 €	1,5 %
	= Auszahlungsbetrag	137.900,00 €	98,5 %

Zinsen in Euro: $\frac{140.000,00 \cdot 4,0 \cdot 1.440}{100 \cdot 360} = 22.400,00\ €$

Kreditkosten:	Zinsen	22.400,00 €
	+ Disagio	2.100,00 €
	= Kreditkosten	24.500,00 €

Effektiver Zinssatz:

$$\frac{\text{Kreditkosten} \cdot 100 \cdot 360}{\text{Ausgezahltes Kapital} \cdot \text{Tage}} = \frac{24.500,00 \cdot 100 \cdot 360}{137.900,00 \cdot 1.440} = 4,44\ \%$$

Der Kredit sollte bei der 24Hours OnlineBank aufgenommen werden, da die effektive Verzinsung mit 4,44 % niedriger ist als bei der Hausbank. 5

Erklärung: Der Nominalzinssatz ist bei den beiden Angeboten nur bedingt aussagekräftig, da zusätzlich ein Disagio (vorausbezahlter Zins) zu berücksichtigen ist. Der effektive Zinssatz berechnet das Disagio mit ein.
Zu berechnen sind:

- der Auszahlungsbetrag: Kreditbetrag – Disagio
- die gesamten Kreditkosten: Zinsen + Disagio

Bayern – Realschule

Offizielle Musterprüfung – Allgemeine Hinweise des ISB

Mit der Einführung des LehrplanPLUS wird zum Schuljahr 2022/23 die Abschlussprüfung im Fach Betriebswirtschaftslehre/Rechnungswesen (BwR) an bayerischen Realschulen weiterentwickelt, um den Kompetenzerwartungen und Inhalten des LehrplanPLUS sowie einer geänderten Leistungsbewertung Rechnung zu tragen. Weiterhin Bestand hat eine integrierte Aufgabenstellung aus betriebswirtschaftlichen Fragestellungen, Rechenteilen und Buchführungsteilen. Aufgrund der größeren Gewichtung von betriebswirtschaftlichen Kompetenzerwartungen im LehrplanPLUS steigt der Anteil der betriebswirtschaftlichen Fragestellungen. Im Hinblick auf Prüfungsumfang und Prüfungsdauer ergeben sich jedoch keine Änderungen.
Erstmals erfolgt die Durchführung der Abschlussprüfung in ihrer weiterentwickelten Form im Schuljahr 2022/23.

Zur Orientierung bei der Vorbereitung auf die Abschlussprüfungen nach LehrplanPLUS steht eine Beispielabschlussprüfung zur Verfügung. Diese ist im LIS-Serviceteil beim Fach Betriebswirtschaftslehre/Rechnungswesen Jahrgangstufe 10 unter Materialien veröffentlicht bzw. unter nachfolgendem Link zu finden:
https://www.lehrplanplus.bayern.de/zusatzinformationen/material/kapitel/68720/fachlehrplaene/realschule/10/bwl-rechnungswesen

Die veröffentlichte Beispielabschlussprüfung hat einen rein informativen und exemplarischen Charakter. Daher sind verbindliche Rückschlüsse auf Prüfungsaufgaben nicht möglich.

Neben der Beispielabschlussprüfung sind im LIS-Serviceteil auch exemplarische Leistungsaufgaben für die verschiedenen Jahrgangsstufen veröffentlicht, die ebenfalls der Orientierung dienen können.

Weitere Informationen zur Weiterentwicklung der Abschlussprüfungen an bayerischen Realschulen in den Fächern Mathematik, Deutsch, Betriebswirtschaftslehre/Rechnungswesen und Physik ab dem Schuljahr 2022/23 finden Sie auch im KMS Nr. IV.2 – BS 6500 – 5.69 306 vom 09.09.2019.

Hinweise zur vorliegenden Beispielabschlussprüfung

- Die Aufgaben beziehen sich auf das Modellunternehmen „Tobias Steinbach Elektrogabelstapler e. K." – kurz „TSE", mit dem Geschäftsjahr 2022.
- Ein Notenschlüssel zur vorliegenden Beispielabschlussprüfung wurde nicht erstellt.

Bayern – Realschule

Offizielle Musterprüfung – Pflichtaufgaben

Als Mitarbeiterin bzw. Mitarbeiter im Unternehmen „Tobias Steinbach Elektrogabelstapler e. K.“, kurz „TSE“, bearbeiten Sie verschiedene betriebswirtschaftliche Aufgaben.

Informationen zum Unternehmen:

*Tobias **S**teinbach **E**lektrogabelstapler e. K.*
Gewerbering 150
83646 Bad Tölz

Inhaber:	Tobias Steinbach
Rechtsform:	Einzelunternehmen
Geschäftsjahr:	1. Januar bis 31. Dezember 2022
Zweck des Unternehmens:	Hauptwerk Bad Tölz: Herstellung von Elektrogabelstaplern Zweigwerk Grünmarkt: Herstellung von Autoanhängern
Unternehmensphilosophie:	Beste Qualität für zuverlässige und umweltbewusste Lagerhaltung

Werkstoffe:

Rohstoffe
Bleche aus Stahl und Aluminium

Fremdbauteile
Räder, Achsen, Elektromotoren, …

Hilfsstoffe
Farben, Schrauben, …

Betriebsstoffe
Strom, Gas, Öl, …

Formale Vorgaben:

- Bei Buchungssätzen sind stets Kontennummern, Kontennamen (abgekürzt möglich) und Beträge anzugeben.
- Bei Berechnungen sind jeweils alle notwendigen Lösungsschritte und Nebenrechnungen darzustellen.
- Alle Ergebnisse sind in der Regel auf zwei Nachkommastellen gerundet anzugeben.
- Soweit nicht anders vermerkt, gilt ein Umsatzsteuersatz von 19 %.

Aufgabe 1

Im Unternehmen „TSE“ liegt folgender Beleg vor:

Tobias Steinbach Elektrogabelstapler e. K.

Tobias Steinbach Elektrogabelstapler e. K. * Gewerbering 150 * 83646 Bad Tölz

Baumaschinen Burger GmbH
Memminger Straße 12
87719 Mindelheim

Tobias Steinbach Elektrogabelstapler e. K.
Gewerbering 150
83646 Bad Tölz

Tel.: +49 (0)8041 0880-0
Fax: +49 (0)8041 0880-224
E-Mail: service@tse.xyz
Internet: www.tse.xyz

Rechnung Nr. 22/1028

Rechnungsdatum: 26. Januar 2022
(Bei Zahlungen bitte angeben!)

Bestellnummer: 2200022

Lieferdatum: 26.01.2022

Kunden-Nr: 23401

Ansprechpartner: Herr Höhbauer

Aufgrund Ihrer Bestellung lieferten wir Ihnen frei Haus:

Pos.	Artikelbezeichnung	Menge	Einzelpreis	Gesamtpreis
1	Elektrogabelstapler „E-Power“	5	19.990,00 €	99.950,00 €
2	Elektrogabelstapler „Lupfi“	8	13.756,25 €	110.050,00 €
		Zwischensumme		210.000,00 €
		– 10 % Neukundenrabatt		21.000,00 €
		Warenwert		189.000,00 €
		+ 19 % Umsatzsteuer		35.910,00 €
		Rechnungsbetrag		**224.910,00 €**

Herzlichen Dank für Ihr Vertrauen!

Zahlung fällig am 26. Februar 2022 rein netto
Bei Zahlung bis zum 5. Februar 2022 gewähren wir 3% Skonto.

Die gelieferte Ware bleibt bis zur vollständigen Bezahlung Eigentum
von Tobias Steinbach Elektrogabelstapler e. K.

Innovative Elektrogabelstapler von TSE: Leistungsstark, effizient, umweltschonend

Bayeralpbank Bad Tölz
IBAN: DE22 7007 1200 0012 8478 95
BIC: BAYADEF1BXX

Amtsgericht Wolfratshausen HRA 6384
USt.-IdNr.: DE816070475
Steuernr.: 104/5056/0651

1.1 Geben Sie auf dem Lösungsblatt unter Angabe des Kennbuchstabens an, ob die Aussagen A bis C richtig oder falsch sind.

A	Im Gegensatz zur „Baumaschinen Burger GmbH“ haftet Tobias Steinbach auch mit seinem Privatvermögen.
B	Beim vorliegenden Eigentumsvorbehalt sichert sich „TSE“ das Eigentum an der Ware bis zur vollständigen Zahlung.
C	Tobias Steinbach gewährt aufgrund der gekauften Menge einen Skonto.

1.2 Bei der Lieferung frei Haus trägt „TSE“ die Kosten der Lieferung. Begründen Sie anhand eines Aspekts die Entscheidung von Tobias Steinbach, dem Neukunden „Baumaschinen Burger GmbH“ diese Lieferbedingung zu gewähren.

1.3 Bilden Sie den Buchungssatz zu nebenstehender Rechnung Nr. 22/1028.

1.4 Am 04.02.2022 erfolgt der Zahlungseingang für die Rechnung Nr. 22/1028 auf dem Geschäftsbankkonto von „TSE“.
Bilden Sie den Buchungssatz.

1.5 Tobias Steinbach betrachtet folgende Portfolio-Matrix, um die Verkaufszahlen durch entsprechende Marketing-Maßnahmen zu erhöhen:

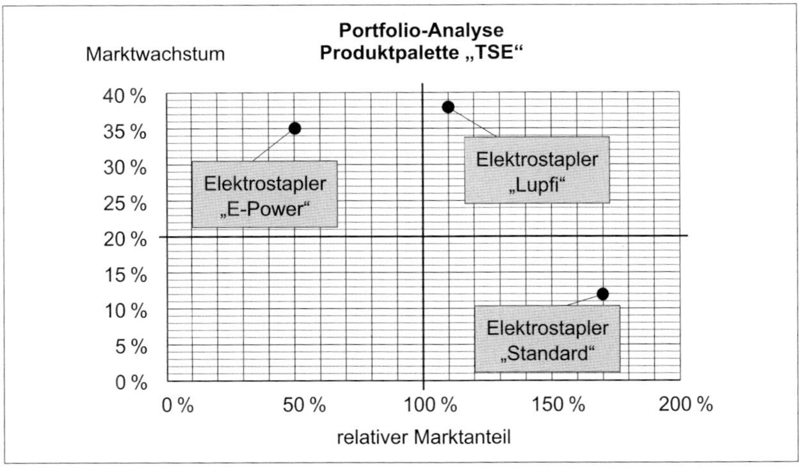

1.5.1 Charakterisieren Sie die Position des Modells „E-Power“ im Koordinatensystem mithilfe der Begriffe der Portfolio-Analyse.

1.5.2 Leiten Sie aufgrund der Position des Modells „Lupfi“ in der Portfolio-Matrix eine konkrete Marketing-Maßnahme für „TSE“ ab.

Aufgabe 2

Tobias Steinbach hat sich im Rahmen der externen Personalbeschaffung dafür entschieden, Luis Beck als neuen Monteur in der Produktion einzustellen.

2.1 Grenzen Sie die Begriffe externe und interne Personalbeschaffung voneinander ab.

2.2 Luis Beck ist alleinerziehend und betreut seine zwei Kinder. Entscheiden Sie sich für eine geeignete Arbeitsform.

2.3 Ihnen liegt auszugsweise das Lohn-/Gehaltsjournal des Unternehmens „TSE“ für den Monat März vor:

Lohn-/Gehaltsjournal

Tobias Steinbach Elektrogabelstapler e. K.
Monat März 2022

Tobias Steinbach
Gewerbering 150
83646 Bad Tölz

Name	Brutto	Steuern	Soz. Vers. AN	Soz. Vers. AG	Netto
Beck, Luis	2.750,00 €	354,25 €	546,57 €	546,57 €	1.849,18 €
Eberl, Anian	3.840,00 €	330,18 €	763,20 €	763,20 €	2.746,62 €
...	...	...	...	...	...
Summe	**84.029,00 €**	**12.989,00 €**	**16.671,00 €**	**16.671,00 €**	**54.369,00€**

2.3.1 Bilden Sie auf Grundlage des Lohn-/Gehaltsjournals die Buchungssätze zur Erfassung des gesamten Personalaufwands, wenn die Auszahlung per Banküberweisung erfolgt.

2.3.2 Am 10. April werden die einbehaltenen Steuerabzüge der Arbeitnehmer an das Finanzamt Bad Tölz überwiesen. Bilden Sie hierzu den Buchungssatz.

2.4 Die Aufbauorganisation des Unternehmens „TSE“ ist durch ein Einliniensystem gekennzeichnet.

2.4.1 Entscheiden Sie sich bei der Zuordnung des Mitarbeiters Luis Beck für eine bestimmte Hierarchieebene.

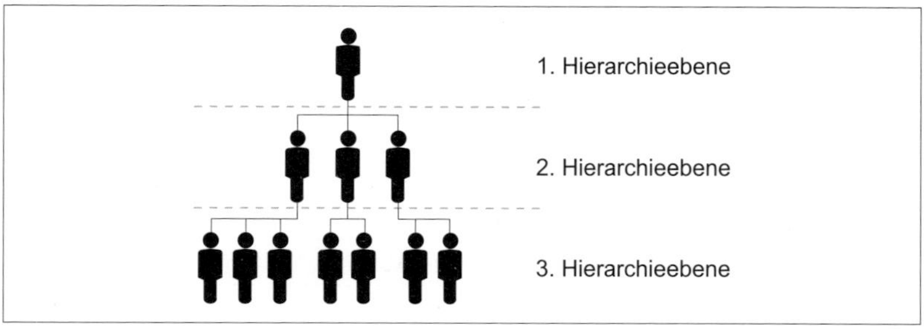

2.4.2 Vergleichen Sie das Einliniensystem mit dem Mehrliniensystem anhand eines unterschiedlichen Merkmals.

2.5 Schließen Sie aufgrund der vorliegenden Aussage von Luis Beck auf die Führungstechnik und den Führungsstil von Tobias Steinbach:

> „Wir alle dürfen in verschiedensten Bereichen eigenverantwortlich mitbestimmen und es werden uns Aufgaben übertragen, die jederzeit machbar sind. Es herrscht ein vertrauensvolles und partnerschaftliches Arbeitsklima im Unternehmen. Außerdem hat Herr Steinbach bei Schwierigkeiten oder Problemen immer ein offenes Ohr und unterstützt uns."

Aufgabe 3

Tobias Steinbach plant den Ersatz einer alten Maschine durch eine moderne, energiesparende CNC-Fräsmaschine. Aufgrund der langjährig hervorragenden Auftragslage ist eine Selbstfinanzierung dieser Fräsmaschine in voller Höhe möglich.

3.1 Geben Sie das Investitionsziel zu dieser Anschaffung an.

3.2 Tobias Steinbach äußert sich zur Finanzierung:

> „Unsere Kunden haben die Anschaffung der neuen CNC-Fräsmaschine ermöglicht, da wir die Abschreibungen in die Verkaufspreise einkalkulieren."

Beurteilen Sie diese Aussage mithilfe des Abschreibungskreislaufs.

3.3 Die Daten von zwei unterschiedlichen Anbietern für CNC-Fräsmaschinen hat „TSE" gegenübergestellt. Der kalkulatorische Zinssatz beträgt 5,5 %.

Angebot 1: CNC-Fräsmaschine EXAKT 4000	
Anschaffungskosten	360.000,00 €
Nutzungsdauer	5 Jahre
Produktionsmenge	70 000 Stück/Jahr
Gewinnerwartung pro Stück	0,32 €
Durchschnittliche Gesamtkosten pro Jahr	138.000,00 €
Weitere Informationen zum Lieferer	– Kostenloser Wartungsservice – Sitz des Lieferers: München
Angebot 2: CNC-Fräsmaschine Sayo-Nara	
Amortisationszeit	3,46 Jahre
Durchschnittliche Gesamtkosten pro Jahr	145.000,00 €
Weitere Informationen zum Lieferer	Sitz des Lieferers: Südkorea

3.3.1 Berechnen Sie die Amortisationszeit des ersten Angebots.

3.3.2 „TSE“ entscheidet sich für das Angebot 1. Nennen Sie hierfür neben der Amortisationszeit einen weiteren Grund.

3.3.3 Ihnen liegt folgender Belegauszug vor. Bilden Sie den Buchungssatz.

Maschinenbau Bayern GmbH

Maschinenbau Bayern GmbH, Industriestr. 11, 80339 München

Kundendienst-Hotline
+49 (0)812 09133-1

Tobias Steinbach Elektrogabelstapler e. K.
Gewerbering 150
83646 Bad Tölz

Rechnung Nr. 23467/2022 25.06.2022

Artikel	Menge	Preis je Einheit	Betrag
CNC-Fräsmaschine EXAKT 4 000	1	355.000,00 €	355.000,00 €
Montage und Installation	1	5.000,00 €	5.000,00 €
	Gesamt		360.000,00 €
	+ 19 % Umsatzsteuer		68.400,00 €
	Rechnungsbetrag		428.400,00 €

Aufgabe 4

Das Unternehmen „TSE“ produziert in seinem Zweigwerk in Grünmarkt die beiden Autoanhänger „Packhorse“ und „Trailer“. Für das 2. Quartal liegen Ihnen folgende Daten vor:

2. Quartal 2022	Modell „Packhorse“	Modell „Trailer“
Nettoverkaufspreis/Stück	1.500,00 €	2.600,00 €
Variable Kosten/Stück	1.150,00 €	1.800,00 €
Kapazitätsauslastung	45 %	80 %
■ Produktion (Absatz) in Stück □ freie Kapazität in Stück	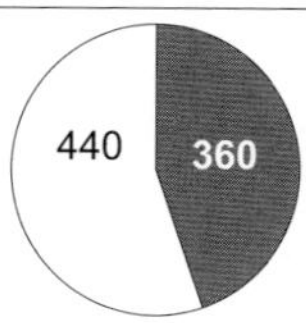	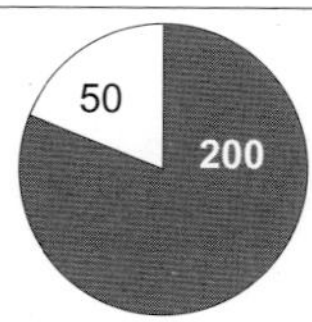
Fixkosten	311.000,00 €	

4.1 Berechnen Sie das gesamte Betriebsergebnis im Zweigwerk für das 2. Quartal 2022.

4.2 Folgende Anfrage geht per E-Mail ein. Weisen Sie durch Berechnung nach, dass der Zusatzauftrag das Betriebsergebnis verbessert.

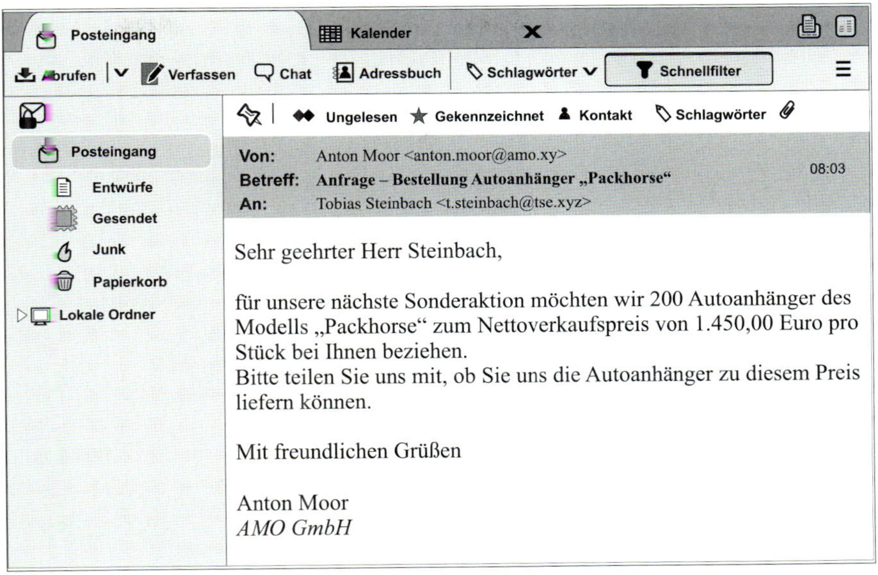

Von: Anton Moor <anton.moor@amo.xy>
Betreff: **Anfrage – Bestellung Autoanhänger „Packhorse"** 08:03
An: Tobias Steinbach <t.steinbach@tse.xyz>

Sehr geehrter Herr Steinbach,

für unsere nächste Sonderaktion möchten wir 200 Autoanhänger des Modells „Packhorse" zum Nettoverkaufspreis von 1.450,00 Euro pro Stück bei Ihnen beziehen.
Bitte teilen Sie uns mit, ob Sie uns die Autoanhänger zu diesem Preis liefern können.

Mit freundlichen Grüßen

Anton Moor
AMO GmbH

4.3 Durch Billigimporte kann das Modell „Packhorse" nicht mehr abgesetzt werden. Die Produktion des Modells wird Ende des 3. Quartals deshalb eingestellt. Die Fixkosten betragen nun 170.000,00 €.
Berechnen Sie die Stückzahl des Modells „Trailer", die abgesetzt werden muss, um einen Gewinn zu erwirtschaften.

4.4 Aufgrund freier Kapazitäten wird im Zweigwerk die Eigenfertigung der Achsen für das Modell „Trailer" beabsichtigt. Hierzu liegen folgende Daten vor:

EIGENFERTIGUNG	
Variable Kosten/Stück	192,00 €
Fixe Kosten im Quartal	15.850,00 €

FREMDBEZUG	
Listeneinkaufspreis (Stück)	260,00 €
– Liefererrabatt 20 %	52,00 €
Einstandspreis (Stück)	208,00 €
Lieferung frei Haus	

4.4.1 „TSE" benötigt 500 Achsen je Quartal für das Anhängermodell „Trailer". Überprüfen Sie rechnerisch, ob „TSE" die Achsen in Eigenfertigung produzieren oder den Fremdbezug der Achsen fortführen sollte.

4.4.2 Nennen Sie einen Nachteil des Fremdbezugs von Achsen im Unternehmen „TSE“.

4.4.3 Tobias Steinbach entscheidet sich nach Abwägung der Vor- und Nachteile für den Fremdbezug.
Bilden Sie den Buchungssatz für den vorliegenden Beleg:

Passauer Achsentechnik GmbH

Passauer Achsentechnik GmbH * Donaustraße 100 * 94034 Passau

Tobias Steinbach Elektrogabelstapler e. K.
Gewerbering 150
83646 Bad Tölz

Passauer Achsentechnik GmbH
Donaustraße 100
94034 Passau

Telefon: +49 (0)851 0439-0
Telefax: +49 (0)851 043-12
E-Mail: service@achsentechnik.xz
Internet: www.achsentechnik.xz

Rechnung Nr. 22070121

Kundennummer: 22/0298
Ihre Bestellung vom 14.09.2022

Passau, 12.10.2022

Wir lieferten Ihnen am 12.10.2022 in Ihr Zweigwerk in Grünmarkt:

Artikel	Menge	Einzelpreis	Gesamtpreis
Anhängerachse AT10	120	260,00 €	31.200,00 €
	– 20 % Rabatt		6.240,00 €
	Warenwert		24.960,00 €
	+ 19 % Umsatzsteuer		4.742,40 €
	Rechnungsbetrag		**29.702,40 €**

Wir bedanken uns für Ihren Auftrag!

Zahlungsbedingungen: Zahlbar innerhalb von 30 Tagen rein netto.
Die gelieferte Ware bleibt bis zur vollständigen Bezahlung unser Eigentum.

Bankverbindung: Dreiflüssebank Passau
IBAN: DE23 7407 5000 1203 9452 68
BIC: DBNKDEF1PAS

Amtsgericht Passau HRB 5664
USt.-IdNr.: DE245002410
Steuernr.: 153/164/20651

Geschäftsführung: Dr. Florian Kust – Sitz der Gesellschaft: Passau

Aufgabe 5

Der Server im Unternehmen „TSE“ ist veraltet und soll zeitnah ersetzt werden. Tobias Steinbach möchte den Serverkauf teilweise mit eigenen Mitteln finanzieren.

5.1 Um einen Einblick in die Vermögens- und Kapitalsituation zu erhalten, betrachtet Tobias Steinbach die aufbereitete Bilanz:

Aktiva	Aufbereitete Bilanz zum 31.12.2021 in €		Passiva
A. Anlagevermögen	4.590.000,00	**A. Eigenkapital**	4.488.000,00
B. Umlaufvermögen		**B. Fremdkapital (FK)**	
I. Vorräte	1.091.400,00	I. Langfristiges FK	1.428.000,00
II. Forderungen	740.520,00	II. Kurzfristiges FK	903.720,00
III. Flüssige Mittel	397.800,00		
	6.819.720,00		6.819.720,00

5.1.1 Berechnen Sie die Kennzahl der Eigenkapitalquote.

5.1.2 Für die Finanzierung von Sachanlagen sollte auch die Kennzahl der Anlagendeckung II betrachtet werden. Berechnen und beurteilen Sie die Anlagendeckung II.

5.2 Erklären Sie die „Goldene Finanzierungsregel“ in Bezug auf die Finanzierung des Servers bei einer Nutzungsdauer von sieben Jahren.

5.3 Tobias Steinbach liegen zwei Kreditangebote vor:

Kreditkonditionen	Sparbank Lenggries	Bayeralpbank Bad Tölz
Kreditbetrag	45.000,00 €	45.000,00 €
Zinssatz p. a.	1,9 %	1,7 %
Disagio	0,5 %	1,0 %
Laufzeit (Tage)	1.888	1.888
Effektiver Zinssatz	2,01 %	**? %**

5.3.1 Weisen Sie durch Berechnung nach, dass sich Tobias Steinbach für das Angebot der Bayeralpbank Bad Tölz entscheiden sollte.

5.3.2 Tobias Steinbach hat sich für das Kreditangebot der Bayeralpbank Bad Tölz entschieden. Bilden Sie den Buchungssatz für die Kreditaufnahme.

5.4 Für den neu erworbenen Server hat Tobias Steinbach eine Versicherung abgeschlossen.
Bilden Sie den Buchungssatz für die vorbereitende Abschlussbuchung zum 31.12. auf Grundlage des nachfolgenden Belegs:

BAYERALPBANK BAD TÖLZ

IBAN	DE22 7007 1200 0012 8478 95	Auszug/Jahr	84/2022
BIC	BAYADEF1BXX	Blatt-Nr.	1

Kontoauszug Betrag in €

BuTag	**Wert**	**Vorgang**	**Alter Kontostand**	11.536,54 +
01.12.	01.12.	Server-Versicherung Dez. 2022 bis Feb. 2023		990,00 –
			Neuer Kontostand	10.546,54 +

Tobias Steinbach Elektrogabelstapler e. K., 83646 Bad Tölz

Bayeralpbank – Ihre Servicebank
Erstellungstag: 02.12.2022 / 09:14 Letzte Erstellung 30.11.2022

Aufgabe 6

6.0 Im Unternehmen „TSE“ soll im Rahmen einer betriebsinternen Fortbildung die Vollkostenrechnung thematisiert werden.

6.1 Ihnen liegt aus der Kosten- und Leistungsrechnung für das 2. Quartal ein unvollständiger Auszug des Betriebsabrechnungsbogens (BAB) vor:

Betriebsabrechnungsbogen für das 2. Quartal 2022						
Gemeinkostenarten	Zahlen der KLR	Verteilungsgrundlage	Kostenstellen			
			I Material	II Fertigung	III Verwaltung	IV Vertrieb
Hilfsstoffe	24.480,00 €	Belege	880,00 €	23.600,00 €	–	–
Mietaufwendungen	9.600,00 €	Fläche	1.200,00 €	6.600,00 €	–	1.800,00 €
…	…	…	…	…	…	…
Kalk. Abschreibung	17.496,00 €	Wert Sachanlagen	972,00 €	12.052,80 €	1.944,00 €	2.527,20 €
Kalk. Unternehmerlohn	25.128,00 €	Prozentsätze	2.512,80 €	12.564,00 €	6.282,00 €	3.769,20 €
Summe der Gemeinkosten	**279.638,00 €**		**13.563,00 €**	**201.600,00 €**	**41.264,00 €**	**23.211,00 €**
		Zuschlagsgrundlage	**150.700,00 €**	**144.000,00 €**		
		Zuschlagssatz	**9 %**	**140 %**		

6.1.1 Definieren Sie den Begriff Kostenstelle.

6.1.2 Überprüfen Sie die folgenden Aussagen zum BAB. Geben Sie auf Ihrem Lösungsblatt den Kennbuchstaben der nicht zutreffenden Aussage an und berichtigen Sie diese.

A	Der BAB dient der verursachungsgerechten Verteilung der Gemeinkosten auf die einzelnen Kostenstellen.
B	Der kalkulatorische Unternehmerlohn zählt zu den Anderskosten.
C	Einige Gemeinkosten können direkt, z. B. mithilfe von Belegen, auf die Kostenstellen zugerechnet werden.

6.1.3 Im Unternehmen „TSE“ wurde bei den fertigen und unfertigen Erzeugnissen im 2. Quartal eine Bestandsminderung von 5.937,00 € ermittelt.
Berechnen Sie die Höhe der Herstellkosten des Umsatzes, wenn die Materialkosten 164.263,00 € betragen.

6.2 Aufgrund der Konkurrenzsituation schlägt die Marketingabteilung für den Elektrogabelstapler „Standard“ einen Listenverkaufspreis von 15.999,00 € vor.

6.2.1 Bewerten Sie die Vorgehensweise der Marketingabteilung bei der Festlegung des Listenverkaufspreises.

6.2.2 Berechnen Sie mithilfe der nachfolgenden Daten den Gewinn in Euro.

Daten zum Elektrogabelstapler „Standard“		
	Selbstkosten	11.500,00 €
	Kundenrabatt	20 %
	Gewinn	?

6.3 „TSE“ erhält vom Handelsvertreter „Meier“ eine Rechnung für die Provision für das 3. Quartal über 16.660,00 € brutto.
Bilden Sie den Buchungssatz.

Aufgabe 7

7.0 Tobias Steinbach möchte liquide Mittel langfristig ertragreich anlegen. Während eines Telefonats mit seinem Anlageberater macht er sich folgende Notizen:

Möglichkeiten der Geldanlage	Rendite	Sicherheit	Liquidität
Immobilien	hoch	hoch	(A)
Termineinlagen	niedrig	(B)	niedrig
Aktien	(C)	niedrig	hoch

7.1 Geben Sie auf Ihrem Lösungsblatt jeweils unter Angabe des Kennbuchstabens die zutreffenden Begriffe für die Lücken A bis C an.

7.2 Um den Zielkonflikt im Rahmen des magischen Dreiecks der Geldanlage möglichst gering zu halten, schlägt der Anlageberater eine „Diversifikation“ der Geldanlage vor. Erklären Sie den Begriff „Diversifikation“.

7.3 Tobias Steinbach entscheidet sich für den Kauf von 900 Aktien des Ökostromanbieters „PowGreen AG“ zum Kurs von 51,50 €, um eine nachhaltige Geldanlage zu tätigen.

7.3.1 Nennen Sie neben dem ökologischen einen weiteren Aspekt der nachhaltigen Geldanlage.

7.3.2 Bilden Sie den Buchungssatz für den Kauf der Aktien per Banklastschrift, wenn Spesen in Höhe von 1 % vom Kurswert anfallen.

7.4 Während der Besitzdauer der „PowGreen AG"-Aktien wird „TSE" eine Gesamtdividende von 1.350,00 € überwiesen.
Bilden Sie den Buchungssatz.

7.5 Tobias Steinbach muss die „PowGreen AG"-Aktien wieder verkaufen, weil er dringend flüssige Mittel für eine Investition benötigt.
Bilden Sie den Buchungssatz zu folgendem Belegauszug:

BAYERALPBANK BAD TÖLZ **Wertpapier-Verkauf**

Tobias Steinbach Elektrogabelstapler e. K.
Gewerbering 150
83646 Bad Tölz

Börse	München
Depot-Nr.	5943006143
Auftragsnummer	005999/22
Auftragsdatum	15. 07. 2022
Wert/Valuta	16. 07. 2022

Wertpapierbezeichnung: PowGreen AG
ISIN: DE0008756812 / WKN: 259
Stückzahl: 900
Kurs: 55.00 €

Kurswert	49.500,00 €
Spesen 1 % v. Kurswert	495,00 €
Gutschrift	**49.005,00 €**

Aufgabe 8

8.0 Das Unternehmen „TSE“ hat bewusst den Standort für sein Zweigwerk in Grünmarkt gewählt. Ihnen liegt eine Werbeanzeige dieser Stadt vor:

Bild „Windrad“: MZACHA/RGBStock.com

8.1 Nennen Sie zwei weiche Standortfaktoren der Stadt Grünmarkt, die in dieser Anzeige hervorgehoben werden.

8.2 Die Gewerbesteuer stellt für alle Unternehmen einen harten Standortfaktor dar.

8.2.1 Begründen Sie, dass diese Aussage zutreffend ist.

8.2.2 „TSE“ hat einen Gewinn (Gewerbeertrag) in Höhe von 224.500,00 € erzielt und kann einen Freibetrag von 24.500,00 € nutzen.

Berechnen Sie mithilfe der Anzeige die Höhe der zu zahlenden Gewerbesteuer unter Berücksichtigung einer Steuermesszahl von 3,5 %.

8.2.3 Bilden Sie den Buchungssatz für die vierteljährliche Abbuchung der Gewerbesteuer vom Geschäftsbankkonto von „TSE“ in Höhe von 4.375,00 €.

8.3 Der Bescheid für die Abwassergebühren in Höhe von 2.500,00 € geht ein.

8.3.1 Bilden Sie den Buchungssatz.

8.3.2 Grenzen Sie die Begriffe „Gebühren“ und „Steuern“ voneinander ab.

8.4 „TSE“ möchte eine Umweltschutzinvestition tätigen. Die Stadt Grünmarkt subventioniert solche Maßnahmen, sofern sie gemäß Bundesimmissionsschutzgesetz schädliche Umwelteinwirkungen (Immissionen) verringern:

> § 3 Bundesimmissionsschutzgesetz
>
> (1) [...]
>
> (2) Immissionen im Sinne dieses Gesetzes sind auf Menschen, Tiere und Pflanzen, den Boden, das Wasser, die Atmosphäre sowie Kultur- und sonstige Sachgüter einwirkende Luftverunreinigungen, Geräusche, Erschütterungen, Licht, Wärme, Strahlen und ähnliche Umwelteinwirkungen.

8.4.1 Nennen Sie eine mögliche Investition von „TSE“, um die Immissionen für die benachbarten Wohngebiete zu reduzieren.

8.4.2 Beurteilen Sie die Vergabe von Subventionen an Unternehmen.

Lösungsvorschlag

1.1 A: richtig B: richtig C: falsch 3

Erklärung: *zu A:* Tobias Steinbach hat für sein Unternehmen die Rechtsform „eingetragener Kaufmann" (e. K.) gewählt. Er hat damit die alleinige Kontrolle über sein Unternehmen, trägt aber auch die alleinige Verantwortung. Das bedeutet auch, dass er für Unternehmensschulden unbeschränkt haftet, also sowohl mit seinem Firmen- als auch mit seinem Privatvermögen.
Baumaschinen Burger ist eine GmbH und zählt damit zu den Kapitalgesellschaften. In einer „Gesellschaft mit beschränkter Haftung" ist die Haftung für den Inhaber, wie der Name sagt, auf das Stammkapital (mindestens 25.000 €) beschränkt.

zu B: Unter Geschäftsleuten wird in der Regel ein Kauf auf Ziel vereinbart. Durch den Eigentumsvorbehalt wird für den Verkäufer das Risiko eines Zahlungsausfalls reduziert.

zu C: Im Beleg ist „Neukundenrabatt" angegeben. Für die Bezahlung innerhalb der Skontofrist gewährt Tobias Steinbach Skonto.

1.2 **Beispielantwort:** „TSE" übernimmt bei diesem neuen Kunden die Kosten der Lieferung, um ihn langfristig ans Unternehmen zu binden. 1

Erklärung: Baumaschinen Burger ist Neukunde. Durch die Übernahme der Kosten und der Organisation des Transports der Gabelstapler macht „TSE" den Kauf für den Kunden unkompliziert, was sicher zur Kundenzufriedenheit beiträgt.

1.3

2400 FO	224.910,00 €	an	5000 UEFE	189.000,00 €
			4800 UST	35.910,00 €

3

Erklärung: Klassischer Verkauf von Fertigerzeugnissen:
2400 FO: Durch den Zielverkauf mehrt sich das Aktivkonto → Buchung im Soll.
5000 UEFE: Die Erlöse mehren sich → Buchung im Haben.
4800 UST: Beim Verkauf zahlt der Kunde Umsatzsteuer, die „TSE" ans Finanzamt abführen muss. Für „TSE" ist die Umsatzsteuer also eine Verbindlichkeit → Buchung im Haben.

1.4

> **TIPP** Die Nebenrechnung zur Ermittlung des Skontos und des Überweisungsbetrags ist immer anzugeben!

Rechnungsbetrag	224.910,00 €	100 %
– Brutto-Skonto	6.747,30 €	3 %
= Überweisungsbetrag	218.162,70 €	97 %

Netto-Skonto: $\frac{6.747,30}{1,19} = 5.670,00$ €

2800 BK	218.162,70 €			
5001 EBFE	5.670,00 €			
4800 UST	1.077,30 €	an	2400 FO	224.910,00 €

5

Erklärung: Baumaschinen Burger hat innerhalb der Skontofrist bezahlt und deshalb vom Rechnungsbetrag 3 % Skonto abgezogen.
2800 BK: Das Geschäftsbankkonto von „TSE" mehrt sich, wenn der Kunde bezahlt → Buchung im Soll.
5001 EBFE: Bei dem Skontoabzug des Kunden handelt es sich um einen nachträglichen Preisnachlass. „TSE" muss die Erlöse berichtigen. Das geschieht über die Buchung auf EBFE, einem Unterkonto von 5000 UEFE → Buchung im Soll.
4800 UST: Durch den Skontoabzug mindert sich für „TSE" die zu bezahlende Umsatzsteuer (Passivkonto) → Buchung im Soll.
2400 FO: Durch die Begleichung der Rechnung mindern sich die Forderungen (Aktivkonto) → Buchung im Haben.

1.5.1 **Beispielantwort:** Das Modell „E-Power" lässt sich dem Feld „Question Mark" zuordnen, da es mit 35 % ein hohes Marktwachstum besitzt und der relative Marktanteil aktuell mit 50 % noch vergleichsweise gering ist. 3

Erklärung: Die Portfoliomatrix ist ein Analyseinstrument, mit dem das Angebot eines Unternehmens bewertet werden kann. Sie ist ein Hilfsmittel, wenn es z. B. darum geht, Marketingmaßnahmen gezielt einzusetzen.

1.5.2 **Beispielantwort:** Um den Marktanteil beim Modell „Lupfi" weiter auszubauen, eignet sich die preispolitische Maßnahme des Skimmings. 1

Erklärung: „Lupfi" weist ein hohes Marktwachstum auf und ist offensichtlich sehr beliebt. Beim Skimming wird das Produkt zunächst mit einem hohen Preis auf dem Markt eingeführt. Der Preis wird im Zeitverlauf schrittweise gesenkt, sodass weitere Kundengruppen erschlossen werden können und der Marktanteil steigt. Eine sinnvolle Strategie wäre auch, weiter in das Produkt zu investieren, um es für die Kunden noch attraktiver zu machen.

2.1 **Beispielantwort:** Der eingestellte Mitarbeiter hat, wenn eine externe Personalbeschaffung vorliegt, vorher noch nicht im Unternehmen gearbeitet. Bei einer internen Personalbeschaffung hingegen wechselt ein Mitarbeiter innerhalb des Betriebes auf eine andere Stelle. 2

2.2 Z. B.: Luis Beck könnte einer Teilzeitbeschäftigung nachgehen, um nachmittags seine Kinder betreuen zu können. 2

Erklärung: Eine geringfügige Beschäftigung (Minijob) ist hier wohl nicht sinnvoll, da die Verdienstgrenze bei 520,00 € liegt (ab 1.10.2022).

2.3.1	6200 LG	84.029,00 €	an	2800 BK	54.369,00 €
				4830 VFA	12.989,00 €
				4840 VSV	16.671,00 €
	6400 AGASV		an	4840 VSV	16.671,00 €

6

Erklärung: Löhne und Gehälter werden im Ganzen (Summenzeile) gebucht.
6200 LG: Die Bruttolöhne und -gehälter stellen für „TSE" einen Aufwand dar → Buchung im Soll.
2800 BK: Die Auszahlung der Löhne und Gehälter mindert das Bankguthaben (Aktivkonto) → Buchung im Haben.
4830 VFA: Steuern werden zunächst vom Arbeitgeber einbehalten und erst später an das Finanzamt überwiesen. Sie stellen Verbindlichkeiten dar → Buchung im Haben.
4840 VSV: Sozialversicherungen werden ebenfalls zunächst vom Arbeitgeber einbehalten. Auch sie stellen Verbindlichkeiten dar → Buchung im Haben.
6400 AGASV: Der Arbeitgeberanteil zur Sozialversicherung stellt wie die Löhne und Gehälter einen Aufwand dar → Buchung im Soll.
Achtung: Es sind **immer beide Buchungssätze** anzugeben.

2.3.2	4830 VFA	an	2800 BK	12.989,00 €

2

Erklärung: Die einbehaltenen Steuern müssen bis zum 10. des Folgemonats an das Finanzamt überwiesen werden.
4830 VFA: Durch die Überweisung mindern sich die Verbindlichkeiten gegenüber dem Finanzamt → Buchung im Soll.
2800 BK: Der Bestand auf dem Geschäftsbankkonto mindert sich → Buchung im Haben.

2.4.1 Luis Beck lässt sich der 3. Hierarchieebene zuordnen, da er als Monteur nur ausführend tätig ist. 2

Erklärung: Der Begriff Hierarchie bezeichnet eine Rangordnung. Je höher man in der Unternehmenshierarchie aufsteigt, desto mehr Kompetenzen und Verantwortung hat man in der Regel.

2.4.2 Z. B.: Das Einliniensystem weist eine übersichtliche Organisation mit klaren Verantwortungsbereichen auf. Beim Mehrliniensystem hingegen hat jeder Mitarbeiter mehrere unmittelbare Vorgesetzte. 2

Erklärung: Beim Einliniensystem hat jeder Mitarbeiter genau einen direkten Vorgesetzten mit Weisungsbefugnis.

Alternative Antwort: Das Einliniensystem ist aufgrund klar vorgegebener Kommunikationswege sehr unflexibel, während beim Mehrliniensystem eine direkte Kommunikation mit den Abteilungen/Vorgesetzten möglich ist.

2.5 Die Führungstechnik entspricht dem „Management by Delegation".
Es handelt sich um einen kooperativen Führungsstil. 2

Erklärung: Management by Delegation bedeutet, dass Führungskräfte Verantwortung für bestimmte Arbeiten auf ihre Mitarbeiter übertragen. Das eigenverantwortliche Arbeiten und das entgegengebrachte Vertrauen fördern bei vielen Mitarbeitern die Motivation. Beim kooperativen Führungsstil steht der Teamgedanke im Vordergrund. Mitarbeiter und Führungskräfte arbeiten in der Regel eng zusammen und stimmen Abläufe und Aufgabenverteilung gemeinsam ab.

3.1 Z. B.: „TSE“ verfolgt damit das ökologische Investitionsziel des Energiesparens. 1

Erklärung: Die neue Maschine ist energiesparend und entspricht damit dem Gedanken einer ressourcenschonenden Produktion.

Alternative Antwort: Es handelt sich um eine Rationalisierungsinvestition. „TSE“ verfolgt das ökonomische Ziel der Kostenreduzierung.

3.2 Die Aussage trifft zu, da es durch die erzielten Umsatzerlöse zum Rückfluss der Abschreibungen in flüssigen Mitteln kommt. 3

Erklärung: Bei der Produktion wird die Fräsmaschine abgenutzt, sie verliert an Wert. Dieser Wertverlust wird in die Verkaufspreise einberechnet. Am Ende der Nutzungsdauer steht also wieder genug Kapital zur Verfügung, um die abgeschriebene Maschine zu ersetzen.

3.3.1 **Berechnung der Amortisationszeit Angebot 1:**

Abschreibung pro Jahr in Euro: $\frac{360.000,00}{5} = 72.000,00$

Kalkulatorische Zinsen pro Jahr in Euro: $\frac{360.000,00 \cdot 5,5}{100 \cdot 2} = 9.900,00$

Gewinn pro Jahr in Euro: $70.000 \cdot 0,32 = 22.400,00$

Amortisationszeit in Jahren: $\frac{360.000,00}{(72.000,00 + 9.900,00 + 22.400,00)} = \mathbf{3,45}$

4

Erklärung: Mithilfe der Amortisationsrechnung wird ermittelt, wie lange es dauert, bis die Anschaffungskosten der Fräsmaschine durch die erzielten Erlöse wieder „hereingeholt“ werden. Dazu werden die Anschaffungskosten durch die jährlich erwarteten Rückflüsse geteilt.
In die Rückflüsse fließen drei Bestandteile ein:

- kalkulatorische Zinsen/Jahr: das sind die Zinsen, die man erzielt hätte, wenn man die Anschaffungskosten auf dem Kapitalmarkt angelegt hätte.
- Abschreibungen/Jahr: der Wertverlust der Maschine
- Gewinn/Jahr

3.3.2 Z. B.: Die durchschnittlichen Gesamtkosten pro Jahr sind bei Angebot 1 niedriger. 1

Erklärung: Die entsprechenden Werte sind in der Tabelle zu finden.

Alternative Antwort: Der Sitz des Lieferers von Angebot 1 ist in München, also nur wenige Kilometer vom Firmensitz von „TSE“ entfernt. Der Lieferer kann bei Problemen schnell vor Ort sein. Außerdem bietet er die kostenlose Wartung der Maschine an.

3.3.3

0700 MA	360.000,00 €			
2600 VORST	68.400,00 €	an	4400 VE	428.400,00 €

3

Erklärung: *0700 MA:* Montage und Installation sind notwendig, um die Maschine in Betrieb nehmen zu können und zählen deshalb zu den **Anschaffungsnebenkosten**. Sie werden zusammen mit den Anschaffungskosten (Listenpreis) **aktiviert** → Buchung im Soll.
2600 VORST: Bei dem Einkauf fällt Vorsteuer an (Aktivkonto) → Buchung im Soll.
4400 VE: Durch den Zielkauf steigen die Verbindlichkeiten (Aktivkonto) → Buchung im Haben.

4.1

	„Packhorse“ 360 Stück (€)	„Trailer“ 200 Stück (€)	gesamt (€)
Nettoverkaufserlöse	540.000,00	520.000,00	
– variable Kosten	414.000,00	360.000,00	
= Deckungsbeitrag	126.000,00	160.000,00	286.000,00
– Fixkosten			311.000,00
= Betriebsergebnis (Verlust)			**–25.000,00**

4

Erklärung: Bei der Deckungsbeitragsrechnung wird überprüft, inwieweit der Nettoverkaufserlös dazu beiträgt, neben den variablen Kosten (Fertigungsmaterial, -löhne) auch die fixen Kosten zu decken. Das entsprechende Schema ist immer anzugeben. Zunächst wird der DB für jede der beiden Produktlinien berechnet. Die produzierten Mengen (360 Stück und 200 Stück) sind den Kreisdiagrammen zu entnehmen und mit dem Nettoverkaufspreis/Stück und den variablen Kosten/Stück zu multiplizieren.
Der gesamte Deckungsbeitrag von 286.000,00 € reicht nicht aus, um die anfallenden fixen Kosten von 311.000,00 € zu decken → „TSE“ erwirtschaftet einen Verlust von 25.000,00 €.

4.2

Nettoverkaufspreis	1.450,00 €
– variable Kosten/Stück	1.150,00 €
= Deckungsbeitrag/Stück	300,00 €

Das Betriebsergebnis kann durch den Zusatzauftrag um 300,00 € pro Stück (insgesamt um 60.000,00 €) verbessert werden. 2

Erklärung: Bei einem Nettoverkaufspreis von 1.450,00 €/Stück werden die variablen Kosten (1.150,00 €) gedeckt. Zusätzlich leistet jedes verkaufte Stück einen Beitrag von 300,00 € zur Deckung der Fixkosten. Bei 200 produzierten Anhängern verbessert sich also das Betriebsergebnis von *–25.000,00 €* auf *+35.000,00 €*.

4.3 Gewinnschwellenmenge: $\frac{170.000,00}{(2.600,00-1.800,00)} = 212,50$

Ein Gewinn wird ab einer abgesetzten Menge von 213 Stück erreicht. 3

Erklärung: Die Absatzmenge, ab der ein Gewinn erzielt wird, nennt man Gewinnschwellenmenge. Diese wird erreicht, wenn die Fixkosten durch die Stück-Deckungsbeiträge der verkauften Fertigerzeugnisse abgedeckt sind:

$$\text{Gewinnschwellenmenge} = \frac{\text{fixe Kosten}}{\text{Deckungsbeitrag / Stück}}$$

Achtung: Die Gewinnschwellenmenge wird **immer aufgerundet!**

4.4.1 **Eigenfertigung** (500 Stück):

variable Kosten	(192,00 € · 500)	96.000,00 €
+ fixe Kosten je Quartal		15.850,00 €
= Gesamtkosten		111.850,00 €

Fremdbezug (500 Stück):

Gesamtkosten: 208,00 € · 500 = 104.000,00 €

Der Fremdbezug sollte fortgeführt werden, da die Gesamtkosten niedriger sind. 4

Erklärung: Hier ist zu überprüfen, ob es billiger ist, die Achsen selbst zu fertigen oder, wie bisher, von einem Zulieferer zu kaufen („make or buy“). Es sind die Kosten der Eigenfertigung mit den Kosten des Fremdbezugs zu vergleichen. Die Kosten der Eigenfertigung setzen sich aus den variablen (mengenabhängigen) Kosten und den fixen Kosten zusammen, die Kosten des Fremdbezugs aus Listeneinkaufspreis/Stück · Stück.

4.4.2 Z. B.: Abhängigkeit vom Lieferanten 1

Erklärung: Der Lieferant kann evtl. die benötigte Stückzahl nicht oder nicht rechtzeitig liefern oder er erhöht die Preise.

4.4.3

> **TIPP** Informationen zu den Werkstoffen können Sie immer den Hinweisen zum Unternehmen auf der ersten Seite der Abschlussprüfung entnehmen.

6010 AWF	24.960,00 €			
2600 VORST	4.742,40 €	an	4400 VE	29.702,40 €

3

Erklärung: Klassischer Zieleinkauf von Werkstoffen:
6010 AWF: Die Achsen werden von „TSE" unverändert in die Endprodukte eingebaut, es handelt sich also um Fremdbauteile. Die Aufwendungen erhöhen sich → Buchung im Soll.
2600 VORST: Beim Einkauf fällt Vorsteuer an → Buchung im Soll.
4400 VE: Durch den Zielkauf erhöhen sich die Verbindlichkeiten (Passivkonto) → Buchung im Haben.

5.1.1 Eigenkapitalquote in Prozent: $\frac{4.488.000,00 \cdot 100}{6.819.720,00} = 65,81$ 1

Erklärung: Die Kennzahl der Eigenkapitalquote gibt an, wie hoch der Anteil des Eigenkapitals am Gesamtkapital ist. Eine hohe Eigenkapitalquote steigert die Kreditwürdigkeit eines Unternehmens und macht es unabhängiger von Gläubigern. Die EK-Quote kann z. B. erhöht werden durch

- den Verkauf nicht benötigter Anlagen (Maschinen),
- das konsequente Eintreiben von Forderungen oder
- dem Einbehalten von Gewinnen (Thesaurierung).

5.1.2 Anlagendeckung II in Prozent: $\frac{(4.488.000,00 + 1.428.000,00) \cdot 100}{4.590.000,00} = 128,89$

Das Ergebnis zur Anlagendeckung II liefert einen sehr guten Wert, da der Zielwert größer als 100 % sein sollte. 4

Erklärung: Die Anlagendeckung II zeigt an, inwieweit das Anlagevermögen durch langfristig zur Verfügung stehendes Kapital (EK + langfr. FK) gedeckt ist. Der Grundgedanke ist, dass langfristiges Vermögen auch langfristig finanziert sein sollte. Die Kennzahl sollte also mindestens 100 % betragen.

5.2 Z. B.: Bei einer Nutzungsdauer von sieben Jahren sollte die Finanzierung des Netzwerkrechners auch langfristig auf sieben Jahre ausgerichtet sein. 1

Erklärung: Die Finanzierung eines Unternehmens gilt als stabil, wenn es seinen Zahlungsverpflichtungen jederzeit nachkommen kann. Der Server zählt bei einer Nutzungsdauer von sieben Jahren zum langfristigen Vermögen. Bei einer Finanzierung, die z. B. auf zwei Jahre ausgelegt wäre, würde das Risiko steigen, den hohen Zahlungsverpflichtungen nicht nachkommen zu können.

5.3.1

Kreditbetrag	45.000,00 €	100 %
– Disagio	450,00 €	1 %
= Auszahlungsbetrag	44.550,00 €	99 %

Zinsen in Euro: $\frac{45.000,00 \cdot 1,7 \cdot 1.888}{100 \cdot 360} = 4.012,00$

Effektive Verzinsung in Prozent: $\frac{(4.012,00 + 450,00) \cdot 100 \cdot 360}{44.550,00 \cdot 1.888} = 1,91$

Der effektive Zinssatz ist bei der Bayeralpbank Bad Tölz geringer als bei der Sparbank Lenggries. 5

Erklärung: Hier geht es darum, mithilfe des effektiven Zinssatzes zu berechnen, welches Kreditangebot günstiger ist. Die effektive Verzinsung bezieht neben dem Zinssatz p. a. (Nominalzins) weitere Kreditkosten, das Disagio, mit ein. Das Disagio ist ein vorausbezahlter Zins, der nicht ausbezahlt wird.
Die Berechnung erfolgt in drei Schritten:

1. **Berechnung des Auszahlungsbetrags:** Vom Kreditbetrag (45.000,00 €) zieht die Bank im Voraus Disagio ab (hier: 1 %). Es werden also nur 44.550,00 € ausbezahlt.
2. **Berechnung der Kreditkosten:** Zinsen für 1.888 Tage + Disagio
3. **Berechnung des effektiven Zinssatzes** mit der entsprechenden Formel

5.3.2

2800 BK	44.550,00 €			
7510 ZAW	450,00 €	an	4250 LBKV	45.000,00 €

3

Erklärung: *2800 BK:* Gutschrift auf dem Geschäftskonto (Aktivkonto) → Buchung im Soll.
7510 ZAW: Das Disagio ist ein vorausbezahlter Zins, der Aufwand steigt → Buchung im Soll.
4250 LBKV: Die Laufzeit für den Kredit (Passivkonto) liegt bei über einem Jahr, es ist also ein langfristiger Kredit → Buchung im Haben.

5.4 Beitrag zur Server-Versicherung: 990,00 €

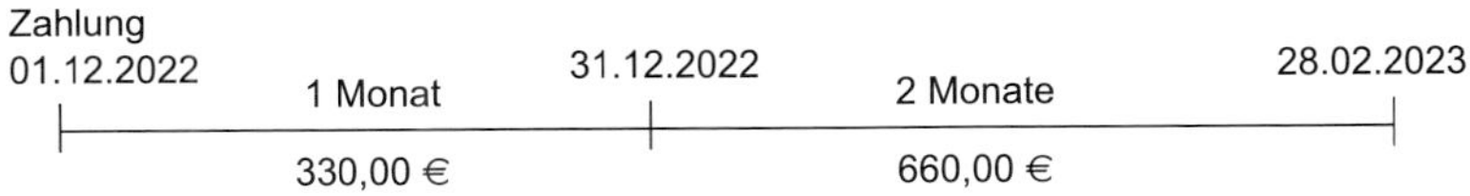

2900 ARA	an	6900 VBEI	660,00 €

3

Erklärung: „TSE" hat Anfang Dezember 2022 die Versicherungsprämie für den Server für die kommenden drei Monate im Voraus bezahlt. Zum Bilanzstichtag am 31.12.2022 besteht nun das Problem, dass Aufwendungen für Januar und Februar des kommenden Geschäftsjahres auf 6900 VBEI gebucht sind – die Bilanz wäre nicht korrekt. Also müssen Versicherungsbeiträge, die das neue Jahr betreffen, abgegrenzt (wieder ausgebucht) werden.
6900 VBEI: Der Versicherungsaufwand für Januar und Februar wird korrigiert/ausgebucht → Buchung im Haben.
2900 ARA: Ausgaben, die einen Aufwand für das kommende Geschäftsjahr darstellen, werden am 31.12. über das Aktivkonto 2900 ARA abgegrenzt → Buchung im Soll.

6.1.1 Z. B: Kostenstellen sind die Bereiche der Kostenverursachung im Betrieb. 1

Erklärung: Im Betriebsabrechnungsbogen werden die Gemeinkosten mithilfe von Verteilungsschlüsseln auf die Kostenstellen verteilt. Unterschieden werden vier Kostenstellen: Material, Fertigung, Verwaltung, Vertrieb.

6.1.2 Aussage B

Der kalkulatorische Unternehmerlohn zählt zu den Zusatzkosten. 2

Erklärung: Der Unternehmerlohn ist das Gehalt, das ein Unternehmer für seine Tätigkeit im Unternehmen erhält. Der **kalkulatorische Unternehmerlohn** wird nur in der Kosten- und Leistungsrechnung berücksichtigt und nicht in der GUV-Rechnung. Deshalb zählt er zu den **Zusatzkosten**.
Anderskosten sind z. B. die kalkulatorischen Abschreibungen. Diese werden in der GUV-Rechnung und in der Kosten- und Leistungsrechnung in unterschiedlicher Höhe angesetzt.

6.1.3

Materialkosten		164.263,00 €
Fertigungslöhne	144.000,00 €	
+ Fertigungsgemeinkosten	201.600,00 €	
= Fertigungskosten		345.600,00 €
Herstellkosten der Erzeugung		509.863,00 €
+ Bestandsminderungen		5.937,00 €
= Herstellkosten des Umsatzes		**515.800,00 €**

4

Erklärung: Die Herstellkosten der **Erzeugung** (HKdE) erfassen die Kosten, die bei der Produktion der Fertigerzeugnisse anfallen (Material- und Fertigungskosten). Bei den Herstellkosten des **Umsatzes** (HKdU) werden die Kosten der tatsächlich verkauften Produkte berechnet. Es werden also auch die Veränderungen im Lager berücksichtigt.
Wenn, wie hier, eine Bestandsminderung vorliegt, bedeutet das, dass zusätzlich zur Produktion noch Bestände aus dem Lager entnommen und verkauft wurden. Die HKdU sind also um 5.937,00 € höher als die HKdE.
Die Materialkosten sind gegeben. Die Fertigungslöhne sind dem BAB zu entnehmen (Zuschlagsgrundlage für die FGK). Die FGK können entweder der Summenzeile entnommen oder über den Zuschlagsatz (140 % von 144.000,00 €) berechnet werden.

6.2.1 Z. B.: Die Marketingabteilung handelt sinnvoll, da die Festsetzung des Listenverkaufspreises auf 15.999,00 € der Schwellenpreisstrategie entspricht. 2

Erklärung: Andere Preisstrategien wie Skimming, Hoch- oder Niedrigpreisstrategie erscheinen hier nicht sinnvoll.

6.2.2

TIPP Vorgehen bei der Verkaufskalkulation

- Erstellen Sie zuerst das komplette Kalkulationsschema.
- Tragen Sie dann die in der Aufgabenstellung gegebenen Werte ein (hier: Selbstkosten, Kundenrabatt, Listenverkaufspreis aus 6.2). Zum Kundenskonto gibt es keine Angabe, also auf 0 % setzen.
- Geben Sie bei Rabatt (und ggf. Skonto) an, welcher Wert der Grundwert ist (100 %).
- Berechnen Sie die fehlenden Beträge.

Selbstkosten	11.500,00 €	
+ Gewinn	**1.299,20 €**	
= Barverkaufspreis	12.799,20 €	
+ Kundenskonto	0,00 €	
= Zielverkaufspreis	12.799,20 €	80 %
+ Kundenrabatt	3.199,80 €	20 %
= Listenverkaufspreis	15.999,00 €	100 %

3

Erklärung: Hier ist das Schema der Verkaufskalkulation gefordert. Es handelt sich um eine Differenzkalkulation.

6.3

6760 PROV	14.000,00 €			
2600 VORST	2.660,00 €	an	4400 VE	16.660,00 €

3

Erklärung: Handelsvertreter „Meier" arbeitet auf Provisionsbasis. Er erhält also einen festgelegten Prozentsatz vom erzielten Umsatz. Je mehr Gabelstapler „Meier" verkauft, desto höher ist seine Provision.
6760 PROV: Provisionen stellen für „TSE" einen Aufwand dar → Buchung im Soll.
2600 VORST: Für die Dienstleistung fällt Vorsteuer (Aktivkonto) an → Buchung im Soll.
4400 VE: Durch den Rechnungseingang erhöhen sich für „TSE" die Verbindlichkeiten (Passivkonto) → Buchung im Haben.

7.1 A: niedrig B: hoch C: hoch 3

Erklärung: *zu A:* Liquidität: Der Begriff bedeutet „Flüssigkeit", also die Verfügbarkeit von flüssigen Mitteln. Bei Immobilien kann es einige Zeit dauern, bis sie verkauft werden können und das eingesetzte Kapital verfügbar ist.
zu B: Termineinlagen, also Einlagen bei Banken für mindestens einen Monat, gelten als sehr sicher. Sie sind über Einlagensicherungssysteme der Banken bis zu einem bestimmten Betrag abgesichert.
zu C: Bei der Kapitalanlage in Aktien besteht die Chance auf eine schnelle Kurssteigerung, also eine hohe Rendite. Allerdings ist ein höheres Risiko als bei anderen Anlageformen einzukalkulieren.

7.2 Unter Diversifikation versteht man eine Geldanlagestrategie, bei der man aus Gründen der Risikominimierung das Vermögen in verschiedene Anlageformen investiert. 1

Erklärung: Man sollte sein Kapital streuen, also z. B. je einen Teil des Vermögens in Immobilien, in Aktien und in Festgelder investieren. Börsenverluste können so z. B. durch steigende Immobilienwerte ausgeglichen werden.

7.3.1 Z. B.: sozialer Aspekt 1

Erklärung: „TSE" kann z. B. Aktien von Unternehmen kaufen, die ihren Mitarbeitern faire Löhne und gute Arbeitsbedingungen bieten.

7.3.2

> **TIPP** Das Schema ist beim Aktienkauf immer anzugeben!

Kurswert	(900 · 51,50 €)	46.350,00 €	100 %
+ Spesen		463,50 €	1 %
= Überweisungsbetrag		46.813,50 €	101 %

1500 WP	an	2800 BK	46.813,50 €

4

Erklärung: Ermittlung der Banklastschrift beim Aktienkauf:

Kurswert:	Stückzahl · Stückkurs
+ Spesen:	1 % vom Kurswert (Gebühren der Bank und des Maklers)
= Banklastschrift:	Kurswert + Spesen

1500 WP: Der Wert des Aktienbestandes steigt (Aktivkonto) → Buchung im Soll.
2800 BK: Durch den Aktienkauf mindert sich der Wert des Geschäftskontos (Aktivkonto) → Buchung im Haben.

7.4

2800 BK	an	5780 DDE	1.350,00 €

2

Erklärung: Die Dividende ist ein Anteil am Gewinn der Aktiengesellschaft, der in der Regel jährlich an die Aktionäre ausgeschüttet wird.
2800 BK: Durch die Überweisung mehrt sich das Geschäftskonto → Buchung im Soll.
5780 DDE: Die Erträge nehmen zu → Buchung im Haben.

7.5

2800 BK	49.005,00 €	an	1500 WP	46.813,50 €
			5650 EAWP	2.191,50 €

Erklärung:

Bankgutschrift beim Verkauf:	49.005,00 €	
– Banklastschrift beim Kauf der Aktien:	46.813,50 €	
= Gewinn:	2.191,50 €	→ Ertragskonto 5650 EAWP

4

8.1 Z. B.: gut ausgebauter öffentlicher Nahverkehr, hoher Freizeitwert 2

Erklärung: Weiche Standortfaktoren lassen sich nur schwer messen und deren Bewertung unterliegt dem persönlichen Empfinden. Harte, also gut messbare Standortfaktoren sind z. B. Kooperationsmöglichkeiten mit Forschungseinrichtungen, verkehrsgünstige Lage, Grundstückspreise.

8.2.1 Die Gewerbesteuer zählt zu den harten Standortfaktoren, da sie eine messbare Größe darstellt. 1

Erklärung: Die Gewerbesteuer ist an die Gemeinde, in der ein Unternehmen seinen Sitz hat, zu bezahlen. Sie ist eine der wichtigsten Einnahmequellen der Gemeinden.

8.2.2

Gewinn (Gewerbeertrag)	224.500,00 €	
– Freibetrag	24.500,00 €	
= Steuerpflichtiger Gewerbeertrag	200.000,00 €	
Gewerbesteuermessbetrag	7.000,00 €	(3,5 % · 200.000,00 €)
Gewerbesteuer	**17.500,00 €**	(250 % · 7.000,00 €)

3

Erklärung: In drei Schritten vom Gewinn zur Gewerbesteuer:
1. Vom Unternehmensgewinn wird zunächst der **Freibetrag**, also der Betrag, auf den keine Gewerbesteuer zu bezahlen ist, **abgezogen**.
2. Mithilfe der **Steuermesszahl** (3,5 %) wird der Gewerbesteuermessbetrag errechnet (7.000,00 €).
3. Der Gewerbesteuermessbetrag wird mit dem **Hebesatz**, in diesem Fall 250 %, multipliziert. Der Hebesatz wird von der Gemeinde festgelegt. Die Gemeinde hat die Möglichkeit, durch niedrige Hebesätze Unternehmen in die Gemeinde zu locken und Arbeitsplätze zu schaffen.

8.2.3 7000 GWST an 2800 BK 4.375,00 €

2

Erklärung: *7000 GWST:* Die Gewerbesteuer zählt zu den betrieblichen Steuern, sie stellt einen Aufwand dar → Buchung im Soll.
2800 BK: Durch die Abbuchung der Gewerbesteuer mindert sich das Geschäftskonto → Buchung im Haben.

8.3.1 6730 GEB an 4400 VE 2.500,00 €

2

Erklärung: *6730 GEB:* Die Abwassergebühren stellen einen Aufwand dar → Buchung im Soll.
4400 VE: Der Bescheid ist eine Anordnung einer Behörde, einen bestimmten Betrag zu bezahlen. Durch den Bescheid erhöhen sich die Verbindlichkeiten → Buchung im Haben.

8.3.2 Z. B.: Gebühren sind Abgaben für eine bestimmte Leistung des Staates, während es sich bei Steuern um Abgaben ohne eine spezielle Gegenleistung des Staates handelt. 2

Erklärung: Im Fall von Aufgabe 8.3 ist die Gebühr für die Beseitigung des Abwassers zu bezahlen (Leistung des Staates).

8.4.1 Z. B.: Filteranlage für Abgase 1

Erklärung: Immission = Einwirkungen auf den Menschen oder die Umwelt.

Alternative Antworten: z. B. Lärmschutzmaßnahmen oder Maßnahmen zum Schutz vor Geruchsimmissionen.

8.4.2 Z. B.: Subventionen sind positiv zu sehen, weil z. B. die Unternehmer die Investitionen aufgrund der Förderung umsetzen. 2

Erklärung: Subventionen sind staatliche Zuschüsse mit dem Ziel, bestimmte Branchen oder Unternehmen zu unterstützen. Subventionen können dazu dienen, die Entwicklung von Zukunftstechnologien (z. B. künstliche Intelligenz) zu fördern oder auch, um Betriebe zu erhalten (z. B. in der Landwirtschaft).

Alternative Antwort: Sie sind negativ zu sehen, weil z. B. Konkurrenten an anderen Standorten benachteiligt werden.

Abschlussprüfung an den Realschulen in Bayern 2023
Betriebswirtschaftslehre/Rechnungswesen

Um Ihnen die Prüfung 2023 schnellstmöglich zur Verfügung stellen zu können, bringen wir sie in digitaler Form heraus.

Sobald die Original-Prüfungsaufgaben 2023 freigegeben sind, können sie als PDF auf der Plattform **MyStark** heruntergeladen werden (Zugangscode vgl. Umschlaginnenseite).

Aktuelle Prüfung

www.stark-verlag.de/mystark

Kontenplan (nach dem IKR) und Abkürzungsverzeichnis zur Verwendung an Bayerischen Realschulen

AKTIVE BESTANDSKONTEN

KONTENKLASSE 0: Sachanlagen

05 Grundstücke und Bauten
- 0500 GR Grundstücke
- 0530 BVG Betriebs- und Verwaltungsgebäude

07 Technische Anlagen und Maschinen
- 0700 MA Maschinen und Anlagen

08 Betriebs- und Geschäftsausstattung
- 0840 FP Fuhrpark
- 0860 BM Büromaschinen
- 0870 BGA Büromöbel und Geschäftsausstattung
- 0890 GWG Geringwertige Wirtschaftsgüter

KONTENKLASSE 1: Finanzanlagen

15 Wertpapiere des Anlagevermögens
- 1500 WP Wertpapiere des Anlagevermögens

KONTENKLASSE 2: Umlaufvermögen und ARA

20 Roh-, Hilfs-, Betriebsstoffe, Fremdbauteile
- 2000 R Rohstoffe (Fertigungsmaterial)
- 2010 F Fremdbauteile
- 2020 H Hilfsstoffe
- 2030 B Betriebsstoffe

24 Forderungen aus Lieferungen und Leistungen
- 2400 FO Forderungen aus Lieferungen und Leistungen
- 2470 ZWFO Zweifelhafte Forderungen

26 Sonstige Vermögensgegenstände
- 2600 VORST Vorsteuer

28 Flüssige Mittel
- 2800 BK Bank (Kontokorrentkonto)
- 2880 KA Kasse

29 Aktive Rechnungsabgrenzung
- 2900 ARA Aktive Rechnungsabgrenzung

PASSIVE BESTANDSKONTEN

KONTENKLASSE 3: Eigenkapital und Rückstellungen

30 Eigenkapital
- 3000 EK Eigenkapital
- 3001 P Privatkonto

36 Wertberichtigungen
- 3670 EWB Einzelwertberichtigung
- 3680 PWB Pauschalwertberichtigung

39 Sonstige Rückstellungen
- 3900 RST Rückstellungen

KONTENKLASSE 4: Verbindlichkeiten und PRA

42 Verbindlichkeiten bei Kreditinstituten
- 4200 KBKV Kurzfristige Bankverbindlichkeiten (bis zu einem Jahr)
- 4250 LBKV Langfristige Bankverbindlichkeiten

44 Verbindlichkeiten aus Lieferungen und Leistungen
- 4400 VE Verbindlichkeiten aus LL

48 Sonstige Verbindlichkeiten
- 4800 UST Umsatzsteuer
- 4830 VFA Sonst. Steuerverbindlichkeiten
- 4840 VSV Verbindlichkeiten gegenüber Sozialversicherungsträgern

49 Passive Rechnungsabgrenzung
- 4900 PRA Passive Rechnungsabgrenzung

ERTRAGSKONTEN

KONTENKLASSE 5: Erträge

50 Umsatzerlöse für eigene Erzeugnisse
- * 5000 UEFE Umsatzerlöse für eigene Erzeugnisse
- 5001 EBFE Erlösberichtigungen

54 Sonstige betriebliche Erträge
- 5400 EMP Erlöse aus Vermietung und Verpachtung
- * 5430 ASBE Andere sonst. betriebl. Erträge
- 5490 PFE Periodenfremde Erträge
- 5495 EFO Erträge aus abgeschriebenen Forderungen

56 Erträge aus anderen Wertpapieren
- 5650 EAWP Erträge aus dem Abgang von Wertpapieren des Anlagevermögens

57 Zinsen und ähnliche Erträge
- 5710 ZE Zinserträge
- 5780 DDE Dividendenerträge

AUFWANDSKONTEN

KONTENKLASSE 6: Betriebl. Aufwendungen

60 Aufwendungen für Roh-, Hilfs-, Betriebsstoffe und Fremdbauteile
- * 6000 AWR Aufwendungen für Rohstoffe
- 6001 BZKR Bezugskosten für Rohstoffe
- 6002 NR Nachlässe für Rohstoffe
- * 6010 AWF Aufwendungen für Fremdbauteile
- 6011 BZKF Bezugskosten für Fremdbauteile
- 6012 NF Nachlässe für Fremdbauteile
- * 6020 AWH Aufwendungen für Hilfsstoffe
- 6021 BZKH Bezugskosten für Hilfsstoffe
- 6022 NH Nachlässe Hilfsstoffe
- * 6030 AWB Aufwendungen für Betriebsstoffe
- 6031 BZKB Bezugskosten für Betriebsstoffe
- 6032 NB Nachlässe für Betriebsstoffe
- * 6040 AWVM Aufwendungen für Verpackungsmaterial

61 Aufwendungen für bezogene Leistungen
- * 6140 AFR Ausgangsfrachten
- * 6160 FRI Fremdinstandhaltung

* Kennzeichnung für Konten, die in die Kosten- und Leistungsrechnung eingehen.

62 Löhne und Gehälter
* 6200 LG Löhne und Gehälter
64 Soziale Abgaben
* 6400 AGASV Arbeitgeberanteil zur Sozialversicherung
65 Abschreibungen
* 6520 ABSA Abschreibungen auf Sachanlagen
* 6540 ABGWG Abschreibungen auf GWG
67 Aufwendungen für die Inanspruchnahme von Rechten und Diensten
* 6700 AWMP Mieten, Pachten
* 6730 GEB Gebühren
* 6750 KGV Kosten des Geldverkehrs
* 6760 PROV Provisionen
* 6770 RBK Rechts- und Beratungskosten
68 Aufwendungen für Kommunikation
* 6800 BMK Büromaterial und Kleingüter
* 6820 KOM Kommunikationsgebühren
* 6850 REK Reisekosten
* 6870 WER Werbung
69 Sonstige Aufwendungen
* 6900 VBEI Versicherungsbeiträge
6950 ABFO Abschreibung auf Forderungen
6990 PFAW Periodenfremde Aufwendungen

KONTENKLASSE 7: Weitere Aufwendungen

70 Betriebliche Steuern
* 7000 GWST Gewerbesteuer
* 7020 GRST Grundsteuer
* 7030 KFZST Kraftfahrzeugsteuer
74 Verluste aus Finanzanlagen
7460 VAWP Verluste aus Wertpapieren des Anlagevermögens
75 Zinsen
* 7510 ZAW Zinsaufwendungen

KONTEN FÜR DIE ERGEBNISRECHNUNG

KONTENKLASSE 8: Ergebnisrechnungen

8010 SBK Schlussbilanzkonto
8020 GUV Gewinn-und Verlustkonto

KONTENKLASSE 9: Kosten- und Leistungsrechnung

* Kennzeichnung für Konten, die in die Kosten- und Leistungsrechnung eingehen.